Dirk Bunje

Herzschläge

Roman

„Alle Titelrechte liegen beim Autoren"

Informationen: 0281/51574

Herstellung und Verlag: Books on Demand GmbH, Norderstedt
ISBN 3-8334-1787-0

Für meine
Saga-Freundin,
M Ende

Dieses Buch widme ich meinen Enkeln
Nils, Patrick, Lena, Lukas, Zoe und Nele

Inhaltsverzeichnis

Anstelle eines Vorworts 6
Erster Herzschlag 8
Neuer Lebensabschnitt 30
Aufbruch zum Marschieren 66
Fieberwahn 88
Vogelstimmen 112
Kanonendonner 146
Felltrommel 166
Axtschläge 182
Alter Lehrer 196
Zirkelpunkt 216
Abgehoben 242
Sirenen 274
Trauermarsch 300
Sinneslust 330
Flammen 340

Anstelle eines Vorworts

Bei Theodor Fontane >Meine Kinderjahre< fand ich folgendes Vorwort, das ich in Auszügen auch meiner Geschichte voran stellen möchte:
*„Nach kurzem Schwanken entschied ich mich, meine Kinderjahre zu beschreiben, also >to begin with the beginning<. Ein verstorbener Freund von mir (noch dazu Schulrat) pflegte jungverheirateten Damen seiner Bekanntschaft den Rat zu geben, Aufzeichnungen über das erste Lebensjahr ihrer Kinder zu machen, in diesem ersten Lebensjahre >stecke der ganze Mensch<. Ich habe diesen Satz bestätigt gefunden und wenn er mehr oder weniger auf Allgemeingültigkeit Anspruch hat, so darf vielleicht auch diese meine Kindheitsgeschichte als eine Lebensgeschichte gelten. Entgegengesetzten Falls verbliebe mir immer noch die Hoffnung, in diesen meinen Aufzeichnungen wenigstens etwas **Zeitbildliches** gegeben zu haben. Alles ist nach dem Leben gezeichnet. Wenn ich trotzdem, vorsichtigerweise, meinem Buche den Nebentitel eines >autobiographischen Romanes< gegeben habe, so hat dies darin seinen Grund, daß ich nicht von einzelnen aus jener Zeit her vielleicht noch Lebenden auf die Echtheitsfrage hin interpelliert* werden möchte. Für etwaige Zweifler also sei es Roman!"*

---

* interpelliert: dawischenreden, ins Wort fallen

„Schwer, ihr Freunde, ist es, Menschengeburt zu erlangen und ein großes Glück!"

Erster Herzschlag

Wie im Traum zieh ich die Gesichtsfalten des Alten mit meinem Finger nach. Das linke Auge des Kalahari-Buschmanns ist verklebt, ist nur noch fähig zu blinzeln, während das rechte strahlt wie aus einem inneren Glanz. Er spielt ein unansehnliches Instrument. Einfache Drähte sind über eine Blechdose, den Klangkörper, gespannt. Er ist eins mit seinem Instrument, und aus der Musik ertönt das Kolorit seiner Ahnen. Ich schrecke hoch, es ist, als sei mein erster Herzschlag angeschlagen.

Mein erster Herzschlag im Licht der Welt. Freigestrampelt lag ich da, luftgekleidet in lebendiger Nacktheit. Ich spürte den Wind meiner Kindheit, über mich gebeugt große Augen. Ich war in die Zeit hinein geboren.

Mit dicken weißen Decken zugedeckt, lag ich in meinem Bettchen; ich wollte mich freistrampeln. Plötzlich entstand ein entsetzliches Dunkel, die Atemluft war verloren gegangen im erdrückenden Bett- und Kissengewühl, ich versank in der Flut. Die Schreie meines Daseins versagten. Im letzten Moment kamen wohlmeinende Hände und befreiten mich von meinen Ängsten. In den Armen meiner Mutter fühlte ich wieder die Geborgenheit des Mutterleibs.

Ich lernte laufen, meine kleinen Kinderbeine trugen mich in die weite grüne Marschlandschaft. Ich strebte zum Horizont, zum runden Sonnenball. Ich stolperte über Maulwurfshügel, auch Disteln behinderten meinen Weg. Doch unbeirrt trippelte ich in Richtung Sonne. Mein Weg wurde versperrt von blanken Wassergräben und einem Heck, über das eine Kuh glotzte. Mutig pilgerte ich weiter. Die Kuh öffnete ihr großes Maul. Vom lauten: „Muh, Muh," fiel ich vor Schreck um und schlug mit dem Knie auf einen Findling. Da wurde ich von starken Händen gegriffen, und die mütterliche Stimme sagte: „Jan, Jan, du Stromer, auf Entdeckungsreise?" Mir kullerten Tränen über das Gesicht, mein Knie blutete, Mutter trug einen schreienden Jungen nach Hause. Ich heulte und jammerte, als Mutter mich verarztete. Auf das Pflaster legte sie ein Bonbon und sagte: „So, wenn es nicht mehr wehtut und du nicht mehr weinst, darfst du das Bonbon essen." Ein Wunder, sofort war ich ohne Schmerzen.

Der Schrecken war bald vergessen. Immer wieder zog es mich in die weite Welt, die meinen kleinen Kinderbeinen so groß vorkam. Ich fand den Weg, der aus dem großen Garten voll blühender Obstbäume führte. Als Waffe nahm ich meinen Stock mit. Die wolligen Schafe blökten auf der Streuobstwiese hinter mir her. Mit meinen krummen Beinen trottete ich über das Kopfsteinpflaster. Bald erreichte ich die Häuser der neuen Siedlung. Die Zäune, weißgestrichene Holzzäune und die schrecklichen schwarzen Zäune aus Gusseisen mit ihren goldenen Spitzen, deren traurige Bekanntschaft ich noch machen sollte, überragten mich. Neugierig äugte ich durch eine Zaunspalte. Wütend sprang ein großer Kläffer an der Pforte hoch. Erschreckt stolperte ich zurück. Ich rannte nicht nach Haus, nein, ich stapfte tapfer weiter, denn in der Ferne hörte ich Musik. Jetzt gab es sogar einen Gehweg, sodass ich ungehindert weiterstiefeln konnte. Auch ich machte meine Musik, indem ich mit dem Stock an den Zaunlatten entlang ratterte. Mein Weg mündete in eine Querstraße. Da kamen schwarz gekleidete Männer mit Zylindern auf den Köpfen langsam näher. Sie trugen Blumenkränze. Noch am Morgen hatte ich gelbe Butterblumen und Marienblümchen auf der Wiese gepflückt und sie freudestrahlend der Mutter gebracht. Die Blumen an den Kränzen waren viel schöner, aber warum machten die Männer so traurige Gesichter? Dann kam die Musik , Trommeln, Flöten und Trompeten. Die Musiker mit weißen Federbüschen an ihren Hüten gingen zögernd, Schritt für Schritt. Doch was sie spielten, klang lange nicht so fröhlich, als wenn die Mutter sang. Ich hörte Hufgeklapper, zwei schwarz gekleidete Ungeheuer zogen den Wagen. Sie hatten jeder einen großen schwarzen Federbusch auf den Kapuzen. Die schwarzen Ohren bewegten sich hin und her. Auf einem Baldachin mit rundherum schwarzen Kordeln standen viele goldene Engel, steif und unbeweglich. Sie konnten sicher nicht fliegen. Ich blieb tapfer stehen. Dann sah ich, zu meinem Schrecken, aus vier Kapuzenlöchern feurig glühende Augen mich anblicken. Mit einem Aufschrei rannte ich vor Entsetzen weg. Stolpernd und schreiend lief ich über das Kopfsteinpflaster. Aus dem Hoftor kam die Rettung, meine Mutter.

Auch unser Garten war voller Abenteuer. Gern ging ich mit Mutter in den Gemüsegarten. Im Frühjahr pflanzten wir Erbsen, dicke Bohnen und nach den Eisheiligen grüne Bohnen. Ich mischte Sand mit Wurzelsamen und streute sie in die mit der Hacke vorgezogenen Reihen. Auch ich hatte ein kleines Stück Land, das ich besonders sorgfältig bepflanzte. Mutter hatte mir eingeschärft: „Mach nur immer die Gartenpforte gut zu. Die Hühner haben in null Komma nix alles kaputt gescharrt." Drei Tage nachdem ich gepflanzt hatte, wollte ich doch mal sehen, ob die Erbsen keimten. Meine kleinen Finger hatten drei Erbsen ausgebuddelt, kein Keim war zu sehen. Ich hörte Mutter schreien: „Jan, Jan, die Hühner." Ich drehte mich um, da scharrten doch die blöden Hühner unbekümmert in den Beeten. Wütend raste ich über die Beete und scheuchte die Hühner. Mutter rief: „Jan, du trampelst noch mehr kaputt."

Ich liebte es, mit Mutter Erbsen und Bohnen zu pflücken, hatte doch Mutters Garten so einen schönen würzigen Geruch.

Wenn ich das aufgeregte Gackern von den Hühnern hörte, rannte ich zu den Nestern im Hühnerstall, freudig lief ich mit einem weißen Ei zu meiner Mutter in den Kuhstall: „Aber Jan, was hast du denn da mitgebracht, das ist ja ein Porzellanei." Ich erstaunt: „Was die doofen Hühner alles legen." Mutter lachte: „Das habe ich ins Nest gelegt, damit sollen die Hühner zum Legen angeregt werden, geh noch mal in den Stall und suche nach warmen Eiern." Ich lief in den Hof, eine gackernde Henne kam mir entgegen. Im Stall durchsuchte ich aufgeregt die Nester. War das ein schönes Gefühl, in jeder Hand hatte ich ein warmes Ei. Stolz kam ich zurück in den Kuhstall, Mutter saß auf dem dreibeinigen

Melkschemel aus Holz: „Na Jan, jetzt hast du die richtigen Eier gefunden? Such dir das dickste aus, das koche ich dir heute Abend."

Ich schaute den sicheren Griffen zu, mit denen sie die Zitzen der Euter bearbeitete. Sie bewegte beide Hände abwechselnd auf und ab, jedes Mal spritzte ein feiner weißer Strahl in den Eimer und, die schäumende Masse aus dicken Blasen, die nie platzten, wurde immer höher. Sie schaute mich an: „Na Jan, willst du es nicht auch mal versuchen, Meta ist ganz geduldig. Vorsichtig zog ich mit meinen beiden kleinen Händen an der warmen Zitze, dann zog ich mit aller Kraft. Meta wurde unruhig. Mutter rief: „Halt ein, du tust der armen Kuh ja weh."

Basteln war Vaters Hobby. Schön war es, wenn ich ihm dabei zusehen durfte. Ich musste ihm dann das Werkzeug reichen. Er gestaltete Lampen, tischlerte Tische und Bänke, zu Mutters Geburtstag einen Nähkasten mit mehreren Etagen. Auch in Haus und Hof reparierte er alles selbst, nur mit dem Wasserhahn stand er auf dem Kriegsfuß.

Tagelang hatte der Herbst seine Regenwolken über das weite Land geschickt. Es war Sonnabendnachmittag. Das Küchenverbot war gerade aufgehoben worden. Alles hatte meine Mutter bearbeitet, der farbige Terrazzoboden glänzte, auch die braunen Holzschränke, Tische und Stühle waren geschrubbt worden. Alles war tipptopp, nur der Wasserhahn über dem Ausguss tröpfelte, ein ewiger Zankapfel für Vater und Mutter. Mein Vater und ich hatten uns in der gemütlichen Wohnküche eingenistet. Ich war auf einen Holzstuhl geklettert, spiegelte mich in dem blankgeputzten Kohleherd und schnitt dabei Grimassen. Vater saß auf einem Stuhl am großen Holztisch. Jetzt hatte er einen Kasten, aus dem Drähte hervorschauten, vor sich stehen. Er war sein ganzer Stolz. Mühselig hatte er nach Vorlage verdrahtet, gelötet und alles zusammengebaut. Das erste Radio weit und breit. Mit zusammengebissenen Lippen drehte er an den Knöpfen. Der Kasten heulte und jaulte schlimmer als unser Schäferhund Wolf. Plötzlich ertönte Musik, er rief erleichtert: „Endlich habe ich den Sender wieder gefunden." Ich freute mich auch, Musik war für mich eine Sprache, in der man träumen konnte. Bald wurde ich aus meinen Träumen gerissen, denn mein Vater sagte zu mir: „Jan, guck mal aus dem Fenster, draußen scheint endlich die Sonne wieder, spiel doch im Garten." „Aber ich hör doch so gerne Musik." „Nun geh schon."

Missmutig ging ich nach draußen und ärgerte die Ziegen und Schafe. Doch dies Spiel wurde mir bald langweilig. Ich ging zu Wolf, streichelte ihn und klagte ihm mein Leid. Dann tobte ich mit ihm, doch er hatte bald keine Lust mehr, Stöcke zu apportieren. Ich schlenderte gelangweilt über den Hof. Mein Blick fiel auf die Kellerfensterscheiben. Sie glänzten verlockend in der Sonne. Trotzig trat ich wie ein Fußballspieler gegen das Glas, klirrend ging die erste Scheibe zu Bruch. Das machte Spaß, - die nächste Scheibe! Da kam mein Vater herausgerannt: „Du Rabauke, was machst du denn da, warte, ich hole den Stock." Erschrocken sah ich mein Spiel beendet. Schon kam mein Vater zurück, ich hatte mich breitbeinig hingestellt, neben mir stand mit wedelndem Schwanz Wolf. Mit geballten Fäusten schrie ich in meiner Not: „Ich bin aber Meling, ich bin aber Meling?" Mein Vater entwaffnet: „So, du bist Schmeling, der Boxweltmeister."

Am zweiten Advent gingen wir Kinder zur Nikolausfeier in den Gemeindesaal der evangelischen Kirche. Wir Kinder waren kaum zu bändigen. Links und rechts der Bühne standen zwei große Tannenbäume mit brennenden Wachskerzen. Knecht Ruprecht kam auf die Bühne und drohte mit der Rute, er rief: „Ruhe, der Nikolaus ist da!" Da kam er, der Nikolaus, mit schweren Schritten. Er sah aus wie eben ein Nikolaus aussieht. Mit ihm kamen zwei Engel mit goldenen Flügeln. Was mich am meisten interessierte, war der Wäschekorb mit vielen bunten Tüten, den die Engel trugen. Im Saal wurde es langsam ruhig. Nikolaus räusperte sich mehrmals, mit tiefer Stimme sprach er: „Von drauß`, vom Walde komm` ich her; ich muss euch sagen, es weihnachtet sehr! Allüberall." Er wiederholte: „Allüberall." Konnte das sein, der Nikolaus wusste nicht weiter. Jetzt riefen wir Kinder: „Allüberall auf den Tannenspitzen sah ich goldene Lichtlein sitzen." So halfen wir dem Nikolaus, sein Gedicht zu Ende zu bringen. Die Eltern sangen Weihnachtslieder, während wir Kinder der Reihe nach mit Geschubse zur Bühne gingen und von den Engeln eine Tüte mit Süßigkeiten bekamen. Knecht Ruprecht stand drohend mit seiner Rute da. Er achtete darauf, dass keiner zweimal kam. Als ich am Nikolaus vorbeiging, sagte er augenzwinkernd: „Na Jan, warst du auch immer artig?" Ich schaute keck in seine Augen: „Dich kenn ich, du hast doch immer bei uns gemauert, du bist kein Nikolaus, du bist Maurer Mälmann!"

Am Heiligen Abend gingen Mutter und ich allein zur Kirche. Schön fand ich die beiden großen Tannenbäume mit den vielen brennenden Kerzen. Sonst war es mir langweilig, von der Predigt verstand ich nicht viel, unruhig rutschte ich auf der kalten Bank hin und her. Meine Gedanken waren zu Hause. Wie ist der Tannenbaum wohl dieses Jahr geschmückt? Obschon er immer gleich aussah, war ich neugierig. Was würde der Weihnachtsmann mir dieses Jahr wohl bringen? Gestrickte Handschuhe und Strümpfe, das wusste ich. Vielleicht noch ein Spielzeug. Auf meinen Wunschzettel musste meine Mutter an erster Stelle >Pferdestall< schreiben. Ich hatte ein großes Bild darunter gemalt, damit der Weihnachtsmann auch wusste, wie er auszusehen hatte. Auf dem Rückweg fragte ich Mutter: „Warum geht Vadder nicht mit zur Kirche?" „Aber Jan, du weißt doch, dass Vadder dem Weihnachtsmann helfen muss." „Mutter, können wir beim Bäcker vorbeigehen? Im Schaufenster steht ein Weihnachtsmann, der nickt mir immer so freundlich zu." Das Fenster vom Bäcker war hell erleuchtet. Da stand der lachende, nickende Weihnachtsmann. Ich klopfte an die Fensterscheibe und rief: „Hallo, lieber guter Weihnachtsmann, bringst du mir heute einen Pferdestall?"

Zu Hause läutete Vater mit der Glocke. Erwartungsvoll gingen wir ins Weihnachtszimmer. Ich rief: „Tatsächlich, ein Pferdestall mit vielen Tieren!" Ich bückte mich, um mit ihm zu spielen. Vater feierlich: „Aber Jan, wir wollen doch erst singen." Beim Singen sah ich, dass der Baum diesmal auch mit Vögeln, die lange glitzernde Schwänze hatten, geschmückt war. Mutter feierlich: „Vadder, diesmal haben wir einen bildschönen Tannenbaum, so einen hübschen haben wir noch nie gehabt."

Mutter und Vater hatten in ihrem Schlafzimmer eine Spiegelkommode, die beiden Seitenspiegel konnte man bewegen. Immer wieder schlich ich mich ins Schlafzimmer, klappte die Seitenspiegel so, dass in der Mitte ein Spalt blieb. Mutter überraschte mich: „Jan, was machst du da?" „Ich schaue in die Unendlichkeit, wovon der Pastor in der Kirche geredet hat." Mutter neugierig: "Lass mal sehen. Tatsächlich, die Spiegelung will ja gar nicht enden."

Mein Vater kam jetzt immer später vom Feld. Das Frühjahr war ins Land gekommen. In den Bäumen zwitscherten schon die Vögel. Ich drängelte Vater: "Darf ich denn nicht mal mit aufs Feld fahren, so schwer bin ich doch gar nicht, Max kann mich bestimmt ziehen." Vater lachte: "Komm, wir gehen in den Stall, wir wollen Max fragen." Max hatte nichts dagegen, er wieherte freudig, als ich in den Stall kam. Am nächsten Tag nach dem Mittagessen saß ich stolz vorne neben Vater auf dem Sitzbrett. Hinten auf dem Wagen lag die Egge. Vor mir der große braune Rücken von Max. Sein Kopf ging gleichmäßig hin und her. Vater sang fröhlich: "Im Märzen der Bauer die Rösslein anspannt...... ." Vor einem Feld an einer Wiese sagte Vater: "Brr." Max blieb stehen. Vater eggte das gepflügte Feld. Ich hockte auf der Wiese und pflückte die goldgelben Blüten vom Löwenzahn. Ich schaute auf, vor mir auf der Wiese spielten doch tatsächlich Hasen, hopsten umeinander herum. Ich sprang auf, rannte los und wollte sie fangen. Vater rief vom Feld: "Jan, du willst doch wohl nicht die Osterhasen fangen, die müssen doch den Kindern die Eier bringen." Ich blieb stehen, an Ostern hatte ich nicht gedacht. Osterhasen waren für mich geheimnisvoll, mehr als der Weihnachtsmann, wie konnten sie mit ihren Pfoten die Eier so bunt malen dann noch Eier legen? Konnten die Hasen zaubern? Das hatte ich gesehen. Eier legen konnten die Hühner, sie hatten auch Nester. Aber vom Osterhasen hatte ich in Feld und Wald noch kein Nest gefunden.

Als wir auf den Hof fuhren, kam Mutter aus der Haustür. Sie hob mich vom Pferdewagen, ich stolz: „Mutti, ich habe hundert Osterhasen gesehen." „Jan, du lügst." Ich weinerlich: „Aber es waren ganz viele."

Am Ostermorgen weckte mich meine Mutter: „Jan, willst du gar nicht gucken, ob der Osterhase da gewesen ist?" So schnell war ich noch nie aus dem Bett gesprungen. Ostereier suchen war für mich das Schönste auf der Welt. Tatsächlich, überall habe ich Eier gefunden. Lange habe ich suchen müssen, im Garten, unter Sträuchern, oh Wunder, konnte ein Hase klettern? Selbst oben auf Baumästen waren sie versteckt, sogar im Hühnerstall lagen bunte Eier, hatten die Hühner mitgeholfen? Mein Korb war übervoll. Vater sagte: „Na Jan, ist nur gut, dass du die Hasen nicht gefangen hast."

Mitten auf dem Küchentisch stand der volle Korb. Tante Gesine und Onkel Ferdinand kamen in die Küche. Onkel Ferdinand schaute mich traurig an: „Wie kommt das nur? Kleine Jungs bekommen einen großen Korb voll Eier. Und ich, ja ich habe noch nicht mal das Gelbe vom Ei gesehen." Ich angelte ein schönes buntes Ei vom Korb und gab es Onkel Ferdinand. Nun machten die anderen drei Großen traurige Gesichter. Mit einer großzügigen Geste bekamen auch sie ein Ei. Mutter sagte: „Jetzt wollen wir alle unser Ei essen." Ich wurde traurig, als ich die bunte Schale in kleinen Stücken auf dem Teller sah. Sagte dann tapfer: „Die schmecken aber besser als Hühnereier."

Tante Gesine und Onkel Ferdinand wohnten im nächsten Hof, von uns getrennt durch Wiesen und Felder. Sie waren meine Freunde. Tante Gesine war rundlich, strahlte Gemütlichkeit aus. Wenn sie mich kommen sah, lachte sie fröhlich. Onkel Ferdinand spielte mit mir. Obgleich er groß war, hatte ich nie Angst vor ihm. Mit seinen Schaufelhänden konnte er mich sanft streicheln. Immer wieder neckte er mich. Dann zwinkerten seine Augen aus dem faltigen Gesicht. Sein großer Mund war immer in Bewegung, er kaute Priem.

Es wurde immer wärmer, ich spielte draußen. Unter einem Kakelbeerstrauch baute ich mir eine Festung. An drei Seiten standen drohend grüne Stachelbeersträucher. Sie widerstanden allen Eindringlingen wie die Rosenhecke bei Dornröschen. Der strenge Geruch des schwarzen Johannisbeerstrauches war für mich wie Modergeruch alter Schlossmauern. Ein alter Kartoffelsack war mein Lager.

Ein schwarzer Käfer drang bei seinem ersten Ausflug in mein Versteck ein, er wurde riesengroß. In einem heftigen Kampf besiegte ich ihn. Er lag mit dem Rücken auf dem Boden und zappelte hilflos mit den Beinen. Dann kamen die kleinen Burgfräulein. Sie hatten rote Kleider mit sieben schwarzen Punkten. Eins krabbelte vorwitzig über meine Hand. Mutter kam in den Garten: „Jan, wo steckst du, willst du nicht mit deinem Pferdestall spielen?" Ich ließ mich herab und wurde Bauer. Auf den frischen grünen Rasen, nicht weit von meiner Festung, stellte ich den Pferdestall. Mit kleinen Stöckchen, Mutters Wollfäden baute ich Zäune. Jede Weide hatte ein Heck aus Ästen, wohl geordnet für Kühe, Pferde, Schafe, Ziegen und für einen Esel. Hühner, Enten und Gänse liefen wild im Pferdestall herum. Der Hund war an der Kette, vor seiner Nase kauerte eine Katze. Ich klopfte mit einem Stock auf das Gras, doch alle Tiere blieben stehen, fielen nicht mal um. Nur ein Wurm kringelte sich aus der Erde. Er meinte wohl, dass es regnet und wollte nicht ertrinken. Ich zog ihn heraus und legte ihn auf meine linke Hand. Er wand sich hin und her, wobei er mich kitzelte. In hohem Bogen warf ich ihn weg.

Mutter ließ die Schafe raus. Froh über das schöne Wetter sprang der Bock hin und her, mitten durch meinen Bauernhof, der dann aussah, als wären die Kosaken ins Land gekommen. Heulend rannte ich mit einem Stock hinter dem Untier her. Mutter fing mich auf. Um mich abzulenken, sagte sie: „Komm, wir gehen in deinen

Garten, wir schauen mal nach, ob die Erbsen und Radieschen schon kommen."

Noch abends im Bett kamen mir die Tränen. Sie sagte: „Jetzt wollen wir erst mal beten." Ich faltete meine kleinen Hände und hörte, wie Mutter fast singend betete: „Ich bin klein, mein Herz ist rein, soll niemand drin wohnen als Jesus allein. Gute Nacht." „Noch das andere", sagte ich. „Lieber Gott, mach mich fromm, dass ich in den Himmel komm." Dann fing Mutter an zu singen:

„Guten A-bend, gut` Nacht, mit Ro-sen bedacht, mit Näg-lein be-steckt, schlupf un-ter die Deck: Morgen früh, wenn Gott will, wirst du wie-der ge-weckt, mor-gen früh, wenn Gott will, wirst du wie-der geweckt."

Kaum hatte sie aufgehört, sagte ich: „Das ist aber kein schönes Lied." „Warum nicht?" „Ich will nicht mit Nägeln besteckt werden." „Jan, damit sind doch Blumen, Nelken, gemeint!" Sie gab mir einen Kuss und sagte: „Morgen helfe ich dir, deinen Pferdestall wieder herzurichten." „Aber Mutti, was mach ich, wenn mich der Liebe Gott nicht weckt?"

Mein kleines Herz klopfte, ich wollte mal wieder einen Ausflug ins Abenteuer machen, doch da sah ich sie von weitem ankommen, zwei feierliche Gestalten. Der angekettete Schäferhund Wolf konnte sie nicht ausstehen und schlug laut an. Ehe sie mich erblickten, rannte ich zurück und versteckte mich im Schaf- und Ziegenstall. Vorsichtig blinzelte ich durch das trübe Stallfenster, da kamen beide anstolziert. Er überragte seine Frau um Kopfeslänge, was sie ausglich mit einem großen Kapotthut, der geschmückt war mit einer bunten Feder. Schon ertönte sein Bass: „Wo ist denn unser Patenjunge?" Sie nahm ein Päckchen aus ihrer Handtasche: „Wir haben auch was mitgebracht." Meine Mutter freundlich: „Kommt rein." Das hatte ich nicht überhört, sie hatten was mitgebracht. Mit gemischten Gefühlen ging ich ins Haus und schlich vorsichtig in die Stube. Da saßen beide gemütlich auf dem Sofa als wollten sie uns nicht wieder verlassen. Sie hatte ihr Strickzeug herausgeholt und klapperte emsig mit den Nadeln. Ihren Hut hatte sie aufbehalten, sie hatte immer einen Hut auf, darum nannte ich sie - die Tante mit dem Hut. Mutter war wohl in der Küche, um Kaffee zu kochen. Ich wollte sofort wieder verschwinden, doch er rief befehlend: „Hier geblieben! Willst du deinen Patenonkel und deine Patentante nicht begrüßen?" Meine Mutter kam herein: „Da bist du ja, aber wasch dich erstmal." Es kam selten vor, doch diesmal dauerte das Waschen lange. Mutter rief: „Jan, nun komm endlich, ich habe auch Kekse." Wieder stand ich im Zimmer. Die Tante mit dem Hut sagte spöttisch: „Hat es geregnet? Du bist ja ganz nass." Mutter sauste los und holte ein Handtuch, um mich abzutrocknen. Sie sagte: „Nun gib Tante Gerhardine und Onkel Theodor die Hand." Nachdem ich das vollbracht hatte, setzte ich mich vorne auf die Stuhlkante und wartete auf mein Geschenk. Mutter sagte: „Jan, nimm dir doch Kekse." Eh der Besuch alles aufaß, steckte ich mir einen in den Mund, einen unter meinen linken und einen unter meinen rechten Arm. Der Patenonkel lachte, während die Tante, indem sie sich einen Schokoladenkeks nahm, streng sagte: „Jan, Jan, bekommst du nicht genug zu essen? Kinder müssen zurückhaltend sein." Fasziniert beobachtete ich, wie die große prächtige Hutfeder jede Kopfbewegung mitmachte. Das Geschenk ließ auf sich warten. Da platzte es aus mir heraus: „Dass ihr was mitgebracht habt, glaube ich nicht." Wie aus einem Mund sagten beide: „Kinder müssen warten können." Ich starrte weiter auf die verdammte Hutfeder. Wieder musste ich mir Luft machen und sagte laut: „Tante Gerhardine, hast du die Feder eurem besten Hahn ausgerissen?" Mutter hielt sich die Hand vor den Mund. Doch meine Patentante bekam ein rotes Gesicht und sagte, indem sie hastig weiterstrickte: „Junge, erst fünf Jahre alt und schon so frech." Mir wurde es immer ungemütlicher, und ich sagte zur Mutter: „Darf ich zu Onkel Ferdinand?" Darauf Onkel Theodor: „Da geh man hin, der bringt dir genug Unsinn bei."

Auch Mutter wurde es ungemütlich, und sie sagte: „Unsere Kuh Meta hat heute Morgen zwei Kälber bekommen, wollt ihr die mal ansehen?"

Sie erhoben sich bedächtig, und endlich bekam ich mein Geschenk. Hastig riss ich das Päckchen auf, und was kam zu Tage? Ein Kinderhandfeger und ein Kinderfegeblech. „Das ist doch nur was für Mädchen". Scheppernd ließ ich beides zu Boden fallen. Mutter sagte: „Willst du dich nicht bedanken?" Ich antwortete kurz: „Nein". Mutter hastig: „Kommt, wir schauen uns die Kälber an." Gerhardine sah sich noch mal um und sagte: „Undankbarer Junge." Bevor ich zu meinem Lieblingsonkel Ferdinand rannte, habe ich noch alle Stricknadeln aus ihrem Strickzeug gezogen.

Am Hoftor wurde ich von einem wedelnden Schwanz begrüßt. Er gehörte zu einem großen schwarzen Hund. Ich rief: „Brüning, Brüning", er sprang hoch und gab mir vor Freude einen Stoß, dass ich auf den Hosenboden fiel. Lachend krabbelte ich wieder hoch. Da kam schon Tante Gesine angerannt, sie rief: „Hast du dir wehgetan? Du sollst nicht immer Brüning zu dem Hund sagen, er heißt Bello. Da hat dir Onkel Ferdinand schön was beigebracht, Brüning heißt unser Reichskanzler." Ich trippelte hin und her. Sie fragte: „Musst du?" Ich kleinlaut: „Ja." „Dann renn man schnell zum Pferdestall und hock dich in die Ecke, Stummel ist auf der Weide." Beizend zog mir der Urinduft Stummels in meine Nase. Erleichtert kam ich zu ihr in die Küche und fragte: „Wo ist Onkel Ferdinand?" Sie strich über meine Haare: „Komm, ich mache dir ein Marmeladenbrot, dann kannst du zu deinem großen

Freund laufen, er ist bei den Bienen." Mit meinem Brot in der Hand rannte ich los. Doch wo war Onkel Ferdinand? Hinter aufgestülpten alten Bienenkörben sah ich Rauch aufsteigen. Ich schlich mich langsam näher und gab dem Turm einen Stoß. Da kam Onkel Ferdinand mit Indianergeheul aus seinem Versteck. „Na, Bruder der krummen Beine, bist du wieder auf Kriegspfad? Bist du von zu Hause weggelaufen?" Ich sagte: „Ja, die Tante mit dem Hut ist bei uns." Onkel Ferdinand amüsiert: „Und die süße Tante hast du nicht gerne? Komm, wir gehen zu den bewohnten Bienenkörben. Du brauchst keine Angst zu haben. Wenn wir keine hastigen Bewegungen machen, tun uns die Bienen nichts. Außerdem habe ich ja noch meine Imkerpfeife mit dem Wacholdertabak. Weißt du, dass die Bienen tanzen?" Da sah ich mit meinen kleinen Kinderaugen, wie die Bienen in der Runde tanzten. „Jan, was meinst du, warum die Bienen das machen? Feiern sie vielleicht die Hochzeit ihrer Königin?" Ich erstaunt: „Eine Königin? Hat sie auch eine goldene Krone?" Onkel Ferdinand lachte: „Nein, sie legt Eier, 1500 Stück täglich." „Onkel Ferdinand, jetzt lügst du, aber warum tanzen die Bienen?" „Jan, sie sagen damit den anderen Arbeiterbienen, wo sie viele Blüten mit Honig finden können". Dann hat er mir so viel über Bienen erzählt, dass ich ihm auch die 1500 Eier glaubte. „Jan, wenn du nach Hause gehst, gebe ich dir ein Glas Honig mit. Ob du es glaubst oder nicht, für ein Glas Honig müssen die Bienen bis zu 2,5 Millionen Blüten anfliegen. Und das Schöne ist, sie sorgen dabei durch Bestäuben für den Erhalt der natürlichen Pflanzenwelt. So, das ist genug. Jetzt will ich dir aber einen König zeigen."

Er ging vorsichtig mit mir zum Heuschober, auf einem kugelförmigen Nest saß ein kleiner brauner Vogel. Ich enttäuscht: „Das soll ein König sein?" Da zeigte der Zaunkönig seinen gestelzten Schwanz, flog auf und rief: „König bin ick, König bin ick." „Siehst du", sagte mein Freund, „er ruft es selbst. Jan, vor 2500 Jahren wollten die Vögel einen König wählen. König sollte nach einer Fabel der werden, der am höchsten fliegt. Der schlaue kleine Kerl ließ sich auf den Schultern des Adlers in die Lüfte tragen, dann, als dieser müde wurde, flog er selbst los , um den Adler noch an Höhe zu übertreffen. Die anderen Vögel aber ließen den Trick nicht gelten, sperrten ihn sogar in ein Mauseloch, aus dem er am Ende jedoch wieder entkam. Seitdem ruft er unentwegt >König bin ick<." „Onkel Ferdinand, hat der einen Dickkopf, - wie er pfiffig aus seinen Perlaugen guckt." „Jan weißt du was, jetzt bauen wir beide uns eine Hütte." Onkel Ferdinand stellte mit mir alte Bretter schräg vor die Scheunenwand, und dann krochen wir dahinter.

Tante Gesine kam angerannt und rief: „Wo seid ihr? Jan, du musst nach Hause." Doch wir ließen sie rufen, sagten keinen Mucks und grinsten uns an. „Ach", sagte Onkel Ferdinand, „mir wird es kalt, ich glaube, wir sammeln Feuerholz." Wir zogen los und sammelten Holzstücke, schichteten sie in unserer Hütte auf. Plötzlich rannte ich weg, Onkel Ferdinand rief: „Du willst mich doch nicht alleine lassen hier in der Hütte, dann bekomme ich ja Angst." Ich rief tröstend: „Ich komme gleich wieder." Bald kam ich zurück, hatte die Hemdsärmel wie Handschuhe über die Hände gezogen und hatte sie voller Grünzeug. Mein großer Freund erstaunt: „Was willst du denn mit den Brennnesseln?" Ich triumphierend: „Das Feuer anmachen."

Onkel Ferdinand besuchte Vater. Schon als er die Tür aufmachte, fing er an zu reden: „Was sagst du zu Hindenburg, der mit seiner Dolchstoßlegende, er will den Schreihals zum Reichskanzler ernennen. Du warst doch beim Stahlhelm, dem Bund der Frontsoldaten, du weißt, ich hatte immer was dagegen, dass die Wehrhaftigkeit wieder auflebt." Mein Vater sagte: „Gut finde ich das auch nicht, aber hör dich mal um, der Sieger von Tannenberg ist doch für viele eine Vaterfigur. Sie sagen, wenn der alte Hindenburg mitmacht, dann kann das doch nichts Schlimmes bedeuten." Ferdinand aufgeregt: „Hast du noch nicht gehört, was die Leute sagen, >denn man tau, man allns in de NSV<?" Er greift die Zeitung, die auf dem Küchentisch liegt: „Hier steht es schwarz auf weiß in der Zeitung, >Mit einem riesigen Fackelzug feierten die Nationalsozialisten in Berlin am 30. Januar 1933 die Ernennung ihres Führers Adolf Hitler zum Reichskanzler. Aus dem Fenster der Reichskanzlei grüßten neben ihm der neue Innenminister Wilhelm Frick, der Reichskanzler Hermann Göring und Rudolf Heß<". Dann die Schmierereien >Deutschland erwache, Juda verrecke<. Ferdinand rannte ärgerlich weg mit den Worten: „Dummes Volk."

Ferdinand besuchte uns immer öfter. Kaum war er in der Küche, sagte er: „Habt ihr die Plakate gesehen? >Der politische Leiter ermahnt zur Pflicht, denkt an das Eintopfgericht<, >Opfer für einen hungernden Volksgenossen, - Tag des Eintopfgerichts<. Mir kommen die Tränen, auch Adolf Hitler nutzt die volkstümliche Hausmannskost, um die Einheit von Volk und Führer zu demonstrieren. Also Jan, vom Oktober bis März gibt es am ersten Sonntag im Monat Eintopf. Das gesparte Geld ist dem Winterhilfswerk zu spenden." Ich maulte: „Eintopf essen wir ja schon die ganze Woche." Vater: „Führer befiehlt, wir folgen."

Wie hatte ich mich immer auf Sonntag gefreut, denn nur sonntags, an Festtagen und beim Schlachtfest gab es einen richtigen Braten. Eintopf, besonders Steckrüben, eingelegte Schnippelbohnen, Himmel und Erde (Birnen und Kartoffeln), das war nichts für mich.

Neuer Lebensabschnitt

Ich öffne meine Augen. Der alte Buschmann spielt im Auf und Ab seines Atems und hat seine Augen geschlossen. Jetzt öffnet er sein gesundes Auge, die Trommeln setzen ein und machen mir wieder meinen Herzschlag bewusst, sie reißen ihn aus der gewohnten Selbstverständlichkeit. Und schon spür ich die Erregung eines neuen Lebensabschnitts.

Als ich vom Spielen in die Küche kam, zeigte Mutter auf den Küchentisch: „Jan, guck mal, was da liegt." Wie ich mich freute; tatsächlich ein brauner Tornister. Auf der Klappe war ein springendes Pferd eingraviert. Der Tornister roch so schön neu nach frischem Leder. Mutter sagte: „Bist du nicht neugierig? Mach doch mal die Klappe auf." Ich packte aus: Eine Schiefertafel mit rotem Holzrahmen. Die Tafel drehte ich hin und her, auf der einen Seite waren Karos und auf der anderen Linien. Am Rahmen hing sogar ein Lappen. Ich fragte Mutter: „Ist der zum Nase putzen?" Sie lachte: „Nein, zum Tafel abwischen." Dann entdeckte ich noch eine schwarze Dose mit einem roten Schwamm. Begeistert rief ich: „Wie schön, was zum spielen." Ich wühlte weiter in dem Tornister, da, ein Griffelkasten mit drehbarem Deckel und Griffel. Vom Deckel starrte mich ein grauer Wolf mit weit geöffnetem Maul und einer heraushängenden roten Zunge an. Vor ihm stand Rotkäppchen mit einem gefüllten Henkelkorb. Sie schaute unbekümmert aus ihren blauen Augen. Ich strahlte, vor mir ausgebreitet meine neuen Schätze.

Am nächsten Montag gingen Mutter und ich los. Mir war gar nicht gemütlich zu Mute, obgleich ich meinen Matrosenanzug an hatte, auf den ich so stolz war. Je näher wir zur Schule kamen, desto mehr Kinder bevölkerten die Straße. Ich hielt die Hand meiner Mutter immer fester. Auf dem Schulhof begrüßten wir unsere Nachbarin mit ihrer Tochter. Mit ihren blonden Zöpfen und blauen Augen sah die kleine Grete für mich aus wie Rotkäppchen auf meinem Griffelkasten. Wir schreckten auf, über den Schulhof lief ein hagerer Mann, mit einer Schelle läutend. Meine Mutter zog mich in das Schulhaus.

Verschüchtert wie neugeborene Kälber schoben wir uns in unseren Klassenraum. Am Pult stand eine Frau, die ein hochgeschlossenes schwarzes Kleid trug. Auf der Nase hatte sie einen Zwicker. Jetzt klatschte sie in die Hände und rief: „Alle mal herhören, die Mütter stellen sich vor den Wänden auf, und ihr Kinder sucht euch erst mal einen Platz, später werde ich euch richtig hinsetzen." Das war ein Geschupse und Geschiebe, wir warfen uns gegenseitig von den Holzbänken. Sie nahm einen Stock, der mit Pergamentpapier umwickelt war, schlug damit auf die Pultplatte und rief mit kreischender Stimme: „Was soll der Führer von euch denken! Nacheinander, von vorne beginnend, hinsetzen!" Ich zog das blonde Rotkäppchen mit mir auf die Bank. Vor uns war ein massiver Holztisch mit einer schrägen Holzklappe. Tisch und Bank bildeten eine Einheit. Als alle saßen, fing die Lehrerin an zu reden: „Ich heiße Fräulein Lucie Sauerbach", leises Gekicher, „jetzt sagt der Reihe nach eure Namen, eure Mütter passen auf, ob ihr den Namen auch richtig sagt." Viele kannten nur ihren Vornamen, die Mütter mussten nachhelfen, doch ich sagte laut und vernehmlich: „Jan Hellmer."

Am nächsten Tag wurde umgesetzt, die Mädchen kamen auf die Fensterseite und die Jungen auf die Wandseite. Das passte mir überhaupt nicht, denn ich konnte nicht mehr aus dem Fenster schauen, um die Vögel zu beobachten. Was uns eigenartig vorkam, Fräulein Sauerbach machte die Tür mit dem Ellenbogen auf und zu.

Als endlich der zweite Schultag zu Ende war, lief ich nach Hause, erzählte meiner Mutter. „Mutti, unsere Lehrerin frisst das Brot mit dem Einwickelpapier und macht die Türen mit den Ellenbogen auf." „Was!" rief sie. „Ja, wirklich, sie beißt immer vom eingewickelten Brot ab." „Ach Jan, sie hat Angst vor Bakterien und fasst nichts mit bloßen Händen an." Für Mutter war es gar nicht einfach, mir zu erklären, was Bakterien sind.

Den nächsten Tag guckte ich mir ganz genau den Türgriff an, ich konnte keine entdecken. Fräulein Sauerbach kam in den Klassenraum, wir mussten aufstehen, uns stramm hinstellen, den Arm heben und: „Heil Hitler, Frau Lehrerin", rufen. Sie sagte: „Jetzt wollen wir alle Tiere aufzählen, wer eins weiß, melde sich." Das war ein Durcheinandergeschrei, Tiere, ja die kannten alle, auch ich war in meinem Element und wollte es besonders gut machen und ließ Pferde wiehern, Schafe blöken und Schweine grunzen. Sie schlug wieder mit ihrem Stock aufs Pult und schrie: „Ruhe, Ruhe, ihr sollt euch mit erhobenem Arm melden, und denjenigen, den ich aufrufe, der darf ein Tier nennen." Ich meldete mich mit verzweifeltem Winken, dabei nullerte ich mit dem Mund an meinem Hemdsärmel. Eine Gewohnheit, die ich nicht ablegen konnte. Ich höre Fräulein Sauerbach heute noch rufen: „Jan träumt und nullert wieder, ein deutscher Junge tut das nicht." Alle Kinder lachten. In der nächsten Stunde rief sie: „Tafel und Griffel auspacken, heute lernen wir das >i< schreiben. Dann ging es los, sie schrieb an die Wandtafel mit Kreide i für i. Dabei sagte sie: „Rauf, runter, rauf und Punkt darauf. Kinder macht es mir nach." Ich quälte mich ab, doch mein Griffel sauste über die Linien weg, und es sah aus, als wäre eine Krähe über meine Tafel gelaufen. Sie ging durch die Reihen und sagte: „Haltet eure Tafeln hoch." Sie kam zu mir, nahm mir die Tafel weg und rief: „Kinder, seht ihr ein >i<?" Alle lachten. „Zu Hause schreibt ihr die ganze Tafel mit i, i, i voll". Zu Hause kämpfte ich wieder mit dem Griffel. Doch dann warf ich ihn weg, rannte um das Haus und schrie: „I, das lernt man ja nie, i das lernt man...... ." Mit Mutters Hilfe habe ich dann die Tafel voll gequält. Schnell rannte ich zur Hundehütte, Wolf steckte seinen Kopf aus dem Kriechloch und blinzelte in die Sonne. Ich streichelte sein struppiges Fell und sagte: „Wolf, du hast es gut, du brauchst nicht zur Schule zu gehen. Dann muss ich auch noch den ollen Lebertran schlucken, immer heißt es, >Mund auf, Nase zuhalten<. Das ist bald noch schlimmer als zur Schule gehen."

Am nächsten Tag mussten wir in der Schule die Tafel hoch halten, Fräulein Sauerbach ging durch die Reihen, zu mir sagte sie: „Mehr schlecht als recht. So, jetzt die Tafel sauber putzen, erst noch eine Reihe i schreiben, und dann lernen wir das >**n**<." Ich spuckte auf die Tafel und versuchte mit meinem Hemdsärmel die vielen >i< wegzuwischen. Als Fräulein Sauerbach das sah, kam sie zu mir gesaust und schrie: „Du kleines Ferkel, ich muss mich vor Ekel schütteln." Ich sagte : „Wegen der Bakterien?" Sie lief rot an und eilte zur Tafel. „So, jetzt zeige ich euch das >**n**<." Mein Griffel war wieder störrisch. Da schmiss ich alle Utensilien in den Tornister, nahm ihn unter den Arm, eilte zur Tür, rief beim Weggehen: „Zu dem Schiet habe ich keine Lust", und knallte die Tür hinter mir zu.

Wir saßen am Küchentisch, Vater drehte an seinem neuen Volksempfänger herum, wütend sagte er: „Der Kasten hat nur die Reichssender, man hört nur Parolen der Braunen und Marschmusik." Da war sie wieder, die beherrschende Stimme Adolf Hitlers. Vater wollte abstellen, doch Mutter sagte: „Lass doch mal hören, man kann ja gar nicht mitreden." >Diese Jugend lernt ja nichts anderes, als deutsch denken, deutsch handeln und wenn sie, die Knaben, Mädchen mit 10 Jahren in unsere Organisationen hineinkommen, dann kommen sie zum Jungvolk, zur Hitlerjugend, dann nehmen wir sie sofort in die Partei, Arbeitsfront, SA und in die SS, und wenn sie dort noch nicht ganze Nationalsozialisten geworden sein sollten, dann kommen sie in den Arbeitsdienst, und was dann noch an Klassenbewusstsein oder Standesdünkel vorhanden sein sollte, das übernimmt dann die Wehrmacht zur weiteren Behandlung. Und sie werden nicht mehr frei, ihr ganzes Leben<. Vater knallte den Kasten aus: „Man sollte es nicht glauben, und da toben die Leute noch Beifall." Ich hatte nicht viel verstanden. Vater schaute mich traurig an: „Jan, was hast du für eine rosige Zukunft." Vater ging nach draußen.

Es näherte sich Musik einer Handharmonika. Die Tür wurde aufgestoßen, Vater kam herein und stellte sich vor Mutter, sang und spielte: „Du, du liegst mir im Herzen; du, du liegst mir im Sinn, weißt doch, wie gut ich dir bin...... ." Ich sah, wie sie rot wurde und mit den Händen über ihre Schürze strich. Ihre Augen strahlten: „Vadder, jetzt ein Lied für Jan, Jan hol dein Schaukelpferd." Vater stellte einen Fuß auf den Küchenstuhl und sang begleitet von der Ziehharmonika: „Hoppe, hoppe Reiter, wenn er fällt, dann schreit er, fällt er in den Graben...... ." Wild schaukelte ich mit dem Holzpferd, bei fällt stürzte ich vom Pferd und landete auf dem Küchenboden. Zum Spiel gehörte, dass Mutter dann mit einem Bonbon kam.

Krank lag ich in meinem Bett. Ich hatte wieder dumme Halsschmerzen. Durch mein Fenster drang lautes Brummen. Mutter stürzte in mein Zimmer: „Jan, komm schnell mit." „Ist Doktor Seitz da?" „Nein, ein Zeppelin!" Sie wickelte mich in eine Wolldecke und brachte mich nach draußen. Da gondelte gemütlich wie eine Hummel eine riesengroße brummende Zigarre durch die Luft. Das Luftschiff war viel größer als das Flugboot Do X mit seinen 12 Propellern. Es war so dicht über unser Haus geflogen, dass ich mich vor Schreck ins Gras geworfen hatte. Ich starrte in den Himmel, meine Krankheit hatte ich vergessen. Seitlich hatte der Zeppelin Propeller und unter seinem Walfischbauch hing eine Gondel. Ich rief ganz aufgeregt: „Mutti, winken aus den Gondelfenstern nicht Leute?" „Ich kann nichts sehen, aber du hast ja jüngere Augen." Am Bauch hingen noch zwei Hakenkreuzfahnen, die vom Fahrtwind flatternd winkten. Ich begeistert: „Mutti, ich will später auch ein Luftschiff steuern." Bald hörten wir nur noch das Brummen, und Mutter brachte mich wieder ins Bett. Meine Krankheit griff fester zu. Mutter holte mich nach unten, damit ich immer in ihrer Nähe war.

Ich lag auf dem Sofa, bedeckt von einer dicken weißen Bettdecke. Wenn ich aus dumpfen Träumen erwachte und krampfhaft meine Augen öffnete, starrte ich auf Totenköpfe, schnell schloss ich meine Augen wieder. Ich spürte, dass sich meine Mutter über mich beugte. Mit geschlossenen Augen sagte ich: „Die schrecklichen Totenköpfe, - die Totenköpfe." Mutter sanft: „Jan was ist, was redest du von Totenköpfen?" Ich strich über den grauen Bezugstoff des Sofas: „Dort, Hunderte von Totenköpfen." Mutter drehte mich auf den Rücken: „Das ist doch nur das Muster." Ich versank wieder in meine Fieberträume. Am nächsten Nachmittag wurde ich von der Haustürklingel geweckt. Ich war nicht mehr in Schweiß gebadet. Ängstlich richtete ich meinen Blick auf das Sofapolster, doch es war mit einem weißen Betttuch bedeckt. Die Mutter kam zur Tür herein: „Jan, du hast Besuch." Vor mir stand mein Rotkäppchen.

Sie lachte mich an: „Drei Wochen bist du schon krank. Fräulein Sauerbach", sie machte unwillkürlich einen Knicks, „hat gesagt, ein Junge im zweiten Schuljahr darf doch nicht krank werden, und dann hat sie wieder von unserem Führer gequasselt, der würde gar nicht krank. Hier deine Schularbeiten für morgen." Mein Rotkäppchen kam jetzt fast jeden Nachmittag; inzwischen saß ich schon im Trainingsanzug auf dem Stuhl. Als sie zur Tür herein kam, rief ich ihr entgegen: „Meine Mutter ist weg, einkaufen, heute können wir Doktor spielen." Ich hatte alles auf dem Tisch bereitgelegt. Löffel, abgeschnittene Gartenschläuche, eine Gabel und ein rundes Geschicklichkeitsspiel mit drei Mäusen, auf der Rückseite war ein Spiegel. Ich zog mein Nachthemd über den Trainingsanzug als Kittel. Mein Rotkäppchen schickte ich nach draußen und sagte: „Du musst erst anklopfen." Als es klopfte, rief ich mit tiefer Stimme: „Herein, Herein, was fehlt Ihnen denn?" Sie seufzte: „Ich habe Halsschmerzen und Husten." Jan: „Setzen Sie sich dort auf den Stuhl. Machen sie den Mund auf." Mit Hilfe des Spiegels schaute ich in ihren Hals, dabei drückte ich mit dem Löffel die Zunge herunter, dass sie anfing zu würgen. Ich holte die beiden Schläuche, wobei ich sagte: „Ihr Hals ist stark gerötet, ziehen Sie sich aus, ich will Sie abhorchen." Rotkäppchen zog nur ihre Bluse aus, mehr wollte sie nicht. Sie rief: „Jetzt will ich erstmal Doktor sein." Ich gab ihr mein Nachthemd, sie sagte: „Jetzt geh ich nach draußen, du musst dich ins Bett legen". Ich zog meinen Trainingsanzug aus und legte mich nur mit der Hemdhose bekleidet unter eine Wolldecke. „Du kannst kommen." Sie kam herein und rief: „Na, wo ist denn unser Kranker, wo fehlt es denn?" „Ach Herr Doktor, ich habe unsägliche Bauchschmerzen." Sie schlug unbekümmert die Wolldecke zurück und fing an, meine Hemdhose aufzuknöpfen. Ich rief: „So geht das nicht, du musst auch dein Hemd ausziehen." Sie sagte: „Als Doktor habe ich das eigentlich nicht nötig, aber meinetwegen." Dann zog sie auch Kittel und Hemd aus. Ich stellte sie auf die Probe: „Wollen wir wetten, du kannst mich kitzeln, solange du willst, doch du bringst mich nicht zum Lachen." Sie fing an, ich hatte die Lippen zusammengepresst und verzog keine Miene.

Die Stalltür klappte, ich fuhr hoch und rief: „Mutti ist zurückgekommen, wir müssen uns schell wieder anziehen." Rotkäppchen stand schon angezogen da, während ich mich noch mit dem Trainingsanzug abquälte. Ich zupfte noch an dem Oberteil, als Mutter die Stube betrat. Sie sagte schmunzelnd: „Na, ihr Beiden, ich habe euch was mitgebracht." Wir machten Gesichter wie ertappte Diebe und rissen unsere Wundertüten auf. Ich dachte, jetzt werden wir auch noch für unser Doktorspielen belohnt. Ihre Stimme schreckte mich auf: „Aber Jan, was hast du denn gemacht? Deine Trainingshose ist ja verkehrt herum angezogen." Ich hatte das Gefühl, dass mein Gesicht puterrot wurde. Dann stotterte ich: „Ich war auf dem Klo, wegen der blöden Hemdhose muss man sich ja immer ganz ausziehen."

An einem Regentag brachte Rotkäppchen ihren neuen Stempelkasten mit, einen Setzkasten. Auf einem Holzgriff war eine Schiene, in die man kleine Gummibuchstaben mit einer Art Pinzette setzen konnte. Zunächst suchten wir die Buchstaben für meinen Namen. Das war was, immer wieder drückten wir den Stempel ins Stempelkissen. Küchenschränke, meine weiße Zimmertür, alles wurde mit Jan Hellmer bedruckt. Jetzt kam meine Freundin an die Reihe, ich bemühte mich die Buchstaben für Rotkäppchen zu finden. Sie protestierte: „Mein Name ist Grete Meiners." Dann ging es wieder los. Es machte sich sehr gut, wenn Rotkäppchens Namen unter oder über meinem Namen stand. Überall waren unsere Namen zu lesen. Wolf bellte, wir hörten Pferdegetrappel und das Rumpeln des Leiterwagens auf dem Pflaster im Hof. Vater war vom Feld zurückgekommen. Bald polterte es in der Küche, und wir hörten ihn schimpfen. „Überall Jan Hellmer, Grete Meiners, Jan...... ." Jetzt kam er in mein Zimmer! „Auch hier ist die Tür beschmiert und auch der Schrank." Wir hatten uns unter mein hochbeiniges Bett verkrochen. Er musste lachen: „Jan Hellmer und Grete Meiners zusammen unter dem Bett, ihr seid wohl schon ein Brautpaar, überall habt ihr euch verewigt, ihr wollt wohl schon den Hof übernehmen." Dann wurde er zornig. „Letzten Winter habe ich noch alle Türen schön weiß gestrichen, du hast dabei noch mitgeholfen, jetzt ist alles versaut. Kommt sofort unter dem Bett hervor! Jan, das kostet eine Abreibung." Rotkäppchen und ich kamen zögernd herausgekrabbelt. Während Vater mich über sein Knie legte, gab das Rotkäppchen Fersengeld. Er hob seine Hand zum Schlag und rief: „Eins". Beim zweiten Schlag stürzte meine Rettung herbei, meine Mutter mit einem Lappen in der Hand, sie rief: „Nicht schlagen! Die Tinte kann man ganz schnell abwischen." Ich besuchte wieder meinen Freund in der Hundehütte: „Sag mal Wolf, warum will Vater mich immer hauen?"

Schön war es für uns, wenn die Wäsche in drei langen Reihen an der Leine hing. Hemden, Betttücher, Unterwäsche, Tischdecken, alles flatterte im Sommerwind. Wir liefen barfuß über das tropfnasse Gras durch die Wäschereihen, kreischten laut, weil uns die Hemdsärmel fangen wollten. Weiße Geistertücher gaukelten hin und her, wollten uns fassen und einhüllen. Wir warfen uns auf den Rasen und krabbelten weg. Hing die Wäsche leblos an der Leine, spielten wir Verstecken. Fing ich Rotkäppchen, drückte ich sie fest an meinen Körper, was mein Herz zum Klopfen brachte. Sie riss sich los und sprang weg wie ein Reh. Um sie zu fangen, drang ich quer durch die Wäsche, riss dabei ein Betttuch herunter. Mutter hatte uns wohl beobachtet. Sie kam aus dem Haus gerannt: „Das kann ich noch mal waschen." Das war ihre einzige Reaktion.

Selbst in der Schule und auf der Straße riefen die Kinder, wenn wir zusammen standen: „Brautpaar, Brautpaar." Wir störten uns nicht daran und gingen weiter zusammen unsern Schulweg. Auf dem Heimweg überholten wir den Bettler Emken Knui. Er trug einen alten Sack auf dem Rücken. Wir neckten ihn: „Emken, hast du deinen Sack immer noch nicht voll Gold?" Dann sangen wir dreimal: „Knui hat `nen großen Hut, der ist verbeult, doch steht ihm gut." Er brabbelte sich was in seinen Bart und schaute uns mit seinen großen Augen traurig an. Wir liefen weiter und bogen in unsere Straße ein, an deren Ende der Hellmer- und der Meinershof lagen. Hinter dem schwarzen gusseisernen Zaun mit den goldenen Spitzen bellte ein großer schwarzer Hund. Rotkäppchen und ich stiegen auf die Fundamentmauer, steckten die Köpfe durch die Zaunlücken und kläfften zurück. Der Hund kam wütend angesprungen, Rotkäppchen sprang schnell auf die Straße, während ich an den Zaunstangen höher kletterte, ich klammerte mich an der oberen Querstange fest und strampelte mit den Füßen nach dem grimmigen Hund. Meinen Körper zog ich dabei vor Angst immer höher. Plötzlich rutschte ich ab. Vor Schmerz schrie ich auf, eine goldene Spitze war in mein Auge gedrungen. Da hing ich nun, meine Hände krallten sich am Gitter fest. Ich schrie, als wenn ich am Spieß steckte, was ich ja auch wirklich tat.

Inzwischen war die Hausbesitzerin herausgerannt gekommen und hatte ihren Hund zurückgepfiffen. Mein Rotkäppchen lief weg und rief: „Jan, ich hole deine Mutter." Mehrere Frauen standen inzwischen da und beratschlagten. Auch der Bettler Knui hatte sich dazu gesellt. Rotkäppchen kam mit Mutter angerannt. Als sie mich am Zaun hängen sah, rief sie: „Was sollen wir nur tun, Vadder ist auf dem Markt. Der Junge muss da runter." Alle hatten Angst, mich von dem Spieß zu lösen. Da schob Emken Knui die Frauen zur Seite, stieg auf die Fundamentmauer, hob mich ganz sanft an, nahm mich in seine Arme und trug mich nach Haus, wo ich dann wieder auf dem Totenkopfsofa lag.

In der Nähe unserer Scheune stand ein großer Eichbaum. In die Zweige hat mein Vater alle unbrauchbaren Töpfe aus Metall gehängt: Kaffeekannen, Eimer, Milchkannen usw. .Im Winter klapperten sie traurig im Wind, doch im Frühjahr kam Leben in den Baum. Die Stare nisteten in dem Sammelsurium von Töpfen. Vater erfreute sich an ihren klangreinen Pfiffen und ihrer Kunst, die Tiere auf dem Hof nachzuahmen. Sie krähten wie ein Hahn, gackerten wie die Hühner, selbst Schafe und Kühe meinte man zu hören. Mutter schimpfte jedes Mal: „Nimm doch bloß die vergammelten Töpfe aus dem Eichbaum, die Stare fressen mir wieder alle Johannisbeeren weg." Vater bestimmt: „Die Vögel bleiben, die sind mir lieber als die braunen Stare und die Goldfasane, die jetzt überall in den Straßen herumlaufen." „Pass du man lieber auf deinen Sohn auf, guck, da kommt er schon wieder mit deinem Rad angefahren." Ich hing an der Lenkstange, mein rechtes Bein hatte ich unter die obere Rahmenstange durch gesteckt, um die Pedale treten zu können. Mein Vater lachte: „Ein Affe auf dem Schleifstein." Ich holperte schlecht und recht über das mit Schlaglöchern übersäte Hofpflaster. Ehe ich mich versah, lag ich auf der Nase und fing an zu weinen. Mein Vater rief ironisch: „Ein Hitlerjunge weint nicht."

Müde kam ich von der Schule zurück. Mutter sah, dass ich mit dem rechten Bein humpelte, sie sagte: „Lass mal sehen." Sie betrachtete das Bein: „Was ist das denn, der Oberschenkel ist dick und hat einen roten Streifen, wie hast du das denn gemacht? Junge, in deinem Strumpfband ist ja ein Stück Asche." Ich schluchzte: „Die Gummiknöpfe reißen immer ab, wenn ich auf dem Aschenplatz Fußball spiele. Alle lachen mich aus, wenn meine langen Strümpfe auf die Schuhe sacken. Da habe ich ein Aschenstück als Knopf genommen, das hat wohl immer auf dem Bein gescheuert." Für solch einen Fall hatte Mutter ihre Zugsalbe.

Ich war froh, als es endlich wieder richtig warm wurde und ich das blöde Leibchen und die langen Strümpfe nicht mehr anzuziehen brauchte. Fröhlich kam ich von der Schule nach Hause, es war Sonnabend und ich hatte nichts auf. Auf unserem Hof stand ein Opel P4. Ich rannte in die Küche: „Mutter, wem gehört das Auto?" „Dem Tierarzt, Max ist krank." Vater und der Tierarzt kamen in die Küche: „Ja Mudder, da ist nicht mehr viel zu machen, Max muss zum Abdecker." Ich schrie auf und rannte in den Stall, da lag Max auf dem Stroh und zuckte nur noch mit dem Fell. Traurig ging ich zurück in die Küche und hörte, wie Vater sagte: „Ich werde mir wohl einen Trecker kaufen, damit ist vieles einfacher und geht auch schneller." Ich wütend: „Ich will lieber ein Pferd haben." Mutter tröstete mich: „Der Stum-

45

mel von Onkel Ferdinand ist doch auch dein Freund. Trecker wolltest du doch schon immer fahren."

Hubert, mein Banknachbar, hatte mich zu seinem Geburtstag eingeladen. In meinem Matrosenanzug und mit einer Tafel Schokolade zog ich freudig los. Ich klingelte an der Haustür. Es dauerte eine Weile, bis geöffnet wurde. Von Hubert war nichts zu sehen. Die Frau sah mein festlich eingepacktes Geschenk und sagte: „Gib mal her." Sie nahm es mir ab, lächelte honigsüß: „Geh schön wieder nach Haus." Dabei schlug sie die Tür vor meiner Nase zu. Weinend lief ich zur Mutter. Sie nahm mich in die Arme: „Jan, du wirst wohl noch mehr Enttäuschungen erleben." Unlustig ging ich nach draußen, ich wusste nichts mit mir anzufangen, stromerte über die Wiesen an Gräben entlang, laut quakten die Frösche. Da sah ich Heinzi, einen schielenden Jungen mit roten Haaren und Sommersprossen, er rutschte auf einer Holzbohle über den Graben. Er rief: „Komm her, ich glitsch auf Froschlaich, das geht prima." Mit Feuereifer machte ich mit, zog Schuhe und Strümpfe aus und kletterte in den Muttgraben, um noch mehr Laich herauszufischen. Heinzi verteilte es auf dem Brett. Aber das Glitschen ging uns immer noch nicht schnell genug. Heinzi pisste auf den Froschlaich. Ich nicht faul, machte es ihm nach. Begeistert riefen wir: „Was haben wir für eine tolle Glitsche." Wir wurden immer übermütiger. Ich schrie: „Jetzt mach ich Randglitschen." Oh Schreck, kopfüber sauste ich in den Muttgraben. Ich spaddelte verzweifelt mit den Beinen. Heinzi unverzagt: „Zicke Zacke, Zicke Zacke Hühnerkacke, hoi hoi hoi." Mit seiner Hilfe konnte ich mich schließlich befreien. Schreiend lief ich nach Haus. Mutter stellte mich in die Zinkwanne und goss Eimer für Eimer kaltes Wasser über meinen Körper. Mich schauderte wie dem Jungen, >der auszog das Fürchten zu lernen<. Mutter sagte: „Jan, schau mal her, in der Wanne schwimmen sieben Blutegel."

Das ganze Wochenende hatte ich mich gefreut: am Montag war unser erster Schulausflug, wir fuhren mit dem Zug, dem Pingel–Anton. Mutter hatte in meinen Tornister meine Lieblingsbrote gepackt, Schinkenbrot, Brot mit Spiegelei und dazu eine Flasche Himbeersaft. Beim Weggehen steckte sie mir noch zwanzig Pfennig in mein rotes herzförmiges Portemonnaie. Heute ging ich gern zur Schule.

Auf dem Schulhof wimmelten die Schüler durcheinander wie ein Bienenschwarm. Fräulein Sauerbach versuchte verzweifelt, Ordnung in das Durcheinander zu bringen. Sie wurde energisch und klatschte laut in die Hände: „Kinder, in Zweierreihe aufstellen, der Zug wartet nicht!" Mit Hilfe von drei mitfahrenden Müttern konnten wir endlich losmarschieren, ich hatte mich neben Rotkäppchen gestellt. Wir waren noch nicht lange auf dem Bahnsteig, da kam der Pingel-Anton dampfend angerattert. War das ein Gedränge und Geschubse als wir einstiegen. Der Mann mit der roten Mütze rief: „Langsam, langsam, alle nacheinander, im Zug ist genug Platz." Fräulein Sauerbach atmete auf, endlich saßen alle auf den Holzbänken. Es dauerte nicht lange, da wurden wir wieder unruhig, rannten durch den Gang und balgten miteinander. Der Schaffner kam in unseren Waggon, vor seiner Uniform hatten wir Respekt, schnell saßen wir alle wieder auf unserem Platz, ich neben Rotkäppchen.

Fräulein Sauerbach stimmte mit spitzem Mund ein Lied an: „Das Wandern ist des Müllers Lust, das Wandern...... ." Wobei sie das Wort >Lust< besonders betonte. Erst als die mitfahrenden Mütter auch mitsangen, stimmten wir fröhlich mit ein. Die Lehrerin sang den Schlussvers: „..... lasst mich in Frieden weiter zieh`n und wandern". Wir aber sangen unbekümmert weiter: „Hinaus in die Ferne mit Butterbrot und Speck, das mach ich ja so gerne, das nimmt mir keiner weg. Wer das tut, der kriegt eins auf den Hut." Frau Sauerbach empört: „Schrecklich, sofort damit aufhören", doch wir sangen, „der kriegt eins auf die Nase, dass sie blut." Die Mütter lachten. Die Lehrerin ärgerlich: „Ihr unartigen Kinder, „jetzt hört mal zu! Wir wandern zu den Osenbergen. Im Bereich des Schatzbergs ist ein Schatz vergraben. Im Wald sind Kärtchen versteckt, auf denen Buchstaben stehen. Wenn ihr alle gefunden habt und sie so zusammenlegt, dass der Satz einen Sinn ergibt, müsst ihr alle Kärtchen umdrehen, und ihr seht einen Plan, der anzeigt, wo der Schatz vergraben ist."

Da mir die Saftflasche im Tornister zu schwer wurde, hatte ich sie inzwischen ganz ausgetrunken und warf sie aus dem Zugfenster, dass eine Mutter geöffnet hatte. Zornig sagte sie zu mir: „Jan, denk doch einmal nach, hoffentlich hat die Flasche keiner an den Kopf bekommen." Manche Kinder drückten ihre Nase an die Zugscheiben, sammelten Spucke und ließen sie an der Scheibe hinunterlaufen. Das brachte Fräulein Sauerbach auf die Palme: „Pfui; Pfui, ihr Ferkel, sofort damit aufhören!" Unsere Lehrerin war erleichtert, als der Zug endlich unser Ziel erreichte, ein kleines Dorf, das am Rande eines großen Waldgebietes lag. Der Zug ratterte weiter, während wir ihm nachwinkten.

Mit Fräulein Sauerbach an der Spitze und begleitet von nur noch einer Mutter, bogen wir in einen Waldweg ein und wanderten im Schatten der Kiefernbäume. Viele stromerten seitlich durch den Wald. Bernd rief: „Hier am Wegrand liegt ein Pappschild mit einem >**U**<. Nun suchten wir alle eifrig Buchstaben. Bald sahen wir die zehn Meter hohen Sandberge, der höchste war der Schatzberg. Die Lehrerin rief: „Kinder, ihr müsst weitersuchen, wir haben noch nicht alle Buchstaben." Während die anderen verzweifelt suchten, hatten Rotkäppchen und ich uns in einer Sandkuhle unter einem Busch versteckt und saßen dicht beieinander. Sie zu küssen, wagte ich nicht. Trotzdem rief Albert: „Grete und Jan haben sich versteckt und küssen sich."

Wir beiden riefen: „Petzi, Petzi." Da kam sie aber schon angefegt, Fräulein Sauerbach, mit hochrotem Kopf: „Pfui, pfui, Kinder in eurem Alter tut man so was nicht."

Bald waren alle Buchstaben gefunden und wurden zusammengelegt. Jetzt waren auch die anderen beiden Mütter wieder da. Fräulein Sauerbach sagte: „Albert, lies du." „Uralte Schatzkiste." „So, jetzt dreht die Buchstaben vorsichtig um." Auf dem Plan war der Schatzberg gezeichnet und eine Eiche. Zum Fuß der Eiche zeigte ein Pfeil. Alle stürmten los und gruben mit ihren Händen. Bernd stolz: „Hier liegt die Kiste!" Vorsichtig wurde sie ausgebuddelt und geöffnet. Die Lehrerin rief: „Alle zur Seite!" Dann fing sie an zu verteilen: Luftballons, Dauerlutscher, Lakritzen, Sahnebonbons, wobei sie Rotkäppchen und mich geflissentlich übersah.

Sie klatschte in die Hände: „Auf, auf zur Waldschenke, dort ist auch ein großer Spielplatz." Rotkäppchen und ich fassten uns an die Hände und gingen trotzig hinter den andern her. Rotkäppchen hatte auch ihre Flasche schon leer getrunken, zu schlickern hatten wir nichts. Der einstündige Weg fiel uns sehr schwer, denn wir hatten Durst, wir kamen uns vor wie Wanderer in der Wüste. Endlich, ja, endlich hatten wir die

Schänke erreicht. Auf einem Tisch im Kaffeegarten hatte die Wirtin zum Verkauf alle Herrlichkeiten aufgebaut, die sich Kinder nur erträumen können: Kisten mit Wundertüten, Lakritzschnecken und Lakritzpfeifen, Puffreis, Salmiakpastillendosen, Lutschstangen, Schokoladenriegel, Nappo. Ich hatte für alles keinen Blick und rannte mit Rotkäppchen zum Getränkestand und kaufte uns für meine zwanzig Pfennig eine Flasche Zitronensprudel.

Ich ließ mir Zeit und hatte es gar nicht eilig nach Hause zu kommen, trug schwer an meinem Zeugnis. Ich hatte mir einen Stock gesucht und ärgerte die Hunde, die hinter den Zäunen bellten. Rotkäppchen überholte mich und rief: „Jan, was soll das?" „Hau ab, du alte Ziege." Sie drehte sich um, steckte ihre Zunge raus und rief: „Hast wohl einen Jammerlappen." Heinzi rannte an mir vorbei, holte Rotkäppchen ein, umfasste sie von hinten und wollte mein Rotkäppchen küssen, sie wehrte sich. Da wurde ich munter, sauste wie der Wind, stieß ihn weg, dass er auf das Pflaster aufschlug. Mit blutenden Knieen rannte er weg. Rotkäppchen würdigte mich keines Blickes und ging stur weiter.

Ich hatte die Haustür noch nicht ganz geöffnet, rief Mutter: „Zeig mal her, wie ist denn dein Zeugnis?" Nachdem sie es gelesen hatte, schüttelte sie bedenklich ihren Kopf: „Jan, Jan, mit Mühe und Not versetzt, wir müssen Deutsch üben." Ich maulte: „Wir haben Ferien." Es half nichts, jeden Tag saß ich mit ihr eine Stunde in der Küche zusammen. Sie hatte vor sich das Bilderbuch >Die Häschenschule< und las Wort für Wort:

„Kinder, spricht die Mutter Hase, putzt euch noch einmal die Nase mit dem Kohlblatt-Taschentuch!"

Ich schaute auf: „Das hab ich schon mal versucht, das geht nicht, das schmiert." Sie las ohne aufzublicken weiter, endlich kam sie zum Ende:

„Ja! – Nun marsch, zur Schule gehen! Mütterchen, auf Wiedersehen!"

Ich sprang auf und tat, als ob ich rausgehen wollte. Sie rief: „Hier geblieben, noch nicht mal eine halbe Stunde üben wir." Dann las sie mein Geschriebenes: „Jan, zehn Fehler, wir müssen weiter lernen, was soll ich denn jetzt lesen?" „Wo der Fuchs die Häschen fangen will." Mutter fing an:

„Horch, wer wimmert dort so sehr. Liebe Häschen, kommt mal her."

Ich unterbrach Mutter: „Dem hätte ich was auf seine Rübe gegeben." Endlich waren wir fast am Ende.

„Hopsa – Hopsa, wie der Wind rennt ein jedes Hasenkind."

Mutter verbesserte meine Fehler: „Schon besser, nur fünf. Nun renn auch du wie der Wind nach draußen." Ich suchte meinen Freund, er lief frei im Hof herum. Wolf kam bellend angesprungen und hätte mich vor Freude bald umgeworfen. Ich tollte mit ihm herum, hielt seinen Kopf fest und flüsterte ihm ins Ohr: „Wolf, Wolf, die blöde Schule, das doofe Lernen." Er fuhr mit seiner feuchten Zunge durch mein Gesicht.

Es war an einem kalten Wintertag im Januar 1937, das weite Land hatte der Nordwind mit einer dicken Schneedecke überzogen. Mutter und ich hörten Schlittengeläut auf unserer Hofeinfahrt. Mutter rief: „Jan, lauf nach draußen, Onkel Ferdinand hat sicher seine Schlittenkutsche wieder flott gemacht." Jetzt hörte ich seine Peitsche knallen, flugs war ich draußen, Mutter kam hinter her. Onkel Ferdinand rief: „Jan, zieh dich warm an und bringe deinen Schlitten mit. Wir fahren zum Hügel an der zweitausendjährigen Femeiche im katholischen Ort." Mutter rief: „Die Schularbeiten!" „Die haben Zeit, lass den Jungen nur mitfahren, es ist ein so schöner sonniger Wintertag." Selbst Stummel hatte Freude an dem Ausflug, er trabte munter querfeldein. Onkel Ferdinand sah mich an: „Jan, willst du die Zügel mal halten?" Er drückte mir das Geschirr in die Hand. Stummel lief unbekümmert weiter, er schien gar nicht gemerkt zu haben, dass ich die Zügel hielt.

Schon von weitem sahen wir die hoch aufragende Eiche. Als wir vor dem Baum hielten, entdeckte ich ein großes hölzernes Hakenkreuz an dem dicken Stamm. Onkel Ferdinand murmelte:

„Die Nazis mit ihrem Germanenkult." Auf dem zwanzig Meter hohen Hügel am Rande des Eichenplatzes fuhren Kinder mit Schlitten und spielten im dicken Schnee. Onkel Ferdinand band Stummel an einer Kastanie fest. Wir beide zogen den Schlitten auf den Hügel. Immer wieder sausten wir lachend hinunter, bis ich sagte: „Ich will jetzt mal, wie die anderen Kinder, allein auf dem Bauch runterfahren."

Vom nahen Kirchplatz näherte sich eine große singende Gruppe, alle schauten auf. Ferdinand rief: „Jan, mach, dass du runterkommst." Er fuhr inzwischen den Pferdeschlitten außer Sicht.

Wir schauten durch ein Gebüsch. Sie pilgerten auf den Eichplatz. Es waren etwa 400 Frauen und Männer. Vorneweg trugen die Männer Leitern und ein schweres Holzkreuz. Die spielenden Kinder hörten den frommen Gesang. Erstaunt sahen sie, dass ihre Eltern dabei waren. Sie nahmen ihre Schlitten und stapften hinter der Prozession her. Als der ganze Zug die Femeiche erreicht hatte, wurden Leitern an den Stamm gelegt. Die Männer setzten Brechstangen an, und mit Gepolter fiel das Hakenkreuz vor die Wurzelfüße der Eiche. Unter Gesang wurde das christliche Holzkreuz an den dicken Stamm genagelt. Von der Leiter hielt ein Mann eine Ansprache: „Liebe Gemeinde, mit diesem Kreuz haben wir ein Zeichen gesetzt, es ist ein Protest gegen die Willkür der Machthaber. Wir lassen es nicht zu, dass die Anwesenheit unseres Herrn, das Kruzifix, aus den Schulklassen entfernt worden ist und durch ein schnurrbärtiges Hitlerbild ersetzt wurde." Alle riefen, selbst die Kinder stimmten mit ein: „Wir wollen das Kreuz an seinem alten Platz haben. Wir wollen das Kreuz......" Dann gaben sie sich alle die Hände und sangen ein Lied des Friedens.

Ehre sei Gott in der Höhe
und Friede auf Erden, auf Erden,
und den Menschen ein Wohlgefallen.
Amen

Von weitem hörte man Trommeln, dazu kehligen Gesang: „Die Fahne flattert uns voran, in die Zukunft ziehn wir Mann für Mann...... ." Die Braunen kamen mit ihrer Hakenkreuzfahne, begleitet von der Polizei, anmarschiert, sie umstellten die Menschen des Friedens. Die sangen unbekümmert ihren Friedenskanon weiter. Nur die Kinder drängelten sich ängstlich zu ihren Eltern. Eine schneidende Stimme rief: „Sofort aufhören mit dem Geplärr!" Doch sie sangen mutig weiter. Sie wurden hart bedrängt, der braune Kreis mit den schweren Stiefeln zog sich immer enger. Doch als mehrere Männer herausgegriffen und zur Polizei geführt wurden, erstarb der Gesang. Alle wurden verhört, doch einen Rädelsführer konnten sie nicht ermitteln. Zwei Männer wurden verhaftet und abgeführt. Vier Kinder fingen an zu weinen, als sie sahen, dass ihre Väter von der Polizei mitgenommen wurden.

Traurig zottelte Stummel wieder zurück. Onkel Ferdinand hatte seine Fröhlichkeit verloren, sagte immer wieder: „Diese Unmenschen, diese Unmenschen", wobei er vor Wut mit den Zähnen knirschte.

Fräulein Sauerbach hatte mit uns ein Märchenspiel einstudiert, "Hänsel und Gretel". Rotkäppchen spielte Gretel, ich wäre zu gerne Hänsel gewesen. In einem alten Saal an der Gaststätte, "Zum wilden Mann", wurde am ersten Sonntag im Monat ein Märchen gespielt, >Froschkönig, - Rotkäppchen, - Brüderchen und Schwesterchen und noch viele andere Märchen und auch Weihnachtsmärchen<. Der Eintritt kostete zwei Groschen. Ich habe mit Mutter, mit Rotkäppchen, auch allein, oft die einfachen Aufführungen besucht, träumte mich danach in die Zauber-, Märchenwelt, spielte zu Hause mit Rotkäppchen die Stücke nach. Ich sagte bei der Vorbereitung zu Fräulein Sauerbach: „Den Hänsel will ich spielen." Sie antwortete spöttisch: „Den spielt Wilhelm, du bist dafür zu frech." Ich, wie die anderen, die keine Hauptrolle bekommen hatten, mussten Waldtiere spielen, auf allen Vieren hin und her laufen, hüpfen und springen und auch Hänsel und Gretel erschrecken. Ich war der Dachs. Da ich mich ärgerte, ein wilder.

Die Eltern hatten mühsam in den Bänken Platz genommen. An der Tafel stand groß geschrieben:
Hänsel und Gretel

ein Märchenspiel
in zwei Aufzügen mit einem Nachspiel
für Kinder bearbeitet von Lucie Sauerbach

Sie begrüßte die Eltern mit: „Heil Hitler." Zögernd wurde geantwortet. „Ich begrüße Sie und bedanke mich, dass Sie Zeit gefunden haben herzukommen. Zum Abschluss des dritten Schuljahrs verabschiede ich mich von der Klasse und übergebe die Jungen und Mädchen an den Lehrer Herrn Wieland Nagel." Sie begann:

„Vor einem großen Walde wohnte ein armer Holzhacker mit seiner Frau und zwei Kindern. Sie hatten nichts zu essen, sodass sie nachts vor Hunger oft nicht einschlafen konnten. Die Kinder hatten nicht mal Schuhe und Strümpfe, sie mussten im Winter barfuß durch den Schnee laufen. Der Holzhacker hätte gerne eine andere Arbeit gehabt, doch die gab es nicht, viele Menschen waren arbeitslos."

Das Spiel begann, wir waren mit Eifer dabei. Fräulein Sauerbach hatte sich auch viel Mühe gegeben, mit uns geübt und Masken gebastelt. Unser Spiel wurde immer wieder von Beifall unterbrochen, und wir erhielten einen großen Schlussbeifall. Fräulein Sauerbach hob beschwörend die Hände und rief: „Liebe Eltern, jetzt kommt noch das Nachspiel." Sie stand erhöht vor ihrem Pult, wir im Halbkreis daneben. „Kinder, jetzt antwortet mir. Wer sorgt dafür, dass wir nicht mehr hungern müssen?" „Der Führer."

Wer sorgt dafür, dass ihr Schuhe und Strümpfe habt?" „Der Führer." Wer sorgt dafür, dass euer Vater Arbeit hat?" „Der Führer." Vater erhob sich, Mutter wollte ihn festhalten. Er rief laut: „Jan, wir müssen gehen, die Kühe wollen gemolken werden."

Onkel Theodor tönte immer wieder: „Mein Patenjunge bekommt von mir eine Eisenbahn, keine zum Aufziehen, nein, eine elektrische!" Tante Gerhardine lächelte dazu säuerlich. Wenn sie zu meinem Geburtstag oder zu Weihnachten kamen, schätzte ich ihr mitgebrachtes Paket ab. Schenkten sie mir jetzt endlich die versprochene Eisenbahn? - Ich schob weiter meinen Streichholzschachtel-Zug über das Gleisbett, dass ich im Sandkasten gezogen hatte. Ich fuhr über Brücken und durch Tunnel, die ich kunstgerecht im Sand gebaut hatte. Auf der vordersten Schachtel prunkte Dampf aus Watte. Immer wieder enttäuschten sie mich. Als ich dann ihre Mitbringsel, meist waren es von Gerhardine gestrickte Pullover, Strümpfe, Handschuhe oder Pudelmützen, achtlos wegwarf, sagte Gerhardine: „Undankbarer Junge." Onkel Theodor zog die Schultern hoch: „Deine Tante meint, für eine Eisenbahn wärst du noch zu klein." Dabei hatte ich überall bei meinen Freunden angegeben: „Onkel Theodor schenkt mir eine Eisenbahn."

An meinem achten Geburtstag kamen meine Paten wieder angedackelt. Schon von weitem rief

Onkel Theodor: „Jan, diesmal bringen wir dir etwas ganz Besonderes mit." Erst mal musste ich warten. Die Erwachsenen, besonders Tante Gerhardine, redeten und redeten. Als Mutter dann sagte: „Kommt, setzt euch an den Kaffeetisch", hatte Onkel Theodor ein Einsehen: „Nun lasst doch erst mal Jan das Paket auspacken." Hastig riss ich die Verpackung auf. Gerhardine zynisch: „Wie gehst du mit dem schönen Einwickelpapier um, du ungeduldiger Junge." Aus dem Kasten zog ich eine Lokomotive und drei Personenwagen aus Blech. Verzweifelt suchte ich nach Schienen. Onkel Theodor belehrend: „Die Lokomotive ist zum Aufziehen, und den Zug kannst du überall fahren lassen." Ich enttäuscht: „Ein Zug ohne Schienen ist überhaupt keine Eisenbahn." Dann lief ich wütend nach draußen und knallte die Tür hinter mir zu. Doch der Weihnachtsmann hatte mehr Einsehen. Endlich, nächsten Weihnachten, welche Freude, brachte mir der Weihnachtsmann doch noch Schienen.

Meine Mutter sagte zu mir: „Hast du schon daran gedacht? In diesem Monat ist Jahrmarkt." Ich freudig: „Dann muss ich klettern üben." Im letzten Jahr standen drei Kletterstangen auf der Kirmes. An der Spitze hingen Netze mit Bällen, Wasserpistolen, Trommeln und Blechtrompeten. Immer wieder hatte ich versucht, für fünf Pfennig hochzuklettern, um einen Fußball zu ergattern. Doch ich schaffte es nicht bis zur Spitze.

Erschöpft gab ich auf, mir blieb nur noch Geld für eine Lutschstange.

Vater hatte im Rasen eine Kletterstange eingegraben. Ich übte unermüdlich, sodass Mutter schon rief: „Jan, vernachlässige deine Schularbeiten nicht."

Endlich war der Jahrmarkttag gekommen. Mutter, Vater und ich schritten los. Ich rannte übermütig voraus, stolperte über eine Bordsteinkante. Da lag ich, schrie wie am Spieß, das rechte Knie blutete, die neue Hose hatte ein Loch. Vater schimpfte: „Ich habe doch gleich gesagt, Jan soll die alte Hose anziehen." Meine Eltern marschierten mit einem brüllenden Jungen wieder nach Hause. Das Knie wurde verarztet, ich zog meine alte Hose an. Wir machten uns erneut auf den Weg.

Von weitem hörten wir schon die Kirmesmusik. Mutter sagte. „Ob dieses Jahr wohl Harm wieder mit seiner Drehorgel da ist? Mir macht es Spaß, wie er sich seemännisch ausstaffiert mit einer alten Kapitänsmütze." Mich interessierte viel mehr die Schiffschaukel und das Karussell mit den Pferden, Schwänen und Kutschen. Als wir den Platz fast erreicht hatten, hörten wir einen Mann schreien: „Die Sensation, ein Mann im Grab, jetzt ist die Grube ausgehoben, und Sie können erleben, wie ein Mensch lebendig begraben wird. Mit fünf Pfennig sind Sie dabei." Vater sah hinter der Umzäunung meinen Patenonkel stehen, wir gesellten uns dazu. Der Mann stieg in die Grube, Säcke wurden über seinen Körper gelegt und dann das Grab zugeschaufelt. Ich hatte mit Grauen zugeschaut. Für mich war der Gedanke schrecklich, in der kalten Erde begraben zu werden und dann noch lebend. Ich fing an zu schreien: „Holt ihn raus, holt ihn raus." Die Leute lachten, Onkel Theodor verschwand schnell. Mutter und Vater zogen mich weg. Es dauerte lange, bis sie mich beruhigt hatten. Vater holte mir eine Lutschstange. Mutter zeigte auf das Pferdekarussell: „Auf zum Ringelspiel." Ich kletterte auf einen feurigen Schimmel. Mutter setzte sich neben mich auf einen Rappen. Aus dem Motivkranz am Trichter des Pferdekarussells schauten freundlich modische Frauen auf mich herab. Glockenschläge - , das Karussell drehte sich, schneller und schneller. Mit uns machten die Runden die buntgemalten Frauen, schreiende Kinder, während sich die Pferde gelassen auf und ab bewegten. Die Erwachsenen griffen bei der Fahrt nach einem Metallring. Er hing außerhalb der Drehfläche an einem Galgen. Mutter juchzte, zweimal erwischte sie den Ring und wir bekamen Freifahrten.

Wir schlenderten weiter. An der Losbude gewann ich eine kleine Trompete. Harm hatte Mutter erblickt, er kam mit seiner Orgel angeschoben, er drehte die Kurbel, auf der Orgel schaukelte ein Segelschiff wie im schweren Seegang hin und her. Er spielte ein Seemannslied, brach ab und spielte Mutters Lieblingsstück. Sie sang fröhlich mit: „Das gibt`s nur einmal, das kommt nicht wieder, das ist zu schön, um wahr zu sein. So wie ein Wunder fällt auf uns nieder..... ." Die Musik ebbte ab, mit Schwung zog er seine Mütze und rief: „Schiff ahoi, ich bewege mich mal wieder unter Landratten." Mutter gab ihm zwanzig Pfennig. Er verneigte sich noch tiefer und jetzt: „>Magelhan<, Junge du kannst mich mit deiner Trompete begleiten." Mit brüchiger Stimme sang er:

„Dor fohr von Ham-borg so`n ohlen Kassen, mit Na - men heet he Ma – gel – han, dor weer bi Dog keen Tid tom Bras – sen."

Mein Gequieke erstarb bald in Nichts. Harm krächzte unbekümmert weiter. Vater zog mich zur Schiffschaukel, Mutter blieb noch stehen. Als wir einstiegen, rief auch Vater: „Schiff ahoi." Stürmisch schaukelte unser Schiff hin und her. Ich klammerte mich fest an meine Bank. War die Schaukel oben, suchte ich mit meinen Augen den Markt nach den Kletterstangen ab. Doch wo waren sie? Als die Seefahrt zu Ende ging, rief ich: „Jetzt will ich zu den Kletterstangen." Wir suchten vergebens. Meine Enttäuschung war grenzenlos. Der Jahrmarkt war mir verleidet. Da sah Vater zu meiner Freude eine Kasperbude. Kasper rief: „Seid ihr alle da, dann ruft mal laut: Hurra." Ich war noch nicht da, lief, was ich konnte, und rief: „Hurra, Hurra." Kasper: „Hallo, wer kommt da denn noch angeflitzt?" Ich laut: „Jan Hellmer." „Jan, setz dich hier vorne hin und schrei laut, wenn der Teufel oder ein Räuber kommt." Der Kasper gefiel mir, er hatte immer ein lachendes Gesicht, selbst in der größten Not, am Ende war er immer Sieger. Immer rettete er Großmutter und Gretel. Gretel sah genauso freundlich aus wie mein Rotkäppchen. Ich rief: „Mutti, ich will auch einen Kasper haben." Kasper hatte schon den Vorhang zugezogen. Der Vorhang öffnete sich wieder zu einem Spalt. Kasper schaute heraus: „Jan; du hast so gut aufgepasst, ich schenke dir meinen alten Holzkopf." Sorgfältig trug ich den Kasperkopf auf den Händen. Meine Eltern machten beim Rückweg einen Umweg, um nicht noch mal an der grausigen Grube vorbei zu kommen. Meine Albträume über den lebendigen Toten haben mich noch lange verfolgt.

An meinem Geburtstag wurde ich geweckt: „Tri Tra Trullala, Kasper ist schon wieder da. Hallo Jan, steh auf und ruf laut Hurra." Mein Hurra klang noch ganz verschlafen. Kasper hielt seine Hand ans Ohr und rief: „Ich hör nichts." Mit: „Hurra, ich habe einen Kasper", sprang ich aus dem Bett. Mutter: „Na Jan, haben Vater und ich dir nicht einen lustigen Kasper gebastelt?" Am Nachmittag kamen Rotkäppchen, Albert und Heinzi. Heinzi hatte mir eine Rolle Drops, Albert eine Tafel Schokolade und Rotkäppchen ein Bilderbuch mitgebracht. Mutter hatte den Küchentisch festlich gedeckt. Auf dem Tisch standen Kerzen und eine Neun aus Holz. Kakao und Butterkuchen waren im Nu verputzt. Ich hatte es kaum abwarten können, mit Tri Tra Trullala kam ich aus meinem Zimmer zurück: „Kommt, wir wollen Kaspertheater spielen. Rotkäppchen spielt Gretel." Bald standen wir hinter einer Wolldecke, die wir im Türrahmen festgeklemmt hatten. Ein Holzlöffel mit einem Kopftuch war Gretel. Albert spielte den Räuber mit einer Flachzange. Heinzi wollte unbedingt ein Luftgeist sein und fuhrwerkte mit einer Luftpumpe herum. Mutter saß auf dem Küchenstuhl und war Zuschauer. Ich als Kasper mit einem Holzstab rief immer wieder: „Seid ihr alle da?" Mutters Hurrageschrei war immer noch nicht laut genug. Da tauchte Gretel auf: „Jetzt ist aber genug, unser Zuschauer ist ja schon heiser." Kasper: „Gretel, Gretel, sei nur auf der Hut, Räuber Beißzahn ist wieder da." Schon kam er hochgesaust und klapperte mit seinem Beißmaul: „Hoho, Gretel muss mit mir kommen oder ich werde sie beißen." Kasper schlug, wobei er unentwegt lachte, auf Beißzahn ein: „Dir werde ich es zeigen, meine liebe Gretel zu beißen." Der Tumult wurde größer, der Luftgeist war aufgetaucht und pumpte wie wild mit der Luftpumpe herum. Unser Zuschauer rief: „Ich muss in den Stall, spielt ihr man weiter." Ohne Zuschauer wurde das Spektakel noch größer, sodass Rotkäppchen weglief und wir Jungs alleine waren. Aber ohne Gretel hatte auch Kasper keine Lust mehr. Kräftig wurde an die Küchentür geklopft. Wir machten das Licht aus, versteckten uns unter dem

Küchentisch. Die Tür wurde aufgestoßen. Ich erkannte Onkel Ferdinand. Mit dem Strahl einer Taschenlampe suchte er die Küche ab: „Da seid ihr ja, ihr Lumpenpack. Jan, was meinst du wem die Taschenlampe gehört?" Schnell krabbelte ich aus meinem Versteck: „Onkel Ferdinand, schenkst du mir die Lampe? Ich habe doch heute Geburtstag." Ferdinand kaute seinen Priem und knurrte: „So, hast du das, das habe ich ja gar nicht gewusst." Wie viele Bücher habe ich mit Hilfe der Taschenlampe unter der Bettdecke gelesen!

Aufbruch zum Marschieren

Bei den Buschmännern bestimmen jetzt die Trommeln das Spiel. *Die Tänzer haben sich erhoben und machen im Rhythmus der Trommeln langsam schlenkernde Bewegungen. Sie stampfen mit den Füßen auf, als ob sie die Eintönigkeit des Marschierens aufnehmen wollten. Immer im Kreis, immer im Kreis. Sie bewegen sich, als spürten sie den Rhythmus meines Herzens.*

Fräulein Sauerbach hatte sich also verabschiedet, wir hatten nach den Ferien einen Lehrer bekommen. Er kam stramm in unsere Klasse marschiert, hob zackig seinen rechten Arm, schaute ergeben auf das Hitlerbild über dem Pult und rief: „Heil Hitler." Wir waren inzwischen ängstlich aufgestanden, mit einem großem Durcheinander antworteten wir ihm. Er überschlug sich fast: „Das muss geübt werden, euer Arm muss freudig hochflitzen." Nach elfmal Heil-Hitler-Geschrei war er endlich zufrieden. Jetzt stellte er sich vor: „Ich heiße Wieland Nagel." Kichern in der Klasse. Er laut: „Das Lachen wird euch schon vergehen, ein Nagel ist spitz und kann stechen." Jetzt mussten wir in strammer Haltung unsere Namen herausbrüllen. Die Stunde war schon zu Ende, und er war noch nicht bei Z angelangt.

Jeden Tag nahm ich mir vor, heute mal nicht zu weinen. Doch wenn es Abend war, hatte ich wieder geweint. Heulte ich in der Schule, weil ich mich ungerecht behandelt fühlte, schrie Nagel: „Ein Hitlerjunge weint nicht, wie oft hat Hitler geweint?" Meine Mitschüler leierten: „Zweimal, - das erste Mal, als wir den Weltkrieg unter dem Kaiser verloren haben, - das zweite Mal, als seine Mutter gestorben ist." Eines Tages schleuderte es in meiner Wut aus mir heraus: „Der braucht sicher auch nicht zu scheißen." Damit wurde ich zum schwarzen Schaf der Klasse.

In der Sportstunde übten wir oft im Gleichschritt marschieren. Jedes Mal sagte er: „Bald müsst ihr zum Jungvolk, ihr sollt vollwertige Hitlerjungen werden." Ich war der Kleinste in der Klasse und bildete das Schlusslicht. Mit meinen kurzen Beinen konnte ich den Gleichschritt nicht halten, tanzte beim Marschieren immer aus der Reihe. Ich spürte seinen Atem hinter mir. „Links, Rechts, Links, Rechts, Links...... ." Bei jedem falschen Schritt schlug er gegen meine Hacken. Ich heulte wieder. Auch Heinzi gehörte zu den Kleinen und wurde immer gehänselt. Einmal verschlug es Nagel doch die Sprache. Heinzi stand an der Tafel und konnte nicht hoch genug anfangen mit der Kreide zu schreiben. Nagel schrie: „Leg dir eine Zeitung unter die Füße." Heinzi trocken: „Am besten hochkant."

Damit konnte ich mich gar nicht abfinden, überall hieß es: „Ist der aber klein....., dafür bist du zu klein." Als ich eines Abends nach Hause ging, die Sonne stand schon tief, sah ich meinen Schatten. Ich rannte zur Mutter: „Mutti, so klein bin ich gar nicht, ich kann schon einen riesengroßen Schatten werfen."

Mutter führte mich oft in eine andere Welt. Fast jeden Abend vor dem Schlafen hatten wir eine Lesestunde. In dem Land der Märchen fühlte ich mich zuhause. Diesmal las Mutter >Die Schneekönigin< von Hans Christian Andersen.

Ein Märchen, das mich nicht mehr loslassen würde. Sie begann:

„Kay, was tust du! rief das kleine Mädchen; und als er ihr Erschrecken sah, riss er noch eine Rose ab und rannte dann zu seinem Fenster hinein und von der lieben kleinen Gerda fort."

Es ließ mir keine Ruhe: „Warum wurde der Kay nur so böse?" „Das weißt du doch, er hatte einen kleinen Glassplitter des zerbrochenen Trollspiegels ins Herz bekommen. Das hat alles Große und Gute klein und hässlich gemacht." Dann fügte sie leise hinzu: „Heutzutage haben viele Menschen so einen Glassplitter im Herzen." Ich konnte kaum die Fortsetzungen abwarten, denn es war ein langer Weg, bis die Gerda ihren Kay bei der Schneekönigen fand. Mutter las den Schluss.

„Aber er saß still da, starr und kalt, da weinte die kleine Gerda heiße Tränen, sie fielen auf seine Brust, sie drangen in sein Herz ein, sie schmolzen den Eisklumpen und zehrten den kleinen Spiegelsplitter da drinnen auf."

Mutter und ich saßen friedlich in der Küche. Vater kam hereingestürmt: „Wolf hat ein Schaf von Gerken gerissen. Ich will keinen Streit mit den Nachbarn, Wolf kommt an die Kette." Ich fing an zu schluchzen: „Wolf war das nicht. Er ist so brav, mit ihm kann ich alles machen. Er zieht sogar meinen Handwagen." Vater unbeugsam:

„Gerken hat an dem dunklen Fell gesehen, dass es Wolf war."

Vater spannte einen Wäschedraht über den Hof, an dem ein Kette hing. Bis Wolf sich daran gewöhnt hatte, lief er wütend kläffend auf dem Hof hin und her. Wenn ich aus der Schule kam, war mein erster Weg zu ihm, er lag traurig vor seiner Hütte. Wenn ich bei ihm war, sprang er an mir hoch und versuchte mein Gesicht zu lecken. Auch sein Schwanz wedelte: „Wolf, Wolf, was hast du für ein Hundeleben."

Mutter und Vater waren zur Mühle gefahren. Ich nutzte die Gelegenheit und tollte mit Wolf herum. So angekettet machte es uns bald keinen Spaß mehr. Ich flüsterte Wolf ins Ohr: „Weißt du was, keiner ist da, ich mache dich los." Wir rannten zu einer Wiese. Dort tollten wir herum. Ich warf immer wieder einen Stock weg, den er mir schwanzwedelnd zurück brachte. Doch dann! Ja, dann gab er Fersengeld und rannte weg. Verzweifelt schrie ich immer wieder: „Wolf hierher, Wolf hierher...... ." Er witterte die Freiheit, war bald nicht mehr zu sehen. Ich rannte zurück zum Stall, schnappte mein Fahrrad und sauste los. Es dämmerte schon. Von Wolf hatte ich noch nicht mal eine Schwanzspitze gesehen. Verzweifelt fuhr ich nach Hause, öffnete vorsichtig. Nur Mutter war zu sehen: „Wo ist Vadder?" „Der sucht Wolf und dich, Jan, wo warst du denn solange?" Aus meinen Augen schossen Tränen: „Wolf ist weggelaufen, ich habe ihn gesucht."

Ich saß ganz verschüchtert da. Vater kam in die Küche und sagte müde: „Wolf ist tot, der Hund hatte mal wieder seine Tour, er hat Pferde auf der Weide gejagt, dabei hat er von einem Huf einen Schlag vor den Kopf bekommen." Ich schrie und heulte: „Wolf ist tot, Wolf ist tot!" Vater strich über meine Haare: „Jan, Jan es ist schon traurig, seinen besten Freund zu verlieren." Ich ging weinend in mein Zimmer, dort hing an seiner Troddel Kasper und sah mich lachend an. Wütend gab ich ihm einen Schubs, dass er hin und her flog. „Wie kannst du lachen, Wolf ist tot." Mutter war mir nachgekommen: „Jan, Kasper ist nun mal ein fröhlicher Geselle, er will dir nur Mut machen."

Der Direktor, er unterrichtete Erdkunde und Geschichte, kam ins Klassenzimmer: „Heil Hitler." Wir antworteten aus der Stille zackig: „Heil Hitler, Herr Direktor." Er setzte sich vor das Pult, öffnete den Pultdeckel, holte das Klassenbuch heraus und schlug es dann mit einem lauten Knall auf das Pult, schaute streng in die Runde. Wir duckten uns, bei manchen brach Schweiß aus. Dann ein lauter Ruf: „Jan zur Tafel." Die anderen Schüler richteten sich wieder auf. Der Direktor lauernd: „Jan, nun nenne mir die Nebenflüsse unseres Rheins, des deutschen Schicksalsstroms, beginnend von der holländischen Grenze." Ich stotterte: „Lippe, Ruhr, Main, Mosel", verhaspelte mich, dann Schweigen. Er spottete: „Weiter, lass deine Worte fließen." Ich war wie betäubt, vor Aufregung fiel mir nichts mehr ein. Ein Blick in die Klasse, nur feixende Gesichter. Sein spöttisches Gesicht: „Bis morgen einhundert Mal die Nebenflüsse unseres Schicksalsstrom aufschreiben." Ich ging wütend zu meinem Platz und dachte: „Du Arschloch."

In der Pause spielten wir auf dem Schulhof Fußball. Mit Wucht trat ich gegen den Ball. Im hohen Bogen landete er in einem Gemüsegarten. Drohend schrieen meine Mitspieler, allen voran Albert: „Jan, hol sofort den Ball wieder." Mit Mühe kletterte ich über den Stacheldrahtzaun, griff den Ball und warf ihn auf den Pausenhof. Als ich mit blutendem Arm wieder mitspielte, öffnete sich in der zweiten Etage ein Fenster, eine knarrende Stimme rief: „Jan, komm sofort in mein Büro." Meine Fußballfreunde hatten sich schnell verdrückt, während ich die Treppe hochlief. Ausgerechnet der Direktor hatte mich gesehen, vor dem wir alle Angst hatten. Mit bangem Herzen stand ich vor der Tür, klopfte zaghaft. Ich hörte ein herrisches: „Herein." Ich grüßte: „Heil Hitler, Herr Direktor." Er antwortete: „Das muss zackiger kommen, so". Er schnarrte: „Heil Hitler." Wir waren allein. Wir standen voreinander, er hielt in der Hand drohend einen Rohrstock: „Geht man in fremde Gärten? Die Hose herunter." Ich weigerte mich, da schrie er: „Mach deinen Arsch frei." Er packte mich am Nacken und zog mir mit Gewalt die Hose herunter! Ich spürte seine beißenden Schläge auf meinem nackten Hintern, konnte nur vor Wut schreien, aber weinen konnte ich nicht. In der nächsten Pause kam Albert zu mir: „Na, hat er deinen Arsch sehen wollen, bei mir hat er schon mal in den Hosenschlitz gefasst."

Erst zu Hause bei meiner Mutter flossen die Tränen. Mein Vater kam in die Küche: „Was ist los?" Schluchzend erzählte ich alles. Er knurrte: „Morgen geh ich mit dir in die Schule." Der Direktor kam eine halbe Stunde zu spät in die Unterrichtsstunde. Aber ich hatte von nun an vor ihm Ruhe.

Ich hatte einen neuen Freund, Gunter. Er wurde von Nagel genauso getriezt wie ich. Sein Vater, Paul Bunning, war am Finanzamt. Er wurde nicht mehr befördert, weil er Freimaurer gewesen war. Ab und zu besuchte er Vater. Auch Gunter und ich verstanden uns gut. Zu Mutters Freude machten wir zusammen Schularbeiten. An einem schönen Frühlingstag hielten wir es zu Hause nicht lange aus. Wir rannten nach draußen. Unter dem Hemd hatten wir alte Zeitungen. Mutter rief noch hinter uns her: „Seid ihr schon fertig?"

Ich hatte, als keiner in der Küche war, Streichhölzer stibitzt. An dem kleinen Waldstück lief eine Grüppe entlang, das kleine Rinnsal konnte man nicht sehen. Auf den Böschungen stand hohes abgestorbenes braunes Gras. Jetzt versuchten wir uns als Feuerwerker. Abwechselnd steckten wir die Zeitungen in Brand und warfen sie ins Gras, es brannte wie Zunder. Bald ging es uns wie dem Zauberlehrling, >die ich rief, die Geister, werd ich nun nicht los<. Wir brachen Zweige ab und schlugen wild auf die Flammen, um sie zu töten. Doch überall züngelten neue Flammen hoch, selbst die Büsche hatten schon Feuer gefangen. Über uns stand eine große Rauchfahne. Jetzt hörten wir auch noch das von Taphorn geblasene Feuerhorn, dann das Läuten der Feuerwehrwagen. Gunter und ich rannten über Felder und Wiesen, was die Beine hergaben. Nach einem langen Umweg schlich ich mich ins Haus. Hatte Mutter was gemerkt? Sie rief: „Jan, komm in die Küche." Sie schnupperte: „Junge, was riechst du nach Qualm!" Vater kam herein: „Da haben wir ja den Übeltäter." Die verdiente Tracht Prügel werde ich mein Leben nicht vergessen.

Es war Sommer, ich saß mit Mutter im Garten, sie half mir bei den Schularbeiten. Gunter kam zu uns. Mutter schaute ihn an: „Gunter, was machst du für ein Gesicht?" „Wir ziehen weg, das Finanzamt hier wird aufgelöst. Alle Beamten kommen zum Finanzamt in der katholischen Stadt. Vater meint, die Nazis wollen, dass die Evangelischen die Katholiken unterwandern."

Bei der Aufnahme in das Jungvolk wurden wir mit folgenden Worten vom Bannführer begrüßt: „Pimpfsoldaten, der Reichsjugendführer Baldur von Schirach hat zum Führer gesagt", er las es vom Zettel ab, „>Mein Führer, nach Ihnen baut sich die junge Generation unseres Volkes. Weil Sie die höchste Selbstlosigkeit vorleben, will auch diese Jugend selbstlos sein<."

Bald trug ich auch ein braunes Hemd mit einem schwarzen Halstuch, gehalten von einem Lederknoten, knielange schwarze Hose mit einem schwarzen Koppel, graue Kniestrümpfe und Stiefel. Um den Arm eine Hakenkreuzbinde. Wieder hörte ich den Befehl: „Im Gleichschritt, marsch:" Mein Widerwillen ließ mich wieder aus der Reihe tanzen. Wieder wurde ich vom Fähnleinführer auf die Hacken getreten. Wenn wir die Fahnen hissten, sagte der Fähnleinführer den Fahnenspruch: „>Jungvolkjungen sind stark, schweigsam und treu. - Jungvolkjungen sind Kameraden, - des Jungvolkjungen Höchstes ist die Ehre< und jetzt singen wir das Fahnenlied." „>Unsere Fahne flattert uns voran, in die Zukunft ziehen wir Mann für Mann. Für die Fahne der Jugend in Freiheit und Brot<".

Meinem Kasper wollte ich auch das Marschieren beibringen, doch er feixte sich eins und pendelte mit beiden Beinen hin und her, Gleichschritt steckte nicht in seinen Beinen.

Heinzi war inzwischen auch zum Jungvolk gekommen. Wir, das heißt, das >Fähnlein<, bestehend aus vier Jungzügen mit jeweils drei Jungenschaften , die sich wiederum aus >12 Pimpfen< als kleinste Einheit zusammen setzte, standen angetreten in Reih und Glied. Der Stammführer nahm mit dem Fähnleinführer die Front ab. Er blieb vor dem schielenden Heinzi stehen: „Pimpf, schau geradeaus." Heinzi: „Ich schaue geradeaus." „Keine Widerworte, du sollst gerade ausschauen." „Tu ich doch." „Bist wohl verrückt geworden, hinlegen, auf, hinlegen, auf, hinlegen......, merke dir das, ich dulde keinen Widerspruch." Heinzi knirschte mit den Zähnen: „Zicke Zacke, Zicke Zacke Hühnerkacke, hoi hoi hoi."

Heinzi, Wilhelm und ich spielten am Galgenmoor, es war ein kleiner See am Rande der Stadt. Wir warfen flache Steine über den Wasserspiegel. Heinzi war immer wieder der Gewinner. Wilhelm und ich riefen: „Ei, bei, But – ter - brot." Er schaffte es immer wieder, dass sein Stein bis – brot - fünfmal über das Wasser hüpfte. Heinzi stolz: „Ich bin ein Kunstwerfer, dort der Spatz, der wird bald nicht mehr hüpfen." Er warf, der Spatz fiel um. Die Schwalben flogen so tief über dem Wasserspiegel, dass es manchmal aufspritzte. Sie waren Heinzis nächstes Ziel. Da wurde ich munter: „Heinzi, hör sofort damit auf, Schwalben bringen Glück, und wir freuen uns, wenn sie jedes Jahr wieder in unserem Stall nisten. Versuch mal lieber, einen Goldfasan zu treffen."

Beim Geländespiel war Heinzi plötzlich seitwärts verschwunden. Oben auf einem Feldherrnhügel stand der Stammführer. Er beobachtete, wie rot und braun miteinander kämpften. Hatte man ein Band abgerissen, so war der Hitlerjunge tot. Das Fähnlein mit den meisten Bändern wurde Sieger. Ich lag auf dem Bauch unter einem Busch und linste durch die Zweige. Ein Geschoss sauste haarscharf über den Kopf des Stammführers. Er schlug mit den Armen um sich, als sei er von einem Schwarm Mücken bedroht. Jetzt der nächste Stein, etwas höher, er warf sich auf den Boden, fing an zu schreien: „Du Schweinehund, dich erschlag ich", dann rasend vor Wut: „Geländespiel beenden, alles antreten." Schnaufend schritt er die Front ab. Heinzi, Wilhelm und ich machten die größten Unschuldsgesichter der Welt. Heinzi leise : „Zicke Zacke, Zicke Zacke Hühnerkacke, hoi hoi hoi." Er ließ das ganze Fähnlein Strafexerzieren. Bald kam der Befehl vom Stammführer: „Abmarschieren." An der Spitze ein Fähnleinführer, er schwenkte einen Stock mit vielen roten Bändern der Toten. Dahinter zwei Jungen, sie schlugen heftig auf zwei Landsknechttrommeln mit Blitzemblemen. Dann das Fähnlein der Verlierer, die noch ein rotes Band an ihren Armen hatten, dahinter die Toten mit hängenden Köpfen. Heinzi und ich waren mitten zwischen ihnen.

Am Ersten Mai wurde ein großer Umzug veranstaltet. Onkel Ferdinand sagte: „Jan, willst du mit mir fahren am ersten Mai? Ich mache beim Umzug mit, du darfst aber nicht deine Jungvolkuniform anziehen." Aber Onkel Ferdinand, ich muss doch mit dem Jungvolk mitmarschieren, wir üben fast jeden Tag." „Da wird sich dein Freund Stummel aber wundern, wenn du nicht mit auf dem Wagen sitzt." An das Pferd hatte ich nicht gedacht, ich sagte kleinlaut: „Ich muss erst Mutti fragen." Ferdinand kaute am Priem und knurrte: „Dein Vater hat sicher nichts dagegen." Abends am Abendbrottisch sagte ich: „Ich soll mit Onkel Ferdinand beim Umzug mitfahren, darf ich das?" Vater lachte: „Der hat sicher was ausgeheckt, fahr man mit." Am Ersten Mai stand ich früh auf. Mutter hatte mir meinen Matrosenanzug angezogen. Ich lief zu Onkel Ferdinand. Er war damit beschäftigt, Stummel vor einen Mistwagen zu spannen. Ich rief erstaunt: „Onkel Ferdinand, wo ist denn der Festwagen?" Er lachte: „Der steht hinter Stummel." Ich enttäuscht: „Aber Onkel Ferdinand, mit meinem schönen Anzug soll ich auf dem ollen Wagen sitzen." Dabei sah ich, dass an beiden Seiten des Wagens große Schilder mit einem rot geschriebenem Spruch hingen. Er suchte ein breites Brett und legte es auf den Mist. Wir setzten uns beide darauf, schon ging es los mit hü und hott. Auf dem Marktplatz standen schon viele geschmückte Festwagen, ganz bepflastert mit Hakenkreuzfähnchen. Ich hätte mich am liebsten versteckt. Onkel Ferdinand sagte: „Die Nazis denken nur mit den Ohren, nicht mit dem, was dazwischen ist. Sollst mal sehen, was wir Aufsehen erregen." Mit Gelächter wurden wir in den Zug eingereiht.

Als dann die Jungen vom Jungvolk an uns vorbei marschierten, um sich vorne einzureihen, rief der Fähnleinführer: „Jan wie ein Hahn auf dem Mist, hat er da auch reingepisst?" Albert tönte. „Jan, mit dem Mist zu fahren ist besser als marschieren." Unser Wagen fand tatsächlich die meiste Aufmerksamkeit. Viele riefen uns was zu. „Ferdinand, haste dich verirrt?" „Ein Geschenk an den Kleingartenverein?" „Lass deinen Mist zu Hause, kipp ihn hier nicht aus." Ferdinand kaute unbekümmert seinen Priem und griente. Dann kamen wir an Mutter und Vater vorbei. Vater rief: „Bravo Ferdinand, ein toller Spruch", und dann ganz laut unter dem Gelächter der Umstehenden: „Kunst ist Dunst, Pup und Piss dat hälpt gewiss."

Am nächsten Tag kam Onkel Ferdinand zu mir: „Na Jan, da habe ich dir wohl was angetan mit meinem Festwagen. Ich habe dir was mitgebracht." Unter seiner Jacke hörte ich es jaulen. „Hier ein Welpe aus der Wundertüte, wie willst du ihn denn nennen?" Ich begeistert: Onkel Ferdinand, wie ich mich freue, seitdem Wolf tot ist, habe ich mir einen neuen Hund gewünscht, ich nenne ihn Treff."

Heinzi hatte gesehen, dass ich bei Onkel Ferdinand auf dem Pferdewagen gesessen hatte. Er kam zu mir und sagte: „Jan, kann ich bei Onkel Ferdinand nicht auch mal mitfahren?"

Wir gingen beide zu Onkel Ferdinand und fragten, er antwortete: „Morgen Nachmittag bringe ich eine Fuhre Sand zur Baustelle am Bahnhof."

Heinzi holte mich ab, in der rechten Hand hielt er ein Eis, das er gierig lutschte. Mir lief das Wasser im Mund zusammen. Als er seine Finger ableckte, sagte er: „Ich möchte eine Kuh sein, dann könnte ich alles wiederkauen."

Das war was, wir saßen hoch oben auf dem Sand. Stummels Hufe klangen lustig auf dem Pflaster. Abwechselnd durften wir auch mal die Zügel halten. Wir waren angekommen: „Brr", Stummel blieb stehen. Wir sprangen vom Wagen. Doch Ferdinand stieg wieder auf und sagte: „Ich muss noch ein Stück vorfahren, passt auf eure Füße auf, geht nicht zu dicht an die Räder." Heinzi wollte alles genau beobachten. „Brr", rief Ferdinand, „steht der Wagen gut?" Heinzi gequält: „Noch einen Meter vor." Das Hinterrad stand auf seinem Schuh. Ferdinand sagte: „Hü." Heinzi erleichtert: „Zicke Zacke, Zicke Zacke Hühnerkacke." Ein Wasserfall ergoss sich aus Stummels Hinterteil, Heinzi hechtete zur Seite: „Was ist das denn? Wie das schäumt." Ferdinand kaute seinen Prim: „Bier, das kann man doch sehen."

Nach dem Jahreswechsel holten wir von Onkel Ferdinand einen Leiterwagen. Zwei große Jungen, Horst und Robert, hielten vorne die Deichsel. Albert, Bernd, Hubert, Günter, Rolf, Rotkäppchen und ich schoben hinten und an der Seite. Wir gingen von Haus zu Haus und sagten unseren Spruch: „Der Tannenbaum muss aus dem Haus, denn mit Weihnachten ist es jetzt aus." Wir bekamen die ausgedienten Tannenbäume, dazu auch Kekse, Schokolade und Äpfel. Wenn wir Glück hatten, gab es auch eine Apfelsine. Beim Pferdeschlachter bekamen wir Pferdewurst, was Mutter gar nicht gut fand.

Wir stapelten den Wagen übervoll und zogen ihn mit Hü und Hot zu einem Ödland, das Onkel Ferdinand gehörte. Wagen auf Wagen karrten wir zu einem Haufen, der bald über unsere Köpfe wuchs. Albert, Bernd und ich standen mit Mistgabeln auf dem Tannenberg und stapelten die Bäume, die Horst und Robert uns vom Leiterwagen zuwarfen. Onkel Ferdinand kam zu uns: „Jungs, das wird ein Osterfeuer, der Haufen ist ja doppelt so hoch wie letztes Jahr. Hoffentlich stecken ihn eure feindlichen Brüder von der Grünstraße nicht frühzeitig in Brand wie letztes Jahr." Horst wichtig: „Diesmal haben wir eine Wache organisiert, und unser Freund Onkel Ferdinand, ist ja auch noch da." „Soso, ihr wollt mich wohl zum Wachhund machen."

Es war März 1938, Mutter war im Stall. Ich war mit Vater in der Küche. Vater drehte an dem Volksempfänger. Ferdinand kam herein: „Aus der >Goebbels-Schnauze< tönt wohl nur Propaganda. Da, eine laute Stimme: „Unser Großdeutsches Reich ist durch den Anschluss Österreichs zur wahren Größe gewachsen." Ferdinand lakonisch: „Jetzt braucht Adolf nicht mehr die Zugspitze um vierzig Meter höher zu betonieren, um einen Dreitausender zu haben."

Dieses Jahr ging es gut, unser Osterfeuer stand am ersten Ostertag, wohl etwas zusammengefallen, noch unversehrt da. Aber der Himmel hatte alle Schleusen geöffnet, und es goss wie aus Kübeln. Trotzdem stand unsere Gruppe unverdrossen um den Tannenberg. Bald sagte Horst: „Heute wird es wohl nichts geben mit unserem Feuer, versuchen wir es morgen Abend" Wie begossene Pudel gingen wir nach Hause.

Die ganze Nacht hatte ich unruhig geschlafen. Schon früh am Morgen sprang ich aus dem Bett, öffnete hastig den Vorhang, strahlender Sonnenschein. Zu unserem Schreck bezog sich der Himmel am Mittag wieder mit Wolken. Dem Sprühregen hielten wir abends in der Dämmerung Stand. Mit Fackeln hatte sich unsere Gruppe um unser Prachtwerk versammelt. Fast alle Bewohner der Feldstraße waren gekommen. Onkel Ferdinand schenkte Schnaps ein und Tante Gesine gab jedem von uns ein von ihr buntbemaltes Gänseei. Ferdinand rief: „Horst, lass das Osterfeuer brennen." Wir Jungen und Rotkäppchen hielten an der Windseite die Fackeln in das Tannengestrüpp, doch das Feuer wollte nicht aufleben. Zu uns kam Rotkäppchens Opa mit seinem alten Nachbarfreund Hinrich Gerken: „Jungs, das lasst man, das Zeug ist noch klitschnass, das kriegt ihr nie in Brand." Onkel Ferdinand rief: „Albert, Robert und Jan kommt mal mit." Wir kamen zurück und rollten Tonnen vor uns her. Vater neugierig: „Ferdinand, was hast du vor?" „Das sind alte Teertonnen, damit werden wir das Osterfeuer in Brand kriegen." Die Erwachsenen halfen mit. Bald steckten die Tonnen unter dem Tannenhaufen. Die Männer zündeten die Teerreste mit unseren Fackeln in an. Schnell schlugen hohe Flammen aus den Fässern. So nach und nach entzündeten sich die Tannenbäume, knisternd loderte unser Osterfeuer. Alle klatschten Beifall. Die Frauen riefen: „Kinder, seid nur vorsichtig." Horst stolz: „Kein Feuer weit und breit, unser Osterfeuer ist das einzige, das brennt."

Bernd sagte zu Albert, Wilhelm, Dietrich und mir: „Wollen mal sehen wer am weitesten pissen kann. Wer am weitesten kommt, wird neuer Bandenführer." Wir stellten uns alle in eine Reihe und holten unseren Pillermann raus. Bernd rief: „Auf die Plätze, fertig, los." Bernd übertraf uns alle. Rotkäppchen überraschte uns, sie hatte sich von hinten herangeschlichen. Laut rief sie: „Ihr seid vielleicht Schweine." Schnell ließen wir unseren Pimmel verschwinden. Bernd laut: „Ich bin jetzt euer Bandenführer, ich bin am weitesten gekommen." Albert konterte: „Rotkäppchen hat uns gestört, die Wette gilt nicht, ich bleibe euer Bandenführer."

Gerne wäre ich der Bandenführer geworden, doch ich hatte eine so helle Stimme, dass alle sagten: „Wir wollen kein Mädchen als Führer." Hubert, einer meiner Mitschüler, hatte ein Luftgewehr. In meinem Kopf hatte sich etwas festgesetzt, >Wenn ich das Gewehr habe, kann ich Anführer werden<.

Mein TRIX-Baukasten war mein ein und alles. Zu Weihnachten hatte ich dafür einen Batteriemotor bekommen. Unermüdlich versuchte ich, mein Zahnradgetriebe damit in Bewegung zu setzen, doch immer wieder lief die Kette ab. Endlich half Vater mir, und schon drehte sich die Mühle.

Als wir, Hubert und ich, zusammen Schularbeiten machten, fragte ich ihn: „Was willst du für dein Luftgewehr haben?" Er zeigte auf meine Stabilbaukastenmühle: „Deinen TRIX-Baukasten." Ich enttäuscht: „Alles? Das ist zu viel." Jetzt ging die Feilscherei los. Zögernd legte ich immer noch ein Teil dazu. Er sagte immer wieder: „Das ist zu wenig." Schon fast mein halber Kasten lag vor ihm, ich dachte an meinen Vater: „Mehr kann ich dir nicht geben." „Gibst du mir noch den Motor, dann kannst du mein Luftgewehr haben." Ich zögerte lange, ausgerechnet meinen Motor, wenn Vater dahinter kam! Das Gewehr musste ich haben, zögernd sagte ich: „Meinetwegen."

Nun hatte ich das Gewehr. Wenn Vater auf dem Feld war, versuchte ich Spatzen zu schießen. Ich schoss, doch der Spatz rührte sich nicht vom Fleck. Die Kugel konnte man fast fliegen sehen, sie flog kaum fünf Meter. Mein nächstes Ziel war unser stolzer Hahn: „Du Angeber, jetzt werde ich dir eins auswischen." Ich drückte ab, doch ein dummes Huhn hatte was abbekommen. Es gackerte so empört, dass die ganze Hühnergesellschaft in Aufruhr geriet. Mutter war bei den Kühen, sie kam aus dem Stall gelaufen. Ich warf das Gewehr schnell in die Brennnesseln. Mutter rief: „Jan, ärgerst du die Hühner? Lass das, willst du, dass sie keine Eier mehr legen?" Das war meine erfolgreiche Jagd auf unserem Hof.

Beim nächsten Bandentreff nahm ich das Gewehr mit. Stolz sagte ich: „Hier; jetzt hab ich ein Gewehr, damit kann ich Anführer werden!" Albert schaute mich erstaunt an: „Gib mal her." Er ließ sich das Gewehr und Kugeln geben und schoss. Überheblich rief er: „Das soll ein Gewehr sein, mit dem Gewehr kommt dein Treff nie dazu, Wild zu apportieren, da lachen ja die Hühner." Ich dachte nur, das haben sie schon. Wütend rannte ich weg, das alte Schietding wollte ich nicht mehr haben und versteckte es hinter unserer schweren Futterkiste.

Abends kam Onkel Ferdinand zu uns: „Habt ihr es schon gehört? Unser Nationalheld Bernd Rosemeyer ist tot. In der Reichsrekordwoche ist er trotz gefährlicher Windverhältnisse auf der Autobahn bei Kassel gestartet, um für Auto-Union den Weltrekord von Caracciola (Mercedes) zu brechen." Ich saß da mit aufgesperrtem Mund, mein Held war tot. Ein großes Bild von ihm hing in meinem Zimmer. Ich wollte auch Rennfahrer werden, hatte seine Geschichte gelesen. Sein Vater hatte eine Autowerkstatt. Bernd Rosemeyer hatte dort auf das Gas- und Bremspedal Holzklötze gebunden und war mit dem Auto im Hof herumgefahren. Wie hätte mein Vater geschimpft, doch Bernds Vater hatte noch gelacht. Mutter sah, dass ich weinte: „Komm, wir gehen in dein Zimmer." Dort nahm sie mich in den Arm und tröstete mich.

Fieberwahn

Die Trommeln spielen erst besänftigend und dann wieder aufbäumend, als wollten sie fliehen vor den klebenden Träumen des Fieberwahns. Sie fallen in die Eintönigkeit zurück bis die Stöcke auf den Trommeln zum Tanz auffordern. Der alte Buschmann streicht mit dem Bogen über die selbst gebastelte Fidel. Der blecherne Klang steigert sich, und er feuert die Trommler zu einem wilden tak, tak, - tak, tak, tak an, das auch meine Herzschläge beeinflusst und grausame Bilder aufblitzen lässt.

Auch in unserer Klasse gab es den berühmten Prügelknaben. Es war ein dicker Judenjunge, der von allen gehänselt wurde, besonders wegen seiner Trägheit in der Turnstunde. Trost suchte er bei einem hübschen jüdischen Knaben, der ihm Geborgenheit gab. Auch ich war von diesem Jungen sehr eingenommen. Er zeigte immer eine entschlossene Selbstsicherheit. So sehr ich ihn mochte, gab er mir doch das Gefühl, er sei mir überlegen. Diese beiden Jungen hatten es bei Lehrer Nagel sehr schwer, beim „Heil Hitler" mussten sie sitzen bleiben, dann rief er: „Ihr beiden Judenlümmel aufstehen! Schneller! Aufstehen! Setzen! Aufstehen! Setzen! Was hat unser Führer gesagt?" Sie mussten gleichzeitig antworten: „Die Juden sind unser Unglück."

Eines Tages kam ich mit mehreren vom Jungvolkdienst. Uns entgegen schlenderte stolz der hübsche jüdische Junge. Einer sagte: „Dem wollen wir mal Angst machen." Der Judenjunge kam ohne Bange auf uns zu. Wie auf Kommando umzingelten wir ihn bedrohlich. Ich weiß nicht, ritt mich der Teufel? Ich stürzte auf ihn los: „Glaubst du an Adolf Hitler?" Er: „Nein." Begleitet von meinen Püffen prasselten immer wieder dieselben Fragen auf ihn ein: „Glaubst du an Adolf Hitler, glaubst du.......?" Und immer wieder: „Nein, nein, nein..... ." Meine Kameraden stachelten mich an: „Jan, schlag richtig zu. Zeig ihm, wer hier das Sagen hat." Ich wurde immer aggressiver, wollte und wollte ihn überzeugen.

Doch immer wieder ein gequältes: „Nein, nein....." Da schloss sich unsere Gruppe immer enger um ihn. Er musste sich wie in einem Käfig fühlen. Vor Angst schrie er: „Ja-a". Wir öffneten den Ring, und er rannte fort, ohne sich umzusehen. Diese >Heldentat< hat mich nicht glücklich gemacht, ich bin dem Jungen nur noch mit Scheu begegnet.

Mutter, Vater und ich saßen abends am Küchentisch. Vater drehte an seinem Volksempfänger herum. Wollen mal sehen, womit sie uns jetzt wieder beglücken." Er hatte es kaum ausgesprochen, schallte aus dem Lautsprecher Blasmusik und Männerstimmen, - Auf der Heide blüht ein kleines Blümelein, und das heißt - Eeerika -. Die Marschmusik ebbte ab, und wir hörten eine zackige Stimme: „Der Führer spricht!" „>Der deutsche Mensch hat sich der Gemeinschaft und der Führung unterzuordnen. Ein Wille befiehlt, dem immer alle zu gehorchen haben. Von oben beginnend und ganz unten endend<." Vater drehte die bedrohliche Stimme weg: „Ich kann den größenwahnsinnigen Maler nicht hören, stur wie ein Bulle." Mutter ängstlich: „Vadder, du redst dich noch um Kopf und Kragen."

Mutter freute sich immer, wenn Rotkäppchen zu uns kam. Sie half mir in Deutsch und ich ihr in Rechnen. Wir spielten mit Treff vor dem Haus. Rotkäppchen rief: „Jakob kommt dahinten." Wir gingen auf die Straße. Da kam Jakob angeschlurft, er hatte eine krumme Pfeife im Mund

und dampfte wie eine Lokomotive. Er zog hinter sich einen Handwagen. Er war auf dem Weg zum Schreiner Bußmann, um Abfallholz zu holen. Immer wenn er vorbei kam, machten wir uns mit ihm einen Spaß. Rotkäppchen sagte freundlich: „Jakob, wohin führt dich dein Weg?" Er blieb stumm. Ich versperrte ihm den Weg: „Jakob, sag uns doch, wo du hin willst." Er schaute auf, sein Blick schien aus weiter Ferne zu kommen, er sagte wie immer: „Maria breit den Mantel aus, nach Bußmanns Heini ist jetzt mein Lauf." Ich gab ihm den Weg frei, doch es war das letzte Mal, dass wir ihn gesehen haben.

Wenn mein Vater die Zeitung durchgelesen hatte, musste ich sie zu Onkel Ferdinand bringen. Diesmal ging Heinzi mit. Wir fanden ihn in der Küche. Er sagte zu mir: „Die Zugvögel sind noch nicht da." Ich antwortete: „Aber Onkel Ferdinand, die Zugvögel kommen doch im Frühjahr, jetzt ist August." Ferdinand lachte: „Ich meine doch die Zigeuner, die kommen doch jedes Jahr, wenn Stoppelmarkt im katholischen Ort ist." Heinzi hatte immer Onkel Ferdinand angestarrt, er konnte es nicht mehr aushalten: „Warum hast du so schwarze Zähne, warst du in Afrika?" Onkel Ferdinand lachte: „Drei Jahre, dort hatte ich so gar eine schwarze Braut, sie hatte nur ein Baströckchen an." Tante Gesine war reingekommen: „Mit Pfeil und Bogen haben ihn die Schwarzen wieder verjagt. Doch die schwarzen Zähne hat er von seinem gräsigen Kautabak."

Onkel Ferdinand öffnete das Fenster, und im hohen Bogen schoss der Priemsaft in den Garten. Das imponierte Heinzi: „Kann ich auch mal ein Stück haben?" Ferdinand öffnete die Primdose: „Beiß mal ein Stück ab." Heinzi kaute, hastig spuckte er es wieder aus und schrie: „Das ist ja Teufelszeug." Heinzi war nicht kaputt zu kriegen, er schob seine Unterlippe vor: „Onkel Ferdinand, wenn es regnet, dann regnet es immer in deinen Mund", jetzt schob er die Oberlippe vor, „da habe ich überhaupt keine Probleme mit." Tante Gesine lachte: „Ferdinand, da hast du dein Fett."

Nach ein paar Tagen, als ich wieder die Zeitung brachte, standen auf der Wiese, die an das Geestland grenzte, grasende Pferde und bunte Zigeunerwagen. An dem kleinen Bach, der vom Bruch herunterfloss, spielten dunkelhäutige Kinder mit schwarzen Haaren. In der Küche von Tante Gesine stand ein Mann mit stechenden Augen und langen Haaren. Ich wollte schnell wieder rausgehen. Was hatte ich nicht schon alles von Zigeunern gehört - dass sie stehlen wie die Elstern und dass sie kleine Kinder mitnehmen, besonders mit blonden Haaren - und ich war blond. Der Mann sagte: „Kannst ruhig hier bleiben, ich beiß schon nicht." Tante Gesine stimmte zu: „Jan, bleib nur hier." Der Mann strich über meine blonden Haare und sagte: „Du heißt also Jan, besuch mich mal in meinem Wohnwagen." Ich sagte: „Aber nur mit Onkel

Ferdinand." Tante Gesine redete er immer mit Mutti an. „Mutti, wir hätten gerne noch Eier, Milch, ein Huhn und Kartoffeln. Unsere Frauen haben dir einen bunten Teppich gewebt." Onkel Ferdinand kam herein. Der Zigeuner sagte: „Guten Tag, Papa." „Na, sind eure Pferde mit dem Gras meiner Wiese zufrieden?" „Alles wunderbar." „Gesine hast du sicher auch schon überredet!" „Papa, du hast eine wunderbare Frau, die würde ich sofort mitnehmen." Ich aufgeregt: „Tante Gesine bleibt hier." Ferdinand gedehnt: „Wenn du das meinst, dann muss ich sie wohl behalten." Vollbepackt verließ der Zigeuner uns mit vielen: „Dankeschön, Dankeschön."

Onkel Ferdinand hatte mich eingeladen, mit ihm zum Stoppelmarkt zu fahren, es waren Ferien. Wir saßen auf einem Pferdewagen mit Gummirädern, Stummels großes Hinterteil bewegte sich hin und her. Ferdinand sagte zu mir: „Jetzt kannst du einen richtigen Jahrmarkt sehen." Von weitem sah ich ein großes Rad. Ich fragte neugierig: „Was ist das denn?" „Ein Riesenrad, damit werden wir beide fahren."

Neben dem Pferdemarkt standen unzählige Pferdewagen auf einem großen Abstellplatz. Onkel Ferdinand band Stummel an einen der Baumstämme, die auf Holzpfählen befestigt waren. Er lockerte die Trense und hängte Stummel einen Sack mit Hafer um den Hals. Überall glänzten große Wasserpfützen, denn es hatte in der Nacht tüchtig geregnet. Jetzt strahlte die

Sonne. Zunächst gingen wir über den Markt, so etwas hatte ich noch nicht gesehen. Eine Geisterbahn, unzählige Karussells, Losbuden und Verkaufsstände. Onkel Ferdinand spendierte mir eine Lutschstange und rief fröhlich: „So, jetzt fahren wir mit dem Riesenrad." Mir klopfte das Herz, als sich das Riesenrad drehte. Nach ein paar Runden blieb unsere Gondel oben stehen. Ich rief ängstlich: „Onkel Ferdinand, kommen wir nicht wieder runter?" Er lachte: „Jetzt können wir erst mal unser schönes Land anschauen, dann geht die Reise weiter." Ich ganz aufgeregt: „Wie klein sind die Pferde! Da steht ja auch Stummel." Als wir ausstiegen, sagte Onkel Ferdinand: „Jan, du bist ja ganz blass, komm, jetzt gehen wir zum Viehmarkt." Wir wollten weggehen, da sahen wir Gunter mit seinem Vater.

Gunter und ich begrüßten uns scheu, während Onkel Ferdinand und Herr Bunning sich angeregt unterhielten: „Na Herr Bunning, immer noch nicht befördert?" „Schlimmer, ich sitz jetzt auf dem Abstellgleis." Wir gingen zusammen zum Viehmarkt. Bei den Pferden blieben wir immer wieder stehen, denn Onkel Ferdinand und Gunters Vater trafen viele Bekannte, sie redeten und redeten. Ich sah unsere Zigeuner mitten in einer Gruppe stehen. Ich stieß Onkel Ferdinand an: „Da sind die Zigeuner von deiner Wiese." Wir gingen hin und begrüßten sie. Sie palaverten laut miteinander. Gunter und mir wurde es langweilig. Onkel Ferdinand sah uns an: „Hier habt ihr jeder fünfzig Pfennig, lauft los, vergnügt euch, ihr findet uns dort am Bierstand." Wir fühlten uns wie Könige, fünfzig Pfennig in der Tasche, das war was. Wir marschierten auf dem Markt hin und her, was sollten wir mit unserem Reichtum machen? Ich kaufte zuerst für Mutter ein Lebkuchenherz >Mutterherz ist Goldes wert<. Übrig blieben dreißig Pfennig. Gunter wollte unbedingt in die Geisterbahn, ich ging mit. Uns wurde es immer schwummeriger als eingesperrte Tote mit ihren Köpfen gegen das Drahtgeflecht stießen, Geister heulten und Hexen mit Besen nach uns schlugen. Als dann der Tod sich zu uns in den Wagen setzte, schrieen wir, was die Lungen hergaben. Endlich waren wir wieder draußen, ich heiser: „Da kriegt mich keiner wieder rein." Er zeigte sich tapfer: „So schlimm war das gar nicht, ab in das Kettenkarussell." Das machte mir Spaß, jetzt konnte ich fliegen und kreisen wie ein Bussard. Unser Geld war viel zu schnell alle. Wir schlenderten zurück zum Viehmarkt. Jetzt erregten zwei Jungen unsere Aufmerksamkeit, die sich in einer großen Pfütze balgten. Wir gingen hin, viele Menschen umstanden bald das Wasserloch und amüsierten sich. Gunter und ich standen in der vordersten Reihe. Lachend sahen wir zu, wie die Jungen sich gegenseitig untertauchten. Immer, wenn einer wieder hoch kam, rief er: „Durch Schaden wird man klug," und so munter weiter: „Durch Schaden wird man klug, durch Schaden wird man.....

." Gunter und ich wurden von hinten mit voller Kraft gestoßen und landeten in der Pfütze. Als wir triefend wieder aufstanden, riefen lachend alle Umstehenden: „Durch Schaden wird man klug." Die kämpfenden Jungen waren inzwischen verschwunden. Jetzt rief eine kräftige Stimme: „Mein Portemonnaie ist weg." Bald gab es ein großes Durcheinander: „Meine Geldbörse, meine Brieftasche." Einer rief: „Das waren sicher die verdammten Zigeuner." Ich schrie laut: „Zwischen euch standen keine Zigeuner." Doch wie eine Meute Hunde rannten sie los. Gunter und ich liefen zum Treffpunkt. Ferdinand sagte nur: „Na ihr beiden nassen Kater, wir müssen wohl nach Haus." Ich ging traurig zu Stummel. Wir sahen noch, wie die Zigeuner wie die Teufel ritten, um zu entkommen. Am nächsten Tag waren alle Wagen von Onkel Ferdinands Wiese verschwunden. Ich sah sie nie wieder.

Albert zauberte Feuerwerksfrösche aus seiner Tasche und sagte großspurig: „Damit ärgern wir den Viehhändler Levi." Wir, Albert, Hubert, Bernhard und ich zogen los. Ich ärgerte mich über meine Unterwürfigkeit. Albert ging in der Mitte. Die Mitte gehörte ihm, er war der Anführer, wir anderen waren Randfiguren. Ging ich mit Rotkäppchen, war ich gleichgestellt. Schon rief er: „Jan, klingeln!" Vorsichtig öffnete sich die Haustür. Albert warf die Feuerwerkskörper ins Haus. Plötzlich kam Onkel Ferdinand um die

Ecke. Schuldbewusst rannten wir weg. Es dauerte lange, bis ich mich nach Hause wagte.

Onkel Ferdinand saß mit Mutter und Vater in der Küche. Als ich hereinkam, hörte ich, wie er zu Vater sagte: „Die Judenverfolgung wird immer schlimmer, die Nazis nennen es ja Maßnahmen zur Schädigung und Vertreibung von Juden." Er schaute traurig auf mich: „Selbst Kinder treiben schon ihr Spiel mit den Juden; dass es nur dumme Jungenstreiche sind, glaub ich nicht. Ihr kennt doch das Haus von dem dicken Viehhändler Levi, da sah ich, wie Jungen klingelten. Als Levi öffnete, warfen sie Feuerwerksfrösche durch die Tür, die im Flur knatternd hin und her sprangen. Aus der Küche hörte ich das Schreien der Familie." Ferdinand sah mich durchdringend an: „In welchen Ängsten wohl die armen Menschen leben."

Taphorn, er handelte mit Koks, Briketts, Torf und Schrott. Sein wichtigster Posten war, bei Brand durch die Straßen zu rennen und unermüdlich auf seinem Feuerhorn zu blasen. Zu ihm fuhren Albert, Heinzi und ich mit einem Handwagen voll Schrott. Albert sagte: „Ich hör ihn schon rufen: „Alns man Blick schmiet man up den Bülten, alns nur Blick." Tatsächlich, er sah sich jedes Schrottstück an: „Alns nur Blick." Bei jedem Stück Eisen echoten wir: „Alns nur Blick." Sein altes Telefon klingelte, er rannte ins Büro, ohne uns zu beachten lief er mit seinem Feuerhorn weg. Das schrille Brandsignal: „Feuer, Feuer wurde immer leiser. Ohne Geld zogen wir unseren leeren Handwagen vom Hof. Albert wütend: „Das lassen wir uns nicht bieten, den legen wir rein." Schon war er durch ein Loch in der Hecke auf den Schrotthof gekrochen. Unermüdlich schleuderte Albert kerniges Eisenschrott durch das Loch. Heinzi und ich warfen es in den grünen Handwagen. Albert kam zurück: „Los mit dem Wagen nach Hause." Am nächsten Nachmittag machten wir uns wieder auf den Weg. Taphorn kam aus seinem Büro: „Alns nur Blick." Albert zornig: „Das legen wir auf die Waage, alles massiver Kernschrott." Nach langen Diskussionen gab er uns endlich zwei Mark.

Ein grauer Novembertag, das bunte Laub fiel schon von den Bäumen. Es war früh dunkel geworden, im Licht der Gaslaternen rannte der Kohlen- und Schrotthändler Taphorn durch die Straßen und blies das Brandsignal „Feuer, Feuer". Wir saßen in der Küche, aßen Abendbrot, als wir das Feuerhorn hörten. Mein Vater und ich rannten los, Mutter blieb ängstlich zu Hause. Als wir in die Hauptstraße einbogen, sahen wir, wie zwei SA Männer den diensteifrigen Hornbläser auf das Pflaster warfen und ihm sein Feuerhorn entrissen. Auf dem Bürgersteig lagen Scherben von zerschlagenen Fensterscheiben. Verzweifelt sagte Vater: „Lass uns nach Hause gehen, jetzt haben sie auch noch die Synagoge angesteckt."

Am nächsten Morgen kam Wieland Nagel, angezogen mit einem braunen Hemd, in die Klasse und rief stolz: „Heil Hitler, zieht eure Jacken wieder an, wir wollen das Werk unseres Führers vollenden." Dann mussten wir im Gleichschritt zu der noch qualmenden Synagoge marschieren. Auf dem Judenfriedhof schrie er: „Abteilung Haalt! Achtet auf mein Kommando, verteilt euch über die Gräber und werft die Grabsteine um!"

Ich stellte mich in eine Pfeilernische der Synagogenwand und machte nicht mit. Nicht, weil es Judengräber waren, sondern in der Erde lagen wehrlose Tote. Ich war schon einmal mit Rotkäppchen über den Friedhof gegangen, wir hatten uns über die vielen eingemeißelten Symbole gewundert. Sechseckige Sterne, siebenarmige Leuchter, Krüge, zwei Hände, deren Daumen zueinander zeigten, Schafe, Hirsche und sogar Schmetterlinge. Es war für uns wie ein Bilderbuch, dazu die geheimnisvolle Schrift. Mit großen Augen sah ich, wie Wieland Nagel hin und her sprang und meinen Mitschülern half, die schweren Steine umzuwerfen. Ein Schüler rief: „Jan will sich die Hände nicht schmutzig machen." Der Lehrer schaute auf, sprang auf mich zu, zog mich an den Ohren zu einem Grabmal, presste mich gegen den Stein, ich fiel mit dem Grabstein um. Dann schrie er: „Seht her, im Dreck liegt Jan, der Judenfreund."

Im Herbst verbrannten wir das Kartoffellaub, der Rauch wurde vom Wind über das ganze Feld getrieben. Wir schmorten die Restkartoffeln, die vom Regen auf den Acker freigespült worden waren. Die schwarze Pelle ließ sich mit unseren Fahrtenmessern nur schwer entfernen. Die heißen Kartoffeln tanzten in unseren Händen hin und her. Albert rief: „Das schmeckt, wer will Salz?"

Feuer faszinierte uns. Wir trieben noch ein anderes Spiel damit. In Konservendosen schlugen wir mit Hammer und Stecheisen Löcher. An der offenen Seite befestigten wir einen Drahtbügel. Damit gingen wir abends auf das Ödland. Horst rief: „Albert, bring den Sack mit Holzspänen und Kohlestücken her." Sechs Jungen füllten ihre Blechdosen. Nach dem Zünden stieg bald Rauch aus den Dosen. Horst laut: „Jetzt das Feuerwerk." Jeder fasste den Drahtbügel und drehte die Feuerdosen in Kreisen, die aufflammend zu Feuerrädern wurden. Es war inzwischen dunkel geworden, unsere Feuerkreise sahen gespenstisch aus. Doch was war das! Aus dem Busch näherten sich weitere Feuerräder. Horst warnend: „Die Grünstraße im Angriff." Wir zählten zehn Leuchtdosen, also zehn Jungen, die sich mit Triumphgeschrei auf uns zu bewegten. Sie kamen näher und näher. Plötzlich tauchte ein Erwachsener auf, er sprang zwischen uns und schrie, es war die Stimme meines Vaters: „Ihr seid wohl verrückt geworden, mit Verbrennungen ist nicht zu spaßen, Jan, sofort kommst du her!" Die tapferen Krieger flüchteten wie die Hasen, nur ich musste zu meinem Vater.

Bei meinem Kasper suchte ich wieder Trost: „Du hast gut lachen, ich schlage dich nicht und wenn, spürst du nichts." Er grinste weiter, als wäre das Leben so einfach.

Ein Regentag, wir spielten in meinem Zimmer. „Das war ein Knall", riefen Albert und Wilhelm, die sich auf den Fußboden geworfen hatten. Rotkäppchen hatte in sicherer Entfernung das Geschehen vom Bett aus beobachtet. Mutter kam hereingestürzt: „Was ist hier los?" Sie sah den Brandfleck auf der alten Eichentruhe: „Wenn das Vater sieht! Ist euch etwas passiert?" Sie untersuchte uns: „Gott sei Dank, keiner hat was abbekommen. Dann will ich mal sehen, dass ich den Schaden einigermaßen wegbekomme." Sie rannte in die Küche. Meine Freunde verschwanden schleunigst, nur Rotkäppchen saß noch auf dem Bett. Mutter kam mit Scheuersand und Wasser zurück und schimpfte: „Wie hast du das bloß gemacht?" Da sah sie, wie ich meine Kanone verschwinden lassen wollte. „Das alte Drecksding von Onkel Theodor, du weißt doch, wie Vadder böse war, als dein Patenonkel damit ankam. In seiner Dummheit sagte er noch ganz stolz, - hier, du kleiner Hitlerjunge, schau her, ich habe dir eine Kanone mit abnehmbarem Rohr mitgebracht. Ohne das lange Rohr ist es ein Mörser -." Mutter war in Rage: „Gib die Kanone her, die werfe ich in die Jauchekuhle. Aber wo ist das Rohr?" Ich zeigte auf den Fußboden, da lag das zerfledderte Rohr vor dem Bett. Sie holte tief Luft: „Jan, was hätte alles passieren können! Rotkäppchen geh du man nach Hause, ich werde den Jan schon nicht hauen."

Wie war das passiert? Ich hatte das Aufsteckrohr ganz mit Plättchen gefüllt und wieder auf den Mörser gesteckt, die Kanone festgenagelt und dann mit Hilfe einer Schnur den Abzug gezogen. So kam es zum großen Knall und zum Rohrkrepierer.

Es lag in der Luft, in jeder Straße wurden von Jungen, teilweise auch mit Mädchen, eine Bande gegründet. Unsere Straße, die Feldstraße, kämpfte gegen die Grünstraße. Unser Hauptquartier aus alten Brettern war eine Baumhütte. Zwischen dem Geäst einer hohen Kastanie hatten wir aus alten Brettern die Hütte kunstvoll gezimmert. Der Baum stand herrenlos an einer Wegkreuzung, die an Ferdinands Hof grenzte. Eigenartigerweise stand dort auch eine Litfasssäule. Auf dem Gelände bastelten wir auch unsere Waffen, Flitzebogen aus Haselnusszweigen, Zwillen aus Astgabeln und Einweckringen, auch Holzschwerter. Für Wurfgeschosse hatten wir ein Kastanienlager.

Unsere Straße kam geschlossen von der Schule. Das hatten wir schon erfahren, in Kampfzeiten musste man zusammenhalten. Wie oft wurde ein Einzelgänger von einer anderen Straße verprügelt. Ich rief: „Also, um vier Uhr an der Baumhütte."

Als ich wegging, sagte Mutter: „Hast du deine Schularbeiten fertig?" Schon war ich draußen und eilte sporntreichs mit Treff zur Baumhütte. Von weitem sah ich schon, dass meine Freunde auf dem Weg standen und palaverten. Was war geschehen? Unsere Baumhütte lag zerstört im Gras. Da stand ja auch Onkel Ferdinand. Ich rief: „Wer hat das gemacht, du, Onkel Ferdinand?" Er lachte: „Natürlich nicht, ich gehör doch auch zur Feldstraße." Albert, unser Bandenführer, wütend: „Das war die Bande von der Grünstraße, Onkel Ferdinand hat sie vertrieben und alle Waffen gerettet. Jetzt hört alles auf mein Kommando, nehmt die Waffen, auf zur Grünstraße." Treff lief munter mit. Onkel Ferdinand sprang zur Seite: „Wenn man euch so sieht, kann man ja Angst bekommen." Als wir an unserem Hof vorbeikamen, kam Mutter heraus und rief: „Jan, hast du deine Hausaufgaben fertig?" Hausaufgaben, war das jetzt wichtig? Wir waren auf dem Weg zum Feind. Ich schaute weder links noch rechts, marschierte stur weiter. Entschlossen bogen wir in die Grünstraße ein, da standen die Feinde zusammengerottet.

Mit Hurra stürmten wir los. Treff sprang bellend neben uns her. Ich rief noch: „Ob Bernhard wohl da ist?" Da kam ihre Geheimwaffe schon, es drängelte sich ein vierschrötiger Mann durch den Haufen, Bernhard, er schwang wild ein Seil und schrie: „Haut ab ihr Schweinebande, ihr habt hier nichts zu suchen!" Wir rannten wie die Hasen, selbst Treff kniff den Schwanz ein und war nicht mehr zu sehen. Heinzi blieb stehen, sprang vor dem Wütenden wie ein Eichhörnchen hin und her. Der schlug mit dem Tau nach ihm, ohne ihn zu treffen. Als die johlende Grünstraßenbande losstürmte, flüchtete auch Heinzi, er rief laut: „Zicke Zacke, Zicke Zacke Hühnerkacke, hoi hoi hoi." Rettung suchten wir in unserer Straße. Denn auch wir hatten eine Geheimwaffe, nur war sie da? Wir versammelten uns kampfbereit vor einer Hecke. Der Feind kam näher und näher. Da, ein Wasserschwall, da, noch einer, Eimer für Eimer „Hurra", sie war da, unser Wasserwerfer, Frieda Brandhorst. Wie nasse Pudel zog der feindliche Trupp wieder ab. Jetzt waren wir dran und johlten, was die Lunge hergab. Mit Triumph marschierten wir zurück zu unserer zerstörten Baumhütte. Dort sagte ich: „Wir bauen uns ein Hauptquartier, dass die Grünstraße nicht mehr zerstören kann." Albert spöttisch: „Wie willst du das wohl machen?" Ich zeigte auf die Litfasssäule: „Das wird unser Bunker." Jetzt konnte man uns schachten sehen. Hinter einem Busch hoben wir den Einstieg aus und buddelten dann einen etwa ein Meter langen Graben bis in das Innere der Litfasssäule. den Graben haben wir mit Brettern und Grassoden abgedeckt, so hatten wir einen Tunnel. Drei Löcher als Sehschlitze schlugen wir in den Betonring. Alle hatten nicht Platz in dem Bunker, so bauten wir auch unsere Baumhütte wieder neu.

Die Bunkerbesatzung trieb allerlei Schabernack. Kamen Kinder vorbei, spritzten wir ihnen Wasser in den Nacken. Selbst Erwachsene waren vor uns nicht sicher. Mit einem Pusterohr, gebastelt aus einem Holunderzweig, bliesen wir ihnen grüne Holunderbeeren an den Kopf. Verdutzt schauten sie sich um. Ein Fest war es für uns, wenn ein Feind vorbeikam. Er kriegte was mit der Zwille auf den Rücken gebrannt. Wir waren mucksmäuschenstill, wenn er den Übeltäter vergebens suchte.

Ich war immer noch nicht Bandenführer geworden. Onkel Ferdinand hatte wohl Wind bekommen von meinem Kummer. Als ich allein bei der Baumhütte war, kam mein großer Freund zu mir: „Jan, komm mal mit, ich habe was für dich, damit bist du der Stärkste!" Er ging mit mir zu einem kleinen Stall, aus dem es meckerte. „Komm, wir gehen hinein." Vor uns stand ein weißer Ziegenbock mit einem langen Bart: „Das ist Baldur, der wird jetzt euer Anführer, den schenk ich dir, der bleibt aber hier wohnen. Deine Mutter und dein Vater würden über den neuen Mitbewohner wohl die Nase rümpfen, er kann eure Baumhütte bewachen. Hier hast du auch Geschirr, das ist noch aus meiner Jugendzeit." Nun hatte ich außer Treff einen weiteren starken Freund, Baldur, den Ziegenbock.

Ich stahl aus der Zuckerdose Würfelzucker und ging damit fast jeden Tag zu Baldur, er wurde immer zutraulicher. Ich konnte ihn sogar an einem Halsband nach draußen führen. Dann versuchten Rotkäppchen und ich, Baldur vor meinen Handwagen zu spannen. Ich hielt mit Müh und Not den störrischen Bock an den Hörnen fest, während Rotkäppchen versuchte, Baldur anzuschirren. Sie rief: „Die Leinen sind fest," und wollte auf den Wagen steigen. Da machte der verdammte Bock einen Sprung zur Seite und raste über Stock und Stein davon. Rotkäppchen war in den Dreck gefallen. Ich rannte hinter Baldur her, der sich inzwischen vom Wagen losgerissen hatte. Wo war er? Friedlich vor seinem Stall und zupfte Gräser. Rotkäppchen kam angehumpelt: „Der blöde Bock, mit dem spiel ich nicht mehr."

Treff hatte mit Baldur jetzt einen Freund. Treff kam angesprungen mit einem Stock in der Schnauze. Sie tanzten umeinander herum, während der Bock mit seinen Hörnern versuchte ihm, den Stock streitig zu machen.

Aber für unsere Bande wurde er nun die Sensation. Wir banden ihn mit einer Kette an die Kastanie, er war jetzt der Wachhund unserer Baumhütte und dazu noch unser Streitross. Jeder Junge bekam die Aufgabe, für Baldur zu Hause Leckereien zu stibitzen. Albert sagte: „Jetzt bilden wir zwei Gruppen. Jan mit seiner Gruppe verbarrikadiert sich im Ziegenstall, und die

Gruppe unter meiner Führung versucht, den Ziegenbock zu klauen." Wir saßen mit vier Mann in dem Stall, hörten, wie sie auf das Stalldach kletterten und versuchten, die Dachpfannen abzudecken. Dann machten sie sich an der Stalltür zu schaffen. Ich hielt den Ziegenbock am Halsband und sagte zu den drei Jungen: „Stoßt mit aller Kraft die Tür auf." Die Tür flog auf, und mit ihr fielen zwei Jungen in den Dreck. Jetzt ließ ich Baldur los, der Bock sprang wie verrückt hin und her. Die Angreifer flüchteten und rannten, was die Beine hergaben. Als ich endlich den Ziegenbock wieder eingefangen hatte, versammelte sich die ganze Bande um uns. Albert sagte nur, wobei er auf Baldur blickte: „Hast deine Feuerprobe bestanden."

Jetzt kam erst die große Feuerprobe. Wir hatten uns in unserer Straße zusammengerottet. Ich stand vorne und hielt Baldur mit der rechten Hand am Halsband und mit der linken Treff an der Leine. Frieda Brandhorst war weggegangen, die Jungen von der Grünstraße kamen näher und brüllten: „Ziege meck, meck, rührt euch nicht vom Fleck weg. Ihr Doofen von der Stinkbande Ziegenbart." Dabei versuchten sie mit einem langen Stock meinen Ziegenbock zu ärgern. Albert rief: „Loslassen." Baldur hielt seinen Kopf nach unten und machte Bocksprünge. Treff rannte bellend mit, er wollte mit Baldur spielen. Baldur rannte wütend unbeirrt weiter. Da kam Bewegung in die feindliche Gruppe. Sie flüchteten, als sei der Teufel hinter ihnen her. Als wir den Bock wieder gepackt hatten, zogen wir mit Triumph zur Baumhütte. Onkel Ferdinand kam aus dem Haus: „Jungs, da habt ihr aber einen Feldherrn, wenn er auch manchmal meckert, ich meine, er hat das Eiserne Kreuz verdient." Am nächsten Tag kam Albert mit einem selbst gebastelten Eisernen Kreuz, er kannte es aus den Heften – Helden des Weltkriegs-. Wir versammelten uns um Baldur, Albert sagte feierlich: „Hiermit verleih ich dir das Eiserne Kreuz am roten Bande."

Albert war krank, ich hatte ihn besucht, wollte ihn zum Lachen bringen, machte Faxen und turnte auf der Fensterbank herum. Bei einer gewagten Übung stürzte ich aus dem Fenster und landete auf der rechten Hand. Im katholischen Krankenhaus nach dem Röntgen sagte der Arzt: „Jan, du hast einen Gelenkriss, dein rechter Arm muss eingegipst werden." Ich kam in den OP, da lag ich nun, sollte angeschnallt werden, schrie wie am Spieß, denn ich sollte betäubt werden, ich wehrte mich mit Händen und Füßen, der Krankenwärter konnte mich nicht anschnallen. Ich rief immer wieder: „Ich will nicht, ich will nicht." Der Arzt kam herein: „Jan, was ist los?" Ich will keine Narkose haben, schon beim Zahnarzt haben sie mir den Narkoselappen unter die Nase gehalten, ich sackte weg mit dem Gefühl, dass ich sterbe." „Stell dich nicht an." Ich wehrte mich so heftig, dass sie mich nicht anschnallen konnten. „Wenn du nicht willst, bringen wir deinen Arm ohne Narkose in die richtige Lage, lass dich aber anschnallen." Damit war ich einverstanden. Doch bald schrie ich vor Schmerzen so laut, dass die Nonnen durch die OP-Tür schauten.

Noch Monate lang musste ich zum Krankenhaus in den Gymnastikraum, um mit Übungen und Sandsack ziehen meinen Arm wieder beweglich zu machen. Kam der Arzt zu mir, sagte er immer wieder: „Üben, üben, wenn dein Arm nicht wieder beweglich wird, machst du mir später Vorwürfe." Was mich am meisten ärgerte, Albert war schon lange wieder gesund.

Wir saßen in der Küche, Mutter las das Blatt, wie man die Zeitung nannte. Vater bastelte nach Vorlage ein neues Röhrenradio, ich schraubte einen Kran mit den Resten meines Stabilbaukastens zusammen. Vater sagte: „Heute habe ich im Radiogeschäft ein Blaupunkt-Röhrengerät mit zwei Lautsprechern gesehen. Man kann damit Kurz-, Mittel-, und Langwelle empfangen. Das Skalabild kann man hochklappen. Das ist doch was anderes als der blöde Volksempfänger, mit dem man nur Reichssender hören kann." Da klopfte es ans Fenster. Vater ging raus und kam mit Onkel Ferdinand zurück. Ferdinand erzählte: „Jetzt haben sie doch in dem kleinen Waldstück an der Tannenstraße ein Kriegerdenkmal für die Gefallenen gebaut. Ganz sinnig mit einer Namenstafel und zwei flankierenden Steinlöwen.

Du musst mal die markigen Sprüche lesen, >Der Zukunft zeug ich stumm vom heldenhaften Ringen, - Heimat verpflichtet, - Ihren Helden zum Gedächtnis, - Toten der Vergangenheit verpflichten zu Taten in der Zukunft<, - Jahrhunderte gingen, Jahrhunderte kommen, gesät wird immer<. Vater antwortete: „Habe ich schon gesehen. Als ich anfing zu lesen, wurde mir übel, ich bin gleich wieder gegangen." Ferdinand sprach weiter: „Wie weit bist du mit deinem Kasten?" „Ich komm nicht richtig weiter, das Problem ist, dass Brunken Schwierigkeiten hat, mir die Röhren zu besorgen." Dann guckte Onkel Ferdinand mich an: „So, ihr habt heute dem Ziegenbock das Eiserne Kreuz verliehen." Ich wurde rot. Vater schaute auf: „Jan, was ist das für eine Geschichte?" Ich stotterte: „Die kann Onkel Ferdinand besser erzählen." Als er fertig war, lachte die ganze Gesellschaft. Ich atmete auf und musste mitlachen. Vater hob seinen Fuß: „Mein Heldentum im Weltkrieg endete damit, dass mir der rechte Zeh abgeschossen wurde." Mutter sagte: „Ferdinand, du redest ja den Jungen was ein, hoffentlich wird dir das nicht mal übel genommen. Ist das nicht Quälerei, was die Jungen mit dem armen Ziegenbock machen? Warum hast du denn den Bock Baldur genannt?" Ferdinand grinste: „Wie heißt denn der Reichsjugendführer?" Vater antwortete: „Baldur von Schirach." Ferdinand feierlich:

„Ich war ein Blatt im unbegrenzten Raum,

nun bist Du Heimat mir und bist mein Traum.

Ich glaub an Dich, denn du bist die Nation.

Ich glaub an Deutschland, weil Du Deutschlands Ruhm."

Mutter erstaunt: „Ferdinand, haben sie dich zum Nazi gemacht?" „Nein, das ist ein Gedicht an Hitler von dem schönen Baldur."

Vogelstimmen

Meine Körperuhr tickt in meinen Ohren. Die Buschmänner stehen wie verzaubert da und lauschen der Ruhe. Die Vogelstimmen sind Lichtpunkte der Stille. Urplötzlich fangen sie mit dem Lärmen wieder an, als wollten sie die Ruhelosigkeit meines Herzens ausdrücken. Dann zieht sich ihr Spiel in Gleichmäßigkeit zurück, ich versinke wieder.

Sonntags, wenn es regnete, gab mir Mutter 25 Pfennig. Sie sagte dann: „Heute ist Kinotag." Leo Knoll, der Kinobesitzer, war auch noch der rabiate Bademeister von der Badeanstalt. Albert, Rotkäppchen und ich gingen zum Kino, eine große Kinderschar drängelte sich vor dem Eingang. Die vordersten klebten fast vor der Scheibe. Ein Klirren, - die Scheibe der Tür ging zu Bruch. Leo Knoll kam rausgestürmt und prügelte sich durch die erwartungsfrohe Kinderreihe. Er schrie: „Wenn ihr Doofköppe euch nicht sofort ordentlich hinstellt., mache ich mein Kino zu, und ihr könnt heute wieder nach Hause gehen." Das war die Vorbereitung auf den Film >Pat und Patachon im Raketenauto<. Eine große Unruhe herrschte im Saal. Als es dunkel wurde, kreischten und quiekten alle noch lauter. Knoll schrie: „Ruhe! Oder ich mache das Licht wieder an." Rotkäppchen saß zwischen uns. Albert versuchte Rotkäppchens Hand zu fassen. Sie neigte sich zu mir rüber und nahm meine Hand, was mir gar nicht unangenehm war. Die beiden Helden, die dänischen Komiker, erschienen auf der Leinwand. Das Gelächter und Geschrei steigerte sich wieder. Als der Film zu Ende war, sagte Rotkäppchen: „Mit Albert gehe ich nicht mehr ins Kino."

Unsere Favoriten waren >Dick und Doof<. Laurel & Hardy regten immer wieder unsere Fantasien an. Als Albert und ich nach dem Film >Im wilden Westen< zu Mutter in die Küche kamen, sprang mir Treff entgegen. Ich sagte zu Albert: „Das ist unser Esel!" Mutter erstaunt: „Was soll das denn?" Dann führten wir Mutter den Tanz von Dick und Doof in der Westernstadt vor. Zunächst, als Aufforderung zum Tanz, wurde der rechte Vorderfuß vom Esel Treff hin und her bewegt. Dann fingen Albert und ich an, drehten uns im Kreis, dann umeinander, hoben graziös unser rechtes Bein. Mutter lachte, dass ihr die Tränen in die Augen kamen. Vater kam herein. Mutter lachend: „Schau sie dir an, Dick und Doof."

In dem Film >Das verrückte Klavier< zog Doof mit Leichtigkeit durch Hilfe eines Flaschenzugs ein Klavier auf den Balkon. Albert und ich waren uns einig, einen Flaschenzug mussten wir haben. Wir suchten Bohlen und besorgten alte Schubkarrenräder, bauten damit ein halbwegs flaschenzugähnliches Gebilde. Vater hatte schon lange vor, von unserer großen Stareneiche abgestorbene Äste abzusägen. Ich bedrängte Vater: „Wir haben jetzt einen Flaschenzug, den können wir oben in die Eiche binden. Wir knoten ein Tauende an den alten Ast, du sägst den Ast ab, Albert und ich halten das andere Tauende und lassen den Ast langsam herunter." Vater war neugierig geworden: „Am Sonnabend Nachmittag können wir es ja mal versuchen." Mutter war Zuschauer. Wie freute sie sich, als der erste Ast heil unten ankam. Sie klatschte in die Hände: „Es klappt, es klappt."

Langsam fuhr ich mit meinem Finger die Zeilen entlang und las.

Da rief das Schwesterchen: Brüderchen, ich bitte dich, trink nicht, sonst wirst du ein Wolf...... .

Meine Mutter rief: „Jan komm, wir wollen doch zu Frau Jachtmann." Frau Jachtmann wohnte in einem zweistöckigen Haus am Beginn unserer Straße. Mutter rief, und ich musste mit. Mutter packte Kuchen ein. Auf dem Weg sagte meine Mutter: „Du weißt doch, dass Frau Jachtmann komisch ist!" Ja, das wusste ich. Der Vater von Wilhelm hatte einen Frisörladen. Dort ließ sie sich ihre Haare machen. Wenn es an das Bezahlen ging, öffnete sie eine Streichholzschachtel. In Federn gut verpackt lagen Ein- und Zweipfennigstücke. Sie gab ihm drei oder vier Pfennig. Der Frisör ging zum Telefon und rief ihren Mann an, der brachte das Restgeld. Mutter kam einmal lachend von einem Besuch bei ihr zurück und fing an zu erzählen: „Heute hatte Frau Jachtmann Waschtag. Ich sagte, - Frau Jachtmann, wie geht es Ihnen -? Sie antwortete, - Gut, eine Hand wäscht die andere -."

Wir waren angekommen und klingelten. Als sich die Haustür öffnete, sagte sie kaum vernehmbar: „Wie schön, dass Sie da sind, und der Kleine ist auch mitgekommen, das freut mich." Wir setzten uns an den Küchentisch. Mutter ließ Frau Jachtmann reden. Mir wurde es langweilig. Ich schielte nach dem Päckchen. Doch sie redete und redete, der Kuchen wurde nicht ausgepackt. Ich studierte mühsam den Spruch, der an der Wand hing, >Zu Hause muss beginnen, was leuchten soll im Vaterland<. Dann die Verse auf den Geschirrtüchern, die ordentlich über einer Stange hingen. >Lass Deine Hände nicht müßig sein, so kommt das Glück von selbst hinein, - Nur jener Mensch hat Edelmut, der seinen Feinden Gutes tut.<. Ich hatte statt Edelmut Edeltraut gelesen, so hieß ihre Tochter. „Mutti was heißt das, jeder Mensch hat Edeltraut." Mutter lachte, doch Frau Jachtmann fasste meinen Arm und sagte: „Arm wie eine Kirchenmaus." Ihr Mann, Erwin Jachtmann sorgte Für Recht und Ordnung in unserem Ort. Mit seinem aufgezwirbelten Bart, der aufgeputzten grünen Uniform und mit einem Tschako auf dem Kopf, sah er recht stattlich aus. Wenn er mir auf der Straße begegnete, grüßte ich ihn mit einem zackigen: „Heil Hitler." Er hob nur müde seinen Arm. Angst hatten wir Jungs vor ihm nicht, er tat keiner Fliege etwas zu Leide. Um mit dem Fahrrad schneller zur Schule zu kommen, fuhr ich durch einen Heckenweg, der nur für Fußgänger erlaubt war. Kam er mir entgegen, sauste ich unbekümmert weiter. Er trat zur Seite, klingelnd fuhr ich rasant am ihm vorbei. An ihm testeten wir, wie weit man Männer in Uniformen reizen kann. In seinem Garten stand ein großer Baum, seine Zweige trugen im Herbst dicke blaue Pflaumen. Das war dann das Ziel unserer Kletterübung. Unbekümmert saßen wir sechs Jungen oben in den Zweigen und aßen mit Wonne die saftigen Früchte. Da kam er an, gestiefelt und gespornt. In der erhobenen Hand hatte er einen Säbel: „Verdammt noch mal, was macht ihr dort oben in den Zweigen?" „Wir spielen Eichhörnchen." „Ihr Räuber, sofort herunterkommen." Einzeln sprangen wir vom Baum und liefen weg. Er rannte hin und her, doch vergebens, er konnte keinen oder wollte keinen fangen.

Jeden Herbst bekam er Feuerholz. Die Stallluke im Giebel war offen, er hielt seinen Mittagsschlaf, wir warfen unentwegt Scheite durch die Luke, die donnernd über den Holzboden rollten. Wieder erschien er, säbelbewehrt, wir flohen in alle Himmelsrichtungen. Er rief hinter uns her: „Vielen Dank, ihr habt mir Arbeit abgenommen."

Mutter, die sonntags gern zur Kirche ging, erzählte uns: „Heute war Jachtmann, wie immer, mit schwarzem Anzug in der Kirche. Als wir unter Orgelklang nach draußen gingen, stand auf dem Friedhof ein Brauner. Der pöbelte Jachtmann an, er solle gefälligst in seiner Uniform zur Kirche gehen." Jachtmann sagte darauf fest: „In das Haus meines Herrn gehe ich nicht in Staatsuniform."

Am Mittagstisch erzählte mein Vater: „Jachtmann braucht nicht mehr mit dem Fahrrad zu fahren, er hat jetzt ein Auto, einen Adler Junior." Wir sahen ihn stolz durch die Straße kutschieren.

Jeden Mittag stand das Auto vor seinem Haus. Wir kamen von der Schule. Albert schaute neugierig ins Auto: „Mensch, der Schlüssel steckt noch im Zündschloss! Jan, kannst du steuern?" „Klar, ich habe doch schon oft Trecker gefahren." Ja, und dann schoben wir das Auto weg. Ich saß am Steuer, während fünf Jungen unter Alberts Kommando schoben. Er rief: „Jetzt rechts in die Sandstraße, jetzt links in die Birkenstraße und jetzt links in die Milchstraße." Es war eine Sackgasse, dort ließen wir das Auto stehen. Einzeln stahlen wir uns nach Hause. Als ich in die Feldstraße einbog, kam Jachtmann aus dem Haus. Ich fing an zu laufen, dann hörte ich ihn rufen: „Ich schieß diejenigen in die Hacken, die mein Auto gestohlen haben." Als ich am nächsten Tag von der Schule kam, rief mein Vater energisch: „Jan, komm mal her!" Die Prügel werde ich mein Leben nicht vergessen, seitdem habe ich Angst vor Uniformen.

Mein Schulranzen tanzte auf meinem Rücken, freudig lief ich nach Haus. Die großen Ferien hatten begonnen. Die Schule war für mich vergessen. In meinem Zimmer warf ich den Ranzen in die Ecke und lief in die Küche. Am Herd stand ein junges Mädchen, vielleicht 16 Jahre, sah aus wie Rosenrot: „Wo ist Mutti?" „Im Stall!" Ich rannte zu ihr: „Mutti, was ist das für ein Mädchen in der Küche?" „Das ist unsere neue Magd Hedwig, ich kann bald nicht mehr so schwer arbeiten." „Bist du krank?" „Nein, du bekommst bald eine Schwester oder einen Bruder." Das verstand ich nicht und sagte: „Die Kinder bringt doch der Klapperstorch!" Mutter schwieg.

Rotkäppchen und ich gingen durch den Sonnengarten, wir wollten unsere Bretterbude fertig zimmern. Mutter rief: „Setzt euch ein bisschen zu mir." Sie saß auf der Bank unter dem Fliederbaum mit strahlenden Augen und streichelte ihren Bauch: „Ach Kinder, wie friedlich ist es hier. Ich freue mich sogar über die Stare mit ihrem glänzenden Gefieder und klangreinen Pfiffen. Schaut mal dort, mein kleiner neugieriger Freund mit seinen Perlaugen, er hüpft unbekümmert näher." Mutter zwitscherte sein Lied: „Zip, zizip." Ich schaute auf Mutter: „Auf den Gesang der Vögel habe ich noch nie richtig geachtet." Sie wurde aufgeregt: „Hört euch das an. Auf unserem Scheunendach hockt eine Amsel und drüben auf der hohen Birke eine andere. Hört, hört wie sie sich unterhalten mit ihrem getragenen lauten und melodischen Flöten." Sie seufzte: „Warum kann es nicht immer so sein, warum lassen sich die Menschen immer wieder zum Krieg hochputschen?" Mutter blieb sitzen, während Rotkäppchen und ich Bretter für unsere Hütte suchten.

Bald musste Rotkäppchen nach Hause, ich lief zu meinem Ziegenbock. Unser Feldherr durfte er nicht mehr sein, das hatte Onkel Ferdinand verboten. Ich kraulte dem Bock den Hals und sprach mit ihm: „Baldur, ich habe jetzt Ferien, jetzt wollen wir jeden Tag Zirkuskunststücke üben, auch sollst du lernen, meinen Handwagen zu ziehen, und Treff bringe ich das Tanzen bei." Doch so groß war das mit meiner Freiheit nicht, abends sagte Vater: „Jetzt hast du ja Ferien, du musst mir bei meiner Arbeit helfen." Dann Mutter: „Dein Deutsch ist nicht gut, ich gebe dir Nachhilfe." Da zerplatzten meine Ferienträume. Ich fing an zu zetern: „Endlich habe ich frei, und dann kommt ihr mir mit so was." Ich rannte hinaus und knallte die Küchentür zu. Aber so schlimm war es nicht, nachmittags durfte ich spielen.

Ich ging auf die Straße. Heinzi kam mit seinem Fahrrad angefahren, es knatterte wie ein Motorrad. Vorne an die Schutzblechhalterung hatte er ein abgeknicktes Stück Pappe geklemmt. Er regulierte es mit einem Bindfaden, den er von der Pappe über den Lenker gezogen hatte. Mal machte er damit mehr Lärm, mal weniger. Er fuhr auf der Straße hin und her und rief: „Toll was, willst du das auch haben?" Bald fuhren wir beide knatternd durch die Straßen. Wir trafen Albert, Wilhelm und Bernd, der Krach wurde lauter, die Leute fingen an zu schimpfen. Als wir an unserem Hof vorbeifuhren, sah ich meinen Vater mit Onkel Ferdinand vor dem Stall stehen, er rief nur kurz: „Jan!" Ich wusste, was das bedeutete. Als ich bei ihm war, fing er an zu schimpfen: „Jan, bau sofort das Knatterding ab, du lockerst die Speichen, dein Vorderrad wird zum Ei." Heinzi sah mit Erstaunen Ferdinand auf sein Rad steigen. Die Räder hatten alle keinen Freilauf und so drehten sich die Pedalen mit. Ferdinand hatte an die hintere Achse, statt einer Schraube, eine kurze Stange geschraubt. Er nahm einen kurzen Anlauf, stellte seinen rechten Fuß auf die Stange und setzte sich von hinten auf den Sattel. Heinzi fuhr knatternd hinter ihm her und rief: „Wo gibt es das?" Ferdinand: „Bei Rädicker." Ich fuhr ohne zu knattern hinter den Freunden her. Albert sagte: „Komm, wir machen eine Fuchsjagd, das werden wir doch wohl dürfen." Schon hielt er sein Taschentuch mit der rechten Hand am Lenker und raste weg. Ab ging die Post, wir vier hinter Albert her, um ihm das Taschentuch abzujagen und selber Fuchs zu werden. Albert sauste in den Heckenweg. Wir bedrängten uns gegenseitig und stürzten zu einem Knäuel. Albert sah uns am Boden liegen und feixte: „Na ihr Hasen, so werdet ihr mich nie fangen." Ich saß als Erster wieder auf meinem Rad und raste an Albert vorbei, entriss ihm das Taschentuch und rief: „Hurra, jetzt bin ich Fuchs." Das Fuchsspiel wurde uns langweilig, wir wurden zu Akrobaten. Zunächst fuhren wir freihändig, bald kam die nächste Nummer. Fest traten wir auf die Pedalen, kamen in Fahrt, stellten uns auf den Sattel, die Tretkurbeln, die ja noch keinen Freilauf kannten, drehten sich weiter. Unsere Hände blieben am Lenker, so umfuhren wir uns kreisend, bis es wieder zu Stürzen kam. Heinzi rief: „Jetzt kommt die Sensation des Tages, wir alle fünf auf einem Fahrrad. Wir nehmen Jan sein Rad, das ist am stabilsten." Albert nahm Heinzi auf die Schulter und setzte sich auf den Sattel, die Füße noch am Boden. Ich setzte mich auf den Lenker, Bernd auf die Stange vom Rahmen und Wilhelm auf den Gepäckhalter. Nach mehreren Versuchen radelten wir mit Gejohle die Straße entlang, bis, ja bis mein Rad zusammenbrach. Alle wälzten sich auf dem Pflaster. Knie und Arme waren zerschunden. Heinzi humpelnd: „Zicke Zacke, Zicke Zacke Hühnerkacke, hoi hoi hoi." Doch das Schlimmste, der Rahmen war gebrochen. Ich heulte: „Das gibt vom Vater Prügel."

Draußen regnete es. Albert, Heinzi, Bernd, Wilhelm und ich schmökerten in Vaters Entdecker- und Reisebüchern. Albert las Mungo Parks; Reisen ins Innerste Afrika. Er rief: „So ein Feigling", las dann vor, „>Während wir so in freundschaftlicher Unterhaltung unseren Weg fortsetzten, sahen wir die Spur eines Löwen noch ganz frisch im Schlamm an der Flussseite. Mein Gefährte ging nur mit der äußersten Behutsamkeit vorwärts. Als wir aber an dickes Strauchwerk kamen, bestand er darauf, ich sollte vorangehen. Ich suchte mich damit zu entschuldigen, daß ich den Weg nicht kenne, doch beharrte er auf seiner Forderung, und nach einigen lauten Worten und drohenden Blicken warf er meinen Sattel hin und ging fort<." „Lies leise", rief ich. Ich las interessiert in einem Buch über die Kalahari-Buschmänner. >Die Buschmänner des südlichen Afrika leben in den Traditionen von Tanz, Musik. Die Kalahari mit ihren rötlichen Sanddünen, ihren Salzpfannen, ausgetrockneten Dornsavannen und großen Antilopenherden ist die Heimat der Buschmänner. Ihren Namen haben die Jäger und Sammler von den Windschirmen aus Zweigen, die ihnen als Behausung dienen. Drei Viertel des Landes ist Halbwüste. Das Okanvango Delta ist eine wunderschöne Landschaft aus Wasser und Land innerhalb einer Wüste<. Ich las laut: „>Im Nordwesten hausen die größten Löwen Afrikas<. Wenn ich groß bin, will ich da hin!" Albert spöttisch: „Damit dich die Löwen fressen." Heinzi zeigte auf ein Bild in seinem Buch: „Guckt mal her." Da waren Eingeborene zu sehen, die nur einen Lendenschurz trugen. Heinzi begeistert: „Morgen gehen wir zum Galgenmoor und spielen Neger." Mutter rief: „Rotkäppchen ist hier, darf sie mit euch spielen?" Ich rief: „Meinetwegen." Als sie reinkam, zeigte Heinzi auf das Bild: „Schwarze in ganzer Pracht, willste sehen? Das spielen wir morgen am Galgenmoor, kannst mitmachen." Sie rannte weg: „Ihr seid blöd."

Am nächsten Tag, eine Sonne wie in Afrika, marschierten wir, Albert, Bernd, Wilhelm, Heinzi und ich zum Galgenmoor. Gegen Alberts Willen mussten wir noch die kleinen Geschwister von

Bernd mitnehmen. Angekommen, machte Albert erst mal mit Ruß alle Gesichter schwarz. Bernds Anhang weigerte sich mit Geschrei. Albert großmütig: „Na ja, dann seid ihr eben weiße Gefangene." Wir zogen uns alle aus, und mit einem Tuch und einem Bindfaden trug bald jeder einen Lendenschurz. Die kleinen Weißen mussten nackend herumspringen. Mit: „Hu, hu" tobten wir mit einem Speer aus dem Schilfrohr umeinander herum, dass die Frösche das Quaken vergaßen. Albert laut: „Hu, hu" wir müssen uns eine Behausung bauen." Aus Zweigen, Schilf und Binsen flochten wir unser Buschmännerhaus. Kamen Kinder vorbei, schauten immer wieder mit: „U, U", schwarze Gesichter durch das Schilfrohr. Sie liefen schreiend weg. Gemütlich saßen wir in unserem Schilfhaus und palaverten. Albert rief: „Wer hat mich da gestochen?" Bald spürten wir alle schmerzhafte Stiche und schimpften: „Lasst doch den Unsinn." Jetzt lautes Mädchengekicher. Wir raus, da liefen sie, Rotkäppchen mit ihren Freundinnen. Mit unserem Lendenschurz war an Verfolgung nicht zu denken.

Bernd hatte einen großen Bruder, der vernarrt in Fußball war. Oft besuchten wir Heinrich am Wochenende und saßen mit ihm vor dem Radio und hörten Sportberichte. Wer nicht mucksmäuschenstill war, wurde rausgeschmissen. Sein Verein war FC Schalke 04. Wenn Ernst Kuzorra und Fritz Szepan ihren Schalker Kreisel spielten, überschlug sich die Stimme des Reporters aus dem Lautsprecher. Dieser Ur-Kreisel waren rasante, verwirrende Kombinationen, ein unnachahmlicher Angriffswirbel, bei dem die Schalker den Ball mit Kurzpässen solange in den eigenen Reihen hielten, bis ihre besten Stürmer in optimaler Schussposition waren. Heinrich hielt seine Beine nicht still, er trat nach uns, als wolle er das Tor selbst schießen. Zu unserer Erleichterung schrie es aus dem Lautsprecher: „Tor, Tor...... ." Heinrich begeistert: „Sollt mal sehen, die holen wieder den Meistertitel." Als das Spiel zu Ende war, kam das, worauf wir schon warteten. Heinrich stellte sich in Positur mit einem Holzlöffel vor dem Mund: „Meine lieben Hörer, jetzt eine Fußballreportage auf polnisch vorwärts." Rasant legte er los, sodass uns die Silben um die Ohren flogen. „Nun polnisch rückwärts." Sein Kauderwelsch nahm an Stärke zu. „Nun der Höhepunkt der Reportage, polnisch vorwärts mit Zungenschlag." Das war wirklich der Höhepunkt, die Spucke flog uns ins Gesicht, dass wir fluchtartig das Zimmer verließen und uns den Bauch hielten vor Lachen.

Albert war bei der Dressur von Baldur mein Kumpel. Den Wagen zog der Bock schon ein paar Meter, dann setzte er seinen Willen durch ,riss sich frei und raste mit dem holpernden Wagen weg. Albert wütend: „Das ist zum Verzweifeln mit dem Biest." „Du, Albert"; sagte ich, „uns bringt der Klapperstorch einen Jungen oder ein

Mädchen." Er warf sich auf den Boden und rief: „Ich fall um, Jan glaubt noch an den Klapperstorch." Rotkäppchen kam angeschlendert: „Darf ich mitspielen?" Albert schaute sie anmaßend an: „Nur wenn du deine Hose ausziehst." Sie lief wütend weg und rief: „Ihr Schweine." Als ich nach Hause gehen wollte, sagte Albert: „Komm noch mit, wir sehen uns die Karnickel von Onkel Ferdinand an." Bewundernd krakeelte er: „Das sind Biester, die blau-grauen Belgier." Jetzt fing zu seiner Freude auch noch ein Bock an zu rammeln: „Schau dir das an, so machen das deine Eltern auch, so werden Kinder gemacht." Betroffen rannte ich weg und schrie: „Das machen meine Eltern nie."

Hedwig hatte ein munteres Wesen, sie war nicht unterzukriegen und meistens fröhlich. Wir beide saßen zusammen auf der Küchenbank und alberten miteinander. Wenn wir uns gegenseitig berührten, war mir das gar nicht unangenehm. Selbst Vater machte Späße mit ihr: „Na Hedwig, hast du denn schon einen Freund?" „Die Jungs halte ich mir mindestens 3 m vom Leib." „Aber ganz jagst du sie wohl nicht weg." „Könnte ja ein reicher bei sein." Dann sagte Vater zu mir: „Jan, habt ihr den Ziegenbock endlich so weit, kutschiert ihr schon durch die Gegend?" „Der blöde Baldur sitzt voller Boshaftigkeit, 10 m war bis jetzt unser Rekord." Hedwig schlagfertig: „Oder voller Kaffeebohnen!" Mutter: „Wenn er das könnte, Kaffeebohnen fabrizieren, würde ich mich mit ihm anfreunden. Die Bohnen sind inzwischen so rar, die kann man nicht mehr mit Geld und guten Worten auftreiben. Die reden ja schon von Lebensmittelmarken." Vater ernst geworden: „Die Nazis brauchen Geld für das Aufrüsten."

Jeden Sonnabend war für mich Badetag. Unter dem mit Wasser gefüllten Waschkessel brannte ein bullerndes Holz- und Torffeuer. Daneben stand eine Zinkwanne auf Holzkufen. Am Kopfende war ein Baldachin hochgezogen. Hedwig füllte eifrig das warme Wasser in die Wanne. „Jan, halt mal deine Hand ins Wasser, wollen mal sehen, ob es warm genug ist." Ich zog sie schnell wieder raus: „Verdammt noch mal, ich hab meine Finger verbrannt!" „Dann eben noch zwei Eimer kaltes Wasser, so, jetzt geht es." Ich fing an mich auszuziehen. Sie stand da und schaute zu: „Hedwig verschwinde, sonst spritz ich dich!" Schon bekam sie eine Ladung Wasser über ihre Schürze." Jetzt fingen wir an zu balgen, sie wollte mich halb ausgezogen ins Wasser werfen. Als ich ihre jungen Brüste an meinem nackten Oberkörper spürte, drückte ich Hedwig fest an mich. Kurze Zeit verharrten wir so. Abrupt riss sie sich los und sprang aus der Waschküche. Ich stieg in die große Zinkwanne, wurde zum Kapitän und ließ Feuerholzstücke als Schiffe fahren. Dabei entdeckte ich mein Glied und fing an, damit zu spielen. Als ich hochschaute, sah ich

Hedwigs Gesicht hinter der Fensterscheibe. Blitzschnell tauchte ich vor Scham unter.

Früher, wenn meine Mutter schon sonntags in der Küche rumorte, kroch ich zu Vater ins Bett. Er sang mit lauter Stimme:
„Der Ku - ckuck und der E - sel, die hat –ten ein-mal Streit. Wer wohl am be-sten sän - ge..... ." Ich rief mit heller Stimme: „Kuckuck, kuckuck..... ." Während mein Vater wie eine Eisensäge klang, wenn er, „i - a, i - a….. ", schrie."
Auf einem Baum ein Kuckuck, das Lied machte mich traurig, wie lustig Vater auch,
„sim sa – la - dim bam ba sa – la - du sa – la – dim.....", sang. Kam dann, „der schoss den armen Kuckuck – sim sa – la - dim bam - ba sa – la – du sa – la dim, der schoss den armen Kuckuck tot",
hielt ich meine Ohren zu. Nicht verstehen konnte ich, warum der Kuckuck im nächsten Jahr wieder da war. Am liebsten hörte ich das Lied von Jan Hinnerk.
„Jan Hin - nerk wahnt an de Lam – mer Lam - mer – straat, Lam Lam mer – Lammer – straat, kann ma – ken, wat he will, kann maken, wat he will, swieg man jüm - mer, jüm - mer still, swieg man jüm – mer, jüm - mer still! Und do maakt he sik en Gei – ge – ken, Gei – ge - ken per - dautz! Vi - go – lien, Vi - go – lien seggt dat Gei - ge – ken. Vi - go –

lien Vi - go lien, seggt dat Gei – ge – ken. Vi - go Vi –go lien un Vi - go Vi - go - .lien, un sien Deern de heet Kat - trin, un sien Deern de heet Kat - trin, un sien Deern de het Kat – trin."

Manchmal verhaspelte sich mein Vater, wenn er zum Schluss den ganzen Refrain sang.

„Un do maakt he sik en Hanseaat. Hanseaat perdauz! Sla em doot! Sla em doot! seggt de Hanseaat. Ik bün Kaiser! Ick bünn Kaiser! seggt Napolium. Damm your eyes, damm your eyes! seggt de Engelsmann. - Gottsverdorri, Gottsverdorri! seggt de Hollandsmann. Vigolien, Vigolien! seggt dat Geigeken un Vigo, Vigolien un Vigo Vigolien un sien Deern de heet Katrin."

Vater konnte es in allen Stimmlagen singen. Auch jetzt kam es noch manchmal vor, dass ich zu ihm ins Bett kroch. Dann sang ich das Lied von Jan Hinnerk mit ihm zusammen. Er erzählte mir Geschichten, traurig sang er das Lied:

„Mai - käfer, flieg! Dein Va – ter ist im Krieg, dein` Mut - ter ist in Pom – mer - land, Pommer - land ist ab – ge - brannt. Mai – kä – fer, flieg!"

Wie oft hatte ich das Lied gesungen, wenn ein Maikäfer auf meinem Finger saß. Vater seufzte: „Könnte man doch wie ein Maikäfer wegfliegen, um dem irdischen Elend von Brand und Krieg zu entfliehen."

Viele unserer Vorfahren waren zur See gefahren, und er träumte davon, auch in andere Länder zu reisen. Als Ersatz las er Bücher. >Cook, Pazific, - Columbus, Bordbuch, - Brehm, Sudan, und, und<. Hatte Vater am Sonntag das Vieh versorgt und Zeit, las er mir vor. Er setzte sich bequem in seinen Armsessel, und ich saß vor ihm: „>Ronald Amundsen, Eroberung des Südpols<".

„>Zum Pol, was meint ihr, - sollen wir aufbrechen? – Ja natürlich ziehen wir los! Alle ohne Ausnahme waren dieser Meinung. In großer Eile wurden die Hunde angeschirrt<."

Ich unterbrach Vadder: „Mit Baldur hätten sie das nicht machen können. Dass Treff das mitgemacht hätte, glaube ich auch nicht." „Hör mal weiter."

„>So konnten wir uns also selbst auf die Schlitten setzen und flott die Peitsche schwingen.<"

Ich unterbrach ihn wieder: „Vadder, du haust die Tiere nie, aber mich." Vater rutschte auf seinem Sessel hin und her, schaute auf, las aber weiter.

Manchmal fühlte ich mich ungerecht behandelt. Wenn Mutter sich über etwas geärgert hatte, rutschte ihr auch mal die Hand aus. War Vater schlecht gelaunt, konnte er mich wegen einer Kleinigkeit prügeln. Ich hatte die Tür vom Schafstall aufgelassen, die Tiere waren in den Garten gelaufen. Nachdem wir sie wieder in den Stall getrieben hatten, sagte er streng: „Geh in die Küche, ich komme nach." Ich wusste, was das zu bedeuten hatte. In der Küche war Hedwig am Spülen. Mutter war nicht zu sehen. Schon kam Vater mit einem Rohrstock in der Hand herein. Ich musste mich über einen Küchenstuhl legen. Ohne Rücksicht, dass Hedwig zusah, sauste der Rohrstock auf meinen Hintern. Ich biss eisern die Zähne zusammen und schrie nicht. Endlich ließ er von mir ab. Ich schlich weg zu meinem Freund Treff. Ihn streichelnd klagte ich mein Leid: „Treff, du lieber Hund, du hast es gut, brauchst nicht zu arbeiten, gehst nicht zur Schule, bekommst von mir keine Schläge." Abends im Bett konnte ich mich immer noch nicht beruhigen. Ich malte mir aus, dass ich weglaufe. Wenn ich dann umkäme, hätten sie keinen Jungen mehr, das hätten sie dann davon. Ich vertiefte mich immer mehr in den Gedanken, zog Hemd und Hose und Strümpfe an, nahm die Schuhe in die Hand und sagte zu Kasper: „Komm mit, wir wollen in die weite Welt wandern." Als ich ihn vom Haken nahm, schlenkerte er mit den Beinen hin und her. Leise schlichen wir nach draußen. Der Mond war nicht zu sehen, nur die Sterne blinzelten. Trotzig marschierte ich mit Kasper durch die dunkle Nacht in Richtung Onkel Ferdinand. Voller Mitleid mit mir selber, salzige Tränen weinend, die mir in den Mund rannen, stolperte ich weiter. Schritte hinter mir. Schauer liefen mir über den Rücken. Ich drückte Kasper fest an meine Brust.

Eine besänftigende Stimme leise: „Jan, Jan, wo willst du hin?" Meine Mutter nahm mich an die Hand: „Junge, komm nach Haus." Ich schluchzte: „Ich will nicht nach Hause, Vadder schlägt mich so tüchtig." „Jan, du musst das verstehen, Vater kommt mit dieser Zeit nicht zu recht. Komm mit, er hat mir versprochen, dich nicht mehr zu schlagen." Zu Hause sagte Mutter zu mir: „Jan, beruhige dich." Dann gab sie mir eine braune Geldbörse. Das tröstete mich. Ich lag im Bett mit dem Portmonee in der Hand, es roch so schön nach neuem Leder, versank in einen Traum. Von allen Seiten kamen Jungen angerannt. Ich hielt in der Hosentasche meine schützende Hand auf das Leder. Sie entrissen mir die Geldbörse. Ich sprang gegen sie mit der Wucht eines Hundes. Jetzt spielten sie damit Fußball. Ich sprang hin und her. Ein Abpraller, und das braune Leder preschte in meine Hände. Ich rannte weg, die ganze Meute hinter mir her. Meine Beine wurden immer schwerer. Ich fand mich unter einem Gebüsch, war allein, unendlich allein. Mutter beugte sich über mich: „Jan, Jan du bist doch zu Hause."

Einige Tage später, ich saß auf meinem Bett und spielte mit meinem Penis. Da wurde die Tür aufgerissen. Vater kam hereingestürzt: „Die Hühner sind im Garten." Mit hochrotem Kopf zog ich schnell meine Hose hoch. Er schlug nicht, sagte nur: „Reibst du bei dir vorne? Du weißt doch, das macht dumm und zerstört dein Rückgrat."

„Jan, das ist gerade noch gut gegangen", rief Rotkäppchen. Drückende Hitze lastete auf Feldern und Wiesen. Die Kühe lagen im Schatten der Blätterdächer und kauten wieder. Rotkäppchen und ich hockten in der Gartenlaube aus Liguster. Durch das grüne Laub konnten wir auf die Straße sehen. In der Hand hielt ich einen Bindfaden, an dem ein altes Portemonnaie hing. „Jan, du hast nicht schnell genug gezogen, die Kinder hätten die Börse bald gehabt, nächstes Mal lass mich ziehen." Ich drückte mich durch den Liguster und legte die Geldbörse wieder auf den Gehweg. Frau Jachtmann kam angeschlurft, sie hätte fast auf die Börse getreten, sah sie aber nicht. Wir wurden schon ungeduldig, da kam Frieda Brandhorst. Ihre Schritte wurden schneller, sie bückte sich, Rotkäppchen zog, ein Aufschrei, das Portemonnaie sauste weg wie eine Maus. Schimpfend ging sie weiter: „Ihr verwünschten Kinder." Wie das so ist bei Kindern, ich wollte was Neues ausprobieren. Im Winter war bei uns immer Schlachtfest. Ich fand es schrecklich, wenn das ausgenommene nackte Schwein draußen an der Leiter hing. Außerdem gab es dann zum Frühstück nicht mehr die leckeren Speckpfannekuchen, die Mutter so schön dünn und kross backen konnte, sondern Pannas und Knipp. Ich hatte ein paar Wursthäute in meinem Zimmer versteckt. Rotkäppchen und ich füllten sie voll Sand. Sie sahen aus wie die schönsten Leberwürste. Eine Wurst legten wir als Köder aus. Erst kamen Kinder vorbei, die hatten aber keinen Blick für Würste. Dann kam Bernard von der Grünstraße mit dem Rad angefahren. Er bremste, ließ sein Rad klirrend fallen und rannte zur Wurst, die war aber, hast du nicht gesehen, durch die Hecke verschwunden. Er schimpfte: „Ihr verdammten Jungs." Jetzt hörte er außer meinem auch Rotkäppchens Gelächter: „So ist das heute, jetzt ärgern selbst Mädchen anständige Menschen."

Tante Gesine und Onkel Ferdinand hatten uns besucht. Wir saßen gemütlich um einen runden Tisch im Schatten unserer Linde. Ferdinand seufzte: „Jetzt ein kühles Bier." Vater: „Das können wir haben, Jan hol zwei Bierkrüge aus der Küche und geh zu Deeken. Gern stiefelte ich los. Hinter der Theke bediente Deekens Tochter. Sie hatte lange schwarze Haare und feurige Augen, sie sah aus wie eine Zigeunerin. Als ich zur Tür hereinkam, rief sie laut: „Da kommt ja mein Bräutigam." Die Männer an der Theke lachten. Ich keck: „Du musst aber warten, bis ich groß bin." Mit den beiden vollen Krügen marschierte ich zurück, verlockend stand Schaum auf dem Bier. Hinter einem Gebüsch probierte ich, - etwas bitter. Da schaute das grinsende Gesicht von Heinzi durch die Zweige: „Gib mir auch einen Schluck, sonst verpetz ich dich." Schon riss er mir den anderen Krug aus der Hand, nahm einen großen Schluck und rannte weg. Was nun? Beide Krüge mussten gleich voll sein. Ich nahm auch noch einen Schluck. Mit klopfendem Herzen kam ich in den Garten. Vater schaute in den Krug: „Warum hat das Bier keinen Schaum?" Ferdinand kniff mir ein Auge zu: „Carl, das musst du doch wissen, durch Schütteln verliert Bier den Schaum. Besonders das katholische Rolinck Bier." Wie kommst du auf so was?" „Das Bier kommt doch aus Münster." Alle lachten, ich trank erleichtert mit den Frauen Himbeersaft.

Mutter schimpfte: „Vadder, wie oft habe ich dir gesagt; du sollst den Futterkohl nicht auf dem Acker neben unserem Haus pflanzen. Jetzt haben wir wieder die Schweinerei." Es war eine Invasion, über alle Wege, an der Hauswand, überall krochen unzählige Raupen. Selbst an den Fensterscheiben hinterließen sie Schleimspuren. Von innen sah ich belustigt, wie sie hin und her schaukelnd hoch glitten. Doch sollte mir das Lachen bald vergehen. Wütend rief meine Mutter: „Jan du holst dir einen Eimer und sammelst die verdammten Biester ein." Mein Rekord war am dritten Tag tausend Raupen.

Die Monate gingen ins Land und Mutter wurde immer runder. „Sag mal Mutti, du isst weniger als Vadder und wirst immer dicker." Im Januar 1939 war es dann so weit. In der Nacht hörte ich Unruhe im Haus, dann lautes Kindergeschrei. Ich traute mich nicht aufzustehen. Das Schreien hörte nicht auf. Wurden Mutter und Vater gar nicht wach? Ich stand auf, um sie zu wecken. Im Flur kam mir Vater entgegen. Aufgeregt rief ich: „Vater, der Storch hat das Kind in den Schornstein geworfen, hör mal, wie es schreit." „Ich weiß, geh in unser Schlafzimmer, da liegt deine Schwester Beta bei deiner Mutter."

Onkel Ferdinand kam mit Tante Gesine, sie wollten sich das Kind ansehen. Onkel Ferdinand sagte zu mir: „Damit haben sie euch betrogen, die hat ja keine Haare und keine Zähne." Gesine böse: „Was schnackst du dem Jungen ein." Ferdinand sagte: „Lass sie man tünen, wir beide gehen nach draußen." In meinem leeren Kaninchenstall saßen zwei weiße Kaninchen. Er sagte: „Die habe ich dir mitgebracht. Das sind zwei Angora-Kaninchen, die sind aber nicht zum Schlachten da, mit ihrer Wolle kann man Pullover stricken." Jetzt baute ich meinen Kaninchenstall aus. Mutter kam zu mir: „Jan, was machst du denn da, Die Kaninchen haben jetzt zwei Räume, was soll die Hürde?" „Ein Raum ist zum Wohnen und der andere zum Fressen. Über das Hindernis müssen sie immer rüberspringen, dann werden sie nicht fett, die darf man nämlich nicht schlachten!"

Wenn es früh dunkel wurde, fuhr der Gaslaternenanzünder von Straßenlampe zu Straßenlampe. Mit einer langen Hakenstange zog er an dem Ring einer Kette und zündete die Gaslaternen an. In der Dämmerung schlichen wir mit mehreren Jungen los. Albert hatte eine Wasserpistole, sein Vater hatte wohl nichts gegen Waffen. Reihum gab er uns seine Pistole für einen Pfennig. Wer damit nicht die Flamme im Gaszylinder ausschoss, musste einen weiteren Pfennig an Albert bezahlen. Im abenteuerlichen Heckenweg, der sich bis zur Kirche schlängelte, hatten wir bereits vier Lampen ausgelöscht. Ich trat mit Wucht gegen den Mast der fünften Straßenlampe. Bums, ging das Licht aus. Ich rief stolz: „Ich kann das Licht auch austreten." Albert schimpfte: „Lass das, du verdirbst mir mein Geschäft." Da sahen wir hin und her flackernde Lichtkegel, die näher und näher kamen. Wir drehten uns um und liefen zurück. Aber zu unserem Schreck sahen wir auch hier Lichtpunkte. Links und rechts hohe Zäune, wir saßen in der Falle. Vor uns stand der Laternenanzünder mit seiner Stange. Dazu waren wir umringt von vier Männern in braunen Uniformen, sie schienen uns mit ihren Taschenlampen in die Gesichter. Der Wortführer mit Kommandostimme: „Endlich haben wir euch! Ihr habt mit eurem Unverstand Volksgut zerstört. Siehe da, Jan Hellmer ist auch dabei. Der Apfel fällt nicht weit vom Stamm." Er kannte alle beim Namen. „Euren Bannführer und eure Eltern werde ich benachrichtigen." Die Strafe vom Vater war nicht schlimm, er hat mich nicht geschlagen. Beim Jungvolk mussten wir Strafexerzieren. Es sollte nicht mehr lange dauern, da war Großdeutschland mit Hilfe der Braunen ins Dunkle versunken.

Heinzi, Albert und ich stromerten durch den Ort zum Bahnhof. Heinzi hatte gesagt: „An der Bahnhofswand hängt ein Automat, ich will euch mal was zeigen." Wir gingen zum Bahnhof, Heinzi nahm aus seinem zerfledderten Portemonnaie ein Zweipfennigstück, spuckte darauf und wälzte es im Sand, warf es in den Automaten, doch es fiel durch. Er versuchte es immer wieder. Ich fragte ihn erstaunt: „Was soll das?" „Ich will doch mal sehen, ob ich daraus einen Groschen zaubern kann." Wieder steckte er das Geld in den Sand, warf das sandige Zweipfennigstück in den Schlitz, doch es blieb wieder nicht hängen. Albert und ich lachten ihn aus: „Du bist vielleicht ein Künstler." Doch dann sah uns Heinzi triumphierend an. Der Automat rasselte und eine Rolle Drops lag im Automatenmund. Ein Beamter hatte uns beobachtet, er kam vom Bahnsteig gerannt: „Euch will ich Beine machen." Heinzi blieb stehen und rief: „Alter Bullerballer, alter Bullerballer." Wir anderen ließen die Drops liegen und sausten weg, was die Beine hergaben. Doch Heinzi blieb unbeirrt stehen und rief: „Alter Bullerballer." Als er das Schnaufen des Bahnbeamten hören konnte, flitzte Heinzi wie ein Windhund weg. Nachdem wir kreuz und quer gerannt waren, blieben wir stehen, kein Verfolger war zu sehen. Heinzi jammerte: „Zicke

Zacke, Zicke Zacke Hühnerkacke, mein Geld bin ich los."

Bald saßen wir wieder auf den massiven Schulbänken mit angekoppelten Tischen. Ich hatte große Schwierigkeiten, mich nach den Ferien wieder einzuleben. Wenn ich mit schlechten Noten nach Hause kam, schimpfte mein Vater: „Du denkst immer nur ans Spielen, lass deine Baukästen in Ruh, bau im Garten nicht Holzwege für den Handwagen und treib dich nicht so viel auf der Straße herum. Lerne, lerne!" Ja, so war es. Wenn ich wusste, dass mein Vater dabei war, den Handwagen wieder anzustreichen, saß ich still in der Klasse, freute mich und träumte vom frisch gestrichenen grünen Wagen.

Gern kam Rotkäppchen zu mir, wenn meine Freunde nicht da waren. Sie setzte sich in den Handwagen und sagte: „Wir fahren jetzt mit der Kutsche zum Schloss." Das Schloss war eine Bretterbude, die ich am Ende des Gartens unter einem Apfelbaum gebaut hatte. Ich zog die Kutsche über den Bretterweg, der kreuz und quer über die Streuobstwiese ging. Dabei begegneten wir Riesen, Hexen, Zauberern und bösen Zwergen, die als verkrüppelte Obstbäume und Büsche am Abenteuerweg standen. Endlich nach vielen Kämpfen erreichten wir unser Schloss. Doch meine Prinzessin war vom Zauberer Holunderbusch in einen Tiefschlaf versetzt worden. Ich musste sie aus dem Wagen heben. Um sie vom Bann zu befreien, stellte ich sie hin, umfasste ihren Oberkörper und wirbelte sie dreimal im Kreis herum. Dabei fühlte ich ihre jungen Knospen. Sie zappelte mit den Beinen, ich ließ sie los, sie rannte durch den Sackvorhang ins Schloss. Als ich reinkam, lag sie auf einer Strohschütte und hatte die Augen geschlossen. Ich beugte mich über sie und sagte: „Dein Prinz wird dich mit einem Kuss erlösen." Als unsere Lippen sich berührten, sauste ein Reisigbesen durch den Sackvorhang des Fensters, eine krächzende Stimme rief: „Ihr verfluchten Satansbraten, was treibt ihr hier?" Ich sprang aus der Tür und sah, wie Hedwig unter den Apfelbäumen weglief.

Außer zu Fußball, Völkerball, Fuchsjagd auf Fahrrädern, Verstecken spielen, um Murmel kämpfen, selbst gebastelte Drachen fliegen lassen, sie an meinen grünen Handwagen zu binden und damit über das Stoppelfeld zu rollen, wurden meine Freunde und ich von Albert noch zu ganz anderen Spielen angestiftet. Auf der Weide zwischen den Kühen liefen wir splitternackt herum und sollten im Laufen kacken und pinkeln wie die Pferde.

Albert konnte aber auch sozial sein. Wenn im August die Kläräpfel an den Bäumen hingen, ging es zum Garten vom Tierarzt. Er sagte dann: „Ihr wisst, drei Äpfel lassen wir hängen, für Vater, Mutter und Sohn.

Eines Abends, wir saßen in der Küche, sagte Mutter: „Tante Dörchen und Onkel Erich kommen auf Besuch, sie wollen die kleine Beta sehen." Onkel Erich, Mutters Bruder, hatte in Hannover in einen Feinkostladen eingeheiratet. Sie hatten keine Kinder. Ich hatte Onkel Erich gern, er schickte mir Reklamegeschenke: Papppistolen mit Gummibändern von Erdal, bunte Zelluloidbälle, Bastelbögen. Wenn sie uns besuchten, was selten vorkam, machte er immer Schabernack. Gab man ihm die Hand, ließ er eine Schlange in seiner Hand schnurren, sodass ich entsetzt zurücksprang. Hob Mutter beim Empfangskaffee die Tasse hoch, blieb die Untertasse durch einen Gummisauger kleben. Onkel Erich konnte dann lachen, dass ihm die Tränen kamen.

Am nächsten Samstag holten wir sie vom Bahnhof ab. Aus dem Zug stiegen zwei Großstadtmenschen. Tante Dörchen in einem dunklen Plisseekleid mit einem weißen Seidenschleifenausschnitt, auf dem Kopf trug sie einen Schleierhut, der ihre Augen beschattete. Onkel Erich in einem dunklen Anzug mit Weste, enggeschlossenem Hemdkragen, aus dem ein dezenter Schlips ragte. Im Jackett steckte ein passendes Kavalierstuch. Auf dem Kopf ein grauer Hut mit übergroßem Rand. In der einen Hand hielt er einen Koffer und in der anderen hatte er etwas, das mich neugierig machte, es war mit einem Tuch überdeckt. Ich rannte auf beide los, Onkel Erich rief: „Junge, was bist du groß geworden!" Zu Mutter sagten sie: „Klärchen, du siehst ja aus wie ein junges Mädchen, so eine kleine Beta wirkt wohl Wunder."

Zu Hause rief mein Onkel: „Hokus Spokus"; hob das Tuch an, „ein Vogelkäfig mit Wellensittich für die ganze Familie, jetzt habt ihr Gesang im Haus." Doch große Freude wollte bei uns nicht aufkommen.

Am Kaffeetisch hob Mutter vorsichtig die Tasse hoch: „Erich, hast du wieder was ausgeheckt? Aber sag mal, warum hast du deinen Rauschebart abgeschnitten?" Dörchen erzählte lachend: „Wir gehen doch gerne ins Kabarett, Erich war dann immer das Ziel der Ansager, - da ist ja wieder der Alte mit dem Sauerkohl um die Schnauze -, du kennst ja Erich, der musste dann lachen, dass ihm die Tränen kamen. Mir war das peinlich, nach langem Drängen hat er ihn abgeschnitten." Mir wurde es langweilig, ich stand auf. Mutter rief: „Dreh dich mal rum, was hängt denn bei dir hinten runter?" Erich konnte vor Lachen kaum reden: „Eurem Sohn ist ein Schwanz gewachsen." Als er sich beruhigt hatte: „Carl sag mal, habt ihr hier immer Gewitter, von weiten hört man ein Geräusch, das wie Donner klingt. " Vater antwortete: „Das wäre ja noch friedlich, sechzig Kilometer von hier ist der Schießplatz von Krupp aus Essen. Sie probieren ihre neunen Kanonen aus, lang wird es wohl nicht mehr dauern, bis wir wieder marschieren müssen." Mudder ängstlich: „Vadder, was tünst du da."

Der Käfig mit dem Wellensittich kam in mein Zimmer. Onkel Erich hatte mir noch ein Flakgeschütz mit Gummipfropfen und Plättchen geschenkt.

Albert und Bernd waren zum Spielen gekommen. Albert sagte: „Lass doch den Wellensittich fliegen." Verängstigt flog der Vogel durch mein Zimmer. „Jan, hole deine Taschenlampen und verdunkle das Fenster, ich lade dein Flakgeschütz." Bernd und ich lagen auf dem Fußboden, um mit den Taschenlampen den Sittich in die Lichtkegel zu bekommen, während Albert auf den Vogel zielte. Dreimal hatte Albert geschossen, da kam Mutter in das Zimmer gestürmt: „Was macht ihr hier? Ihr quält ja den armen Vogel."

Am Abend sagte Mutter zu Vater: „Keiner kümmert sich mit Liebe um den Wellensittich, ich werde ihn verschenken."

Vater sagte zu mir: „Nach Ostern kommst du zum Gymnasium, das Schulgeld werden wir schon aufbringen." Ich nörgelte: „Ich glaube, kein anderer aus meiner Klasse geht zu der anderen Schule. Ich habe dann keine Freunde mehr. Sie werden mich ärgern, wenn ich mit einer Schülermütze rumlaufe. „Die bekommst du sowieso nicht, die meisten Schüler haben keine mehr." Ich konnte Vater nicht überzeugen, ich musste zur Oberschule. Nach Ostern wollte Mutter mich zum Gymnasium bringen. Ich sagte empört: „Sollen mich alle auslachen? Ich gehe alleine."

Nach einer halben Wegstunde hatte ich das Humanistische Gymnasium erreicht. Da stand sie, die Schule, für mich sehr bedrohlich, ein klassizistisches Bauwerk. Den Eingang bewachten vier hohe griechische Säulen, die einen Baldachin trugen. Hinter mir sagte eine Stimme: „Traust dich nicht hinein?" Es war Albert. Ich erstaunt: „Du musst auch in die Penne?" Albert: „Wilhelm und Bernd kommen auch noch." Wir gingen gemeinsam die sechs Stufen der Außentreppe hoch. Die zweiflügelige Eingangstür war weit aufgesperrt, wir sahen schon die Richtungspfeile >Sextaner<.

Zu Hause stubste ich meinem Kasper: „Kasper, du kannst stolz sein, du wohnst jetzt bei einem Sextaner." Er schaukelte hin und her, wobei seine lange Nase Beifall wippte.

Kanonendonner

Ich schrecke hoch, der Klang der primitiven Streichinstrumente steigert sich und wird schriller und schriller. Die Trommeln dröhnen, dazwischen harte Schläge wie Kanonendonner. Mein Herzschlag flattert in großer Unruhe. Der Schall verebbt in Hilflosigkeit.

Aus dem Radio drang eine geifernde Stimme: „Ab heute fünf Uhr wird zurückgeschossen, es wird Bombe mit Bombe vergolten." Hitler hatte am 1. September 1939 um 4.45 Uhr den Befehl zum Einmarsch gegeben. Er überfiel Polen ohne Kriegserklärung. Mein Vater sagte: „Das geht nicht gut, das erinnert mich alles an den ersten Weltkrieg. Mit Hurra marschierte auch ich mit den jungen Soldaten in das Elend. Kriegsende 1918 riefen alle >Nie wieder Krieg<, und jetzt geht die Scheiße wieder los. Was werden wir noch erleben!" Mutter wollte ihn beruhigen: „Vadder, Polen ist doch so weit weg." Er drehte an seinem Radio: „Da haben wir es, Frankreich und Großbritannien haben Deutschland den Krieg erklärt." Bald schlossen sich noch Australien, Indien und Neuseeland der britischen Kriegserklärung an. Immer wieder tönte eine Fanfare aus dem Lautsprecher, Sondermeldung! Die Stimme des Rundfunksprechers überschlug sich fast, wenn er von den Erfolgen aus dem Blitzkrieg berichtete. In der Wochenschau machte man sich lustig über polnische Soldaten auf Pferden, die mit Lanzen gegen deutsche Panzer ritten.

Mutter konnte sich gar nicht damit abfinden, dass Krieg war. Sie sagte zu mir: „Jan, pass nur auf deine Sachen auf, Textilien bekommen wir jetzt nur noch mit einer Reichskleiderkarte. Für ein Paar Strümpfe rechnen sie 4 Punkte, ein Kostüm 45 Punkte, für einen Anzug 80 Punkte. Hast du dein Konto leer, musst du bis zum nächsten Jahr warten. Man gut, dass wir unseren Bauernhof haben. Die armen Leute in der Stadt! Milch, Käse, Fett, Zucker, Marmelade, Brot und Eier gibt es nur auf Lebensmittelkarten." Vater knurrte: „Die reine Zwangsrationierung." Mutter bekam bald ihren geliebten Bohnenkaffee nicht mehr. Sie musste Muckefuck trinken, ein dünner Ersatzkaffee aus Gerste oder Eicheln. Wollte ich mir ein Eis kaufen, musste ich mir bei Mutter Zuckermarken erbetteln.

Ich konnte Vaters Traurigkeit nicht verstehen. Für mich war es noch ein Abenteuer. In der Schule hing eine große Landkarte. Sie zeigte uns Großdeutschland mit dem eingeklammerten Polen.

Unser Geschichtslehrer Armin Stockbrink war ein Brauner durch und durch. Er war sehr groß. In strammer Haltung ertönte: „Heil Hitler." Jeden Morgen steckte er die Fähnchen weiter in Richtung Russland, wobei er sagte: „Jetzt gehört uns der verfluchte polnische Korridor zwischen Deutschland und Danzig. Unsere tapferen Truppen haben ihn ganz besetzt." Dann schrieb er an die Tafel: Friedrich II. von Preußen, auch der große König genannt, war eine große Persönlichkeit, zeichnete sich aus durch geniale Kriegskunst. Die Schlacht bei Mollwitz, 10. April 1741. Preußen cirka 21600 Mann. Österreich cirka 19000 Mann. Er schaute in die Klasse: „Holt eure Hefte und Buntstifte raus. Ich werde jetzt den

Schlachtenverlauf an der Tafel darstellen. Ihr sollt alles in euer Heft übernehmen." Er begann: „Hier liegt Mollwitz, etwa 3500 m vor Mollwitz das Schlachtfeld. Gegen Mittag um halb zwei Vormarsch der Truppen. Der rechte Flügel rückt schräg auf den Feind vor. Die Artillerie folgt schnell nach. Schnell aufeinander folgendes Abprotzen, Feuer und Vorrücken. Ziel der Artillerie ist der Beschuss der österreichischen Kavallerie nordöstlich von Mollwitz. Diese 4500 Mann der österreichischen Kavallerie gehen zum Angriff über. Die 2000 preußischen Reiter fangen den Angriff auf. Teile dieser Kavallerie flüchten. Dadurch werden weite Teile der rechten Flanke entblößt. Doch durch die Hilfe der Kleistchen Grenadiere und eines Bataillons des Erbprinzen von Anhalt-Dessau wird verhindert, dass die Österreicher durch diese entstehende Lücke einbrechen können. Dann wiederholte Angriffe der österreichischen Kavallerie, die jedoch aufgerieben wird. Mit Hilfe der zusammengezogenen Kavallerie und der Infanterie der Preußen können in einem geballten Gegenangriff die österreichischen Kräfte aus Mollwitz geworfen werden. Trotz höherer Verluste wird es ein Sieg der Preußen." Dann laut: „Opfer müssen gebracht werden." Stockbrink redete wieder normal: „Habt ihr alles abgezeichnet? In der nächsten Stunde will ich von euch drei detaillierte Zeichnungen sehen. Beginn der Schlacht, entstandene Lücke in der Schlacht und Endstand." In der nächsten Stunde nahm er sich die Schlacht bei Hohenfriedberg, 4. Juni 1745, vor. So ging es weiter. Wir mussten Schlachtfeld für Schlachtfeld auf Papier bringen. Eines Tages war Stockbrink wie verwandelt. Er war während des Unterrichts irgendwie abwesend. Am Ende der Stunde sagte er: „Ich muss mich von euch verabschieden, ich habe eine Einberufung zur Waffen SS."

„Vor den Toten des Krieges 1914-1918! Wir wissen, was wir tun, und was wir gestalten, ist letztlich nichts anderes als die Vollendung ihres Wollens und ihres Verstehens". Unser Fähnleinführer klappte sein Buch zu: „Das sind große Worte von unserem Reichsjugendführer." Ich hatte nichts verstanden. Dann stimmte er an. „Die Fahnen der kommenden Zeit. Die Fahnen flattern stolz in den Wind hinein, kein Weg ist zu steil und zu weit." Er rief laut: „Wehrertüchtigung heißt die Parole."

Wir kleinen Pimpfe mussten durch Gestrüpp und Heidesträucher robben. Unsere Mützen trugen zur Tarnung eine Blätterkrone. Der Fähnleinführer stand oben auf einem Hügel und schrie: „Jan, runter mit deinem Arsch, den hätte der Feind schon längst zerdeppert." Dann übten wir im Liegen Schutzlöcher zu graben. Er rief: „Albert, halt deine große Fresse in den Sand. Bernd, du Flasche, halt deinen Kopf nicht hoch." Beim Abmarsch sangen wir: „Wir werden weitermarschieren, wenn alles in Scherben fällt, denn heute hört uns Deutschland und morgen die ganze Welt."

Als Heinzi und ich von der Schule nach Hause gingen, sahen wir ein Regiment Soldaten, die mit knirschenden Nagelstiefeln durch den Ort marschierten. Heinzi: „Jan, weißt du, dass man mit solchen Stiefeln Feuer schlagen kann?"

Am nächsten Tag holte mich Heinzi ab. Wir wollten zum Galgenmoor, um selbst gebastelte Schiffe schwimmen zu lassen. Auf einer Straße, die mit Basaltsteinen gepflastert war, schlug Heinzi Feuer. Ich erstaunt: „Wo hast du denn die Nagelstiefel her?" „Ich habe mir beim Schuster Schuhnägel gekauft, du, ich habe noch welche über." Mein Problem war, dass Mutter nichts von Nägeln unter den Schuhen wissen wollte: „Du machst damit unsere ganzen Holzfußböden kaputt." Ich hörte nicht auf Mutter, ging zu Heinzi, wir beiden schlugen eifrig Nägel in meine Schuhe, bis sie alle waren. Wir liefen wieder zur Straße mit dem Granitpflaster. Ich schlug Feuer, dass die Funken stoben. Am anderen Morgen entdeckte Mutter, was ich angestellt hatte. „Jan, was hast du bloß gemacht? Nägel und Löcher in den Sohlen, die Schuhe müssen zum Schuster. Du weißt doch, dass es kaum noch Schuhe zu kaufen gibt. Ziehe heute deine Sonntagsschuhe zur Schule an." Vater kam, Mutter konnte meine Missetat nicht verbergen. Er sagte nur: „Komm mit." Er schlug mich nicht, ich musste das Feuerholz stapeln.

Für ganz Deutschland war wegen Gefahr von feindlichen Fliegern Verdunkelung angeordnet. Wenn aus einem Fenster Licht fiel, drohte Bestrafung. Straßenlampen waren tot, Lampen von Autos, Motor- und Fahrrädern mussten mit Schlitzkappen verdunkelt werden. Mutter sagte zu Vater: „Die Stallfenster brauchen wir wohl nicht zu verdunkeln, das trübe Licht werden sie oben am Himmel wohl nicht erkennen." Mutter melkte die Kühe melken, da klopfte eine feste Hand an die blinden Stallscheiben, eine harte Stimme rief: „Frau Hellmer, machen Sie sofort das Licht aus." Mutter stürmte nach draußen: „Sie, Herr Blockwart, was haben sie mich erschreckt." Er hob drohend seine Stimme: „Frau Hellmer, Sie machen sich strafbar und versündigen sich an Volk und Vaterland." Mutter ironisch: „Mit meinem mickerigen Stalllicht."

Ferdinand kam wie fast jeden Abend zu uns. Während er sich setzte, sagte er unvermittelt: „Göring mit seiner Brust voller Orden ging durch eine Augenklinik. Plötzlich war er verschwunden, sie suchten das Krankenhaus ab, bis einer zur Decke guckte, da hing Göring an dem Magneten für Stahlsplitter." Wir lachten, doch Mutter wurde ernst: „Ferdinand, Ferdinand, die Braunen verstehen keinen Spaß." Ferdinand redete unbekümmert weiter: „Jetzt heißt er Meier. Was hat der Oberbefehlshaber der Luftwaffe doch laut aus dem Lautsprecher getönt: - Wenn ein feindliches Flugzeug deutsches Reichsgebiet überfliegt, will ich Meier heißen –. Letzte Nacht haben englische Vickers Wellington Bomber Wilhelmshaven bombardiert." Mein Vater antwortete: „Der dicke Göring war doch immer des Volkes Vater. Wie er bei der Kanaleinweihung auf einem Boot fuhr, da klatschten die Leute und riefen >Hermann<. Bei Hitler hätte es keiner gewagt >Adolf< zu rufen." „Ja", sagte Ferdinand, „jetzt wagt es keiner >Reichsmarschall Meier< zu sagen."

Im Schutze der totalen Verdunkelung trieben wir es arg mit den Nachbarn. Wir hatten ein neues Spiel. Eine Schraube wurde durch den Gummiring einer Bierflasche gesteckt, am Gewinde wurde eine lange Schnur befestigt, am Ende der Schnur wurden viele Knoten gemacht. Im Dunkeln suchten wir Nachbarn auf. Während ich mit den anderen hinter einem Busch kauerte, schlich Albert zum Küchenfenster und drückte mit Spucke den Gummiring an die Scheibe. Nach mehreren Versuchen zischte er: „Jetzt." Ich spannte die Schnur an und strich mit zwei Fingern über die Knoten. Der Schraubenkopf hämmerte mit Höllenlärm wie ein Maschinengewehr an die Scheibe. Wir hörten Schreie und dann: „Heinrich, was ist das?" Es klapperte im Stall. Albert kam mit seiner Konstruktion angesprungen und versteckte sich bei uns im Gebüsch. Heinrich rannte mit einem Stock aus der Stalltür, blieb stehen, tastete das Fenster ab und schlurfte dann kopfschüttelnd zurück. Ebenso ging es beim zweiten Mal. Doch beim dritten Mal, jetzt war ich dabei, den Sauger zu befestigen, kam der Mann von der anderen Seite angesprungen. Ich ließ alles liegen und hüpfte wie eine Gazelle weg, hörte ihn rufen: „ Jan Hellmer." Auch die anderen rannten, als ob es ums Leben ging. Lachend trafen wir uns an unserem Bunker. Wir hatten unser Ziel erreicht, Heinrich hatte uns verfolgt.

Am nächsten Tag klopfte jemand bei uns an die Haustür. Nur Hedwig und ich waren zu Hause. Hedwig öffnete, vor ihr stand Heinrichs Frau, sie fing an zu zetern: „Jan hat uns geärgert und im Dunklen fürchterlich erschreckt." Hedwig knallte die Tür zu, wobei sie rief: „Unser Jan tut das nicht." Jetzt keifte die Frau: „Ich lass mir das nicht gefallen, ich bin eine kinderreiche Mutter, ich sage das dem Führer."

Bald spürten wir auch den Krieg. Soldaten quartierten sich bei Rotkäppchen in der Scheune ein. Auf ihrem Acker wurden Stellungen für Flakgeschütze gebaut. Das war jetzt das Ziel unserer Ausflüge. Fast jede Nacht gellte die Sirene. Man hörte das Brummen der feindlichen Flugzeuge. Scheinwerfer leuchteten den Himmel ab, und sobald in dem Strahlenkreuz ein schwarzer Punkt zu sehen war, fing die Flak an zu ballern. Sirrend sausten die Splitter zur Erde. Das war für uns nun das Abenteuer. Vater jagte mich immer wieder ins Haus. Ich kletterte auf den Dachboden und sah mir durchs Fenster das Schauspiel an. Flaksplitter waren nun die Tauschobjekte in der Schule. Wieder ertönte in der Nacht die Sirene. Es wurde eine laute Nacht, die Geschütze bellten unaufhörlich. Dann das Läuten und Tuten der Feuerwehr. Am nächsten Tag sagte Vater: „Der schöne Hof von Ehlers ist heute Nacht von Brandbomben getroffen. Stallungen, Scheune, Haus, alles abgebrannt. Ehlers konnten sich noch retten, doch das meiste Vieh ist verbrannt." Mutter schlug die Hände zusammen: „Ausgerechnet Ehlers, das Haus steht doch einsam im Wald."

In der Flugabwehr hatten sie jetzt eine andere Taktik entwickelt. Aus meinem Dachbodenfenster beobachtete ich es genau. Wenn sie einen feindlichen Bomber im Spinnennetz ihrer Scheinwerfer gefangen hatten, stieg im Lichtstrahl eines Scheinwerfers ein deutsches Jagdflugzeug Me 109 empor. Ich bekam Jagdfieber und zitterte am ganzen Körper. Jetzt sah ich die Leuchtspurmunition, eine Explosion, und Flugzeugteile regneten vom Himmel. Ein Schauspiel, dass mich mehr begeisterte als Schrecken hervorrief.

Im Kino vor dem Hauptfilm wurde immer die Wochenschau gezeigt. Die Erfolge der deutschen Wehrmacht. Mit lauter Stimme wurden die Taten verstärkt. Mir lief es kalt den Rücken runter, wenn die Stuka Ju 87 über den Flügel abkippten und im beinah senkrechten Sturzflug mit heulenden Sirenen nach unten stürzten, ihre Bombenlast abwarfen und man die Einschläge sah in Brücken, Treibstoffanlagen und feindlichen Militärkolonnen. Meine Freunde und ich kannten alle Flugzeugtypen, ob deutsche oder feindliche. Es faszinierte mich so, dass es feststand, ich wollte Flieger werden.

Eines Morgens sagte Vater: „Jetzt sind die Nazis mit Gott im Bunde, gestern Abend hörte ich im Radio ein Gebet, >Schütze Gott mit starker Hand unser Volk und Vaterland, lass auf unseres Führers Taten leuchten deine Gnaden<."

Bald mussten wir bei jedem Fliegeralarm in den Keller. Vater sicherte ihn zusätzlich. Er setze drei Reihen Deckenbalken mit Holzstützen. Vor die Kellerfenster stapelte er Sandsäcke. Oft warteten wir stundenlang auf die Entwarnung. Darum stellte er Feldbetten in den Raum.

Der Blockwart kam zu uns: „Der Feind wirft Brandbomben und Brandplättchen, jedes Haus muss für die Brandbekämpfung im Luftschutz vorbereitet sein und mindestens über einfache Luftschutzgeräte verfügen:

1) Wassereimer in möglichst großer Zahl
2) Wasserfässer mit mindestens hundert Liter Inhalt.
3) Einfache Sandschaufel, Schippen, Kohlenschaufel oder Spaten.
4) Äxte und Beile.
5) Lange kräftige Eisenstange oder Holzstangen mit Stahlhaken.
6) Leine, lange kräftige Wäscheleine.

7) Feuerpatsche zum Ausschlagen der Flammen und Bekämpfung schwer erreichbarer Brandherde. Sie besteht aus einer Stange mit einem Stück Tuch, das vor Gebrauch ins Wasser eingetaucht wird.
8) Sandkiste mit mindestens 1/4 Kubikmeter Sand oder Erde."

Mein Vater stand stramm: „Den Befehl habe ich längst ausgeführt." „Das werden wir sehen." Der Dicke quälte sich die Treppe hinauf. Er schrie die Treppe herunter: „Kein Wasserfass, keine Feuerpatsche, Volksgenosse Hellmer, bringen Sie die Sache schnellstens in Ordnung." Stöhnend kam er wieder herunter. Ferdinand war inzwischen ins Haus gekommen: „Na Herr Blockwart, wieder auf Diensttour, nun sagen Sie mal, was wollen die Engländer mit den Brandplättchen erreichen?" Jetzt betete er runter: „Es bleibt zu befürchten, dass während der Erntezeit weitere Abwürfe der Gegner erfolgen. Brandplättchen, die der Feind in verschiedenen Formen, Größen und Farben abwirft, bestehen aus Mull oder Ripspackung mit ein oder mehreren Phosphortabletten. Sie wollen damit die Ernte vernichten und eine Hungersnot herbeiführen. Beim Suchen sind mit Wasser gefüllte Eimer zum Wegschaffen zu verwenden." Ferdinand lachte: „Dann wird es wohl bald Brandplättchen regnen." Da stellte sich der Blockwart in Positur: „Ferdinand Witte, Sie machen sich wohl über alles lustig. Wie Sie sicher wissen, ist der reetgedeckte Quatmannshof durch Brandplättchen abgebrannt. Ferdinand konterte: „Der Unsinn dieses Krieges ist nur noch mit Ironie zu ertragen." Der Blockwart aufgebracht: „Sie stehen schon lange auf meiner Liste, Sie haben Glück, dass Sie so viel Ansehen hier bei den Bauern haben. Wie oft habe ich Ihnen gesagt, Sie sollen eine Hakenkreuzfahne an Ihrem Fahnenmast aufhängen." Ferdinand lakonisch: „Kann ich nicht!" „Warum nicht?" „Ich habe keine." Der Blockwart wütend: „Sie sollten lieber das Kleid der Ehre tragen." Er ging mit rotem Kopf weg. Ferdinand spöttisch: „Die Nazis haben ihn vom Unterhemd zum Oberhemd befördert."

Der Blockwart war ein äußerst gewissenhafter Mensch. Als die feindlichen Flugzeuge glitzernde Streifen abwarfen, ließ er alle Jungen der Straße antreten: „Liebe Hitlerjungen, wir müssen die gefährlichen Streifen des Feindes beseitigen. Ich mache es euch vor." Er bohrte mit einem Stock ein Loch, schob dann vorsichtig einen Streifen in die Vertiefung und deckte es mit Boden ab. Wir machten uns einen Spaß daraus, uns dumm zu stellen und fragten immer wieder: „Herr Blockwart, ist es so richtig?" Ferdinand kam mit einem Pferdewagen vorbeigefahren: „Herr Blockwart, haben sie für die Jungs ein neues Spiel entdeckt? Schicken Sie die Kinder man wieder nach Hause, das sind ungefährliche Stanniolstreifen gegen Radar."

Wir Jungs sammelten alles, was vom Himmel fiel, Flugzeugteile, Bomben- und Granatsplitter. Nicht weit von unserem Haus war ein englischer Bomber abgestürzt. Ich zog mit meinem grünen Handwagen los und kam mit einer Ladung Aluminiumteile zurück. Als ich sie sortierte, klebte an einem Blech noch ein Finger. Entsetzt warf ich alles wieder auf den Wagen zurück und kippte den Flugzeugschrott in einen Graben. Bald bekam der Krieg andere Dimensionen. Die Flaksoldaten mit ihren Geschützen wurden abgezogen und im Erdkampf gegen Panzer eingesetzt. Wir standen an der Straße und sahen sie wegziehen, Hedwig weinte.

Wir, Mutter, Vater und ich saßen in der Küche. Aus dem Volksempfänger drangen die demagogischen Worte des Reichspropagandaministers Joseph Goebbels. Mutter sagte: „Mach den Kasten aus, ich kann das Geschrei nicht hören, es macht mir Angst, noch mehr erschreckt mich der Name Himmler, der sogar den Glauben der Menschen angreift."

Es klopfte, Ferdinand kam zur Tür herein. Vater zu Ferdinand: „Aus der >Goebbels-Schnauze<, haben wir mal wieder eine betörende Rede unseres Reichspropagandaministers gehört. Die Siege unserer Soldaten hat er als Triumph des >deutschen Wesens< dargestellt. Ferdinand: „Ich kann den Menschen nicht reden hören, Goebbels, der glühende Verehrer von Hitler, er himmelt den Führer an und kläfft dabei wie ein

Dackel. Komm lass uns nach oben gehen in die Bodenkammer." Mutter schimpfte: „Bleibt doch lieber hier in der Küche, ihr hört nur wieder Feindsender, das kann euch Kopf und Kragen kosten."

Zweimal in der Woche hatten wir Jungvolkdienst, oft mussten wir auch noch am Sonntagmorgen antreten. Es gab dann feierliche Aufmärsche und Ansprachen, wohl ein Kirchenersatz. Es passte unserer Bande nicht. Nur die Geländespiele machten uns immer noch Spaß. Die politischen Schulungsstunden langweilten uns.

Der Fähnleinführer kam herein mit dem üblichen Heil Hitler und hängte eine Karte auf: „Jan, was ist das hier für ein Land auf der Karte?" Ich stotterte: „Ich glaube Italien." „So, du glaubst Italien." „Bleib mal bei deinem Glauben, ein guter Hitlerjunge wirst du nie. Wer weiß es?" Keiner zeigte auf. „Nun, es ist Griechenland. Albert, wie heißt denn wohl die Insel hier unten?" Er hatte es wohl schon gelesen und sagte: „Kreta." „Wer, meint ihr, ist dort gelandet?" Wilhelm rief: „Unsere Fallschirmjäger." „Ja, bei der Luftlandung ist auch ein toller Soldat mit runtergesegelt! Der wird unseren Feinden schon die Fäuste zeigen, dass sie rennen wie die Hasen, wer ist es?" Da wurde ich munter: „Schmeling."

Eines Tages sagte mein Vater: „Jetzt haben die Nazis den Krieg verloren. Mit dem >Unternehmen Barbarossa< ist der Russlandfeldzug gestartet, wieder ein Zweifrontenkrieg, den haben wir schon im ersten Weltkrieg verloren, und dann schreit der Unmensch noch >Der Befehl ist heilig, man hat darüber nicht nachzudenken, sondern ihn auszuführen<." Meine Mutter entsetzt: „Dann sind die Jungs von der Flak auch wohl in dem Schlamassel." Hedwig verließ die Küche.

Meine kleine Schwester Beta hatte einen großen Freund, den sie Kiki nannte. Es war ein französischer Kriegsgefangener. Mein von den Nazis eingeimpftes Feindbild der Untermenschen hatte ich berichtigen müssen. Weil ein Malermeister alle Gesellen in den Krieg schicken musste, wurde der Gefangene ihm zugeteilt. Nun war er bei uns und renovierte unsere ganze Wohnung. Ich stand oft bewundernd bei ihm, durfte auch mal mithelfen. Aus seinen Farbtöpfen zauberte er Marmor auf die Wände von Flur und Treppenaufgang. Mutter sagte: „Das ist ein Künstler, man kann nicht sehen, dass es kein richtiger Marmor ist." Er brachte uns Fröhlichkeit ins Haus, meine Mutter sang, Hedwig machte ihm schöne Augen und vergaß ihren Flaksoldaten. Er spielte mit Beta, versteckte sich hinter der Tür, wenn er hervorschaute rief er: „kik- kik." und Beta fiel vor Lachen um. Für mich faltete er Schiffe und Flugzeuge aus Papier. Kiki war mit den Arbeiten fertig; wir sahen ihn nie wieder.

Mutter sagte: „Spiel du doch mal mit Beta." Ich antwortete: „Mit so einem kleinen Kind kann ich nichts anfangen, außerdem muss ich noch meine Schularbeiten machen. Ich habe mit Rosi so viel Zeit verloren." Was war das für mich eine Erniedrigung! Wenn im Kriegssommer das Futter knapp wurde, musste ich mit einer Kuh, heute mit Rosi, an den grünen Straßenrändern im Schneckengang entlangzockeln, immer in der Angst, dass jemand von der Schule mich sehen würde. Rosi störte das alles nicht, sie fraß und fraß, ab und zu schlug sie mit ihrem Schwanz nach Fliegen. Um die Langeweile zu überwinden, nahm ich ein Heft zum Lesen mit. Ich brauchte Gesellschaft und nahm auch Kasper mit, er sollte auf der Kuh reiten lernen. Wenn sie sich bewegte und mit dem Fell zuckte, fiel er ins Gras. Ich band ihn an den Hörnern fest, es sah lustig aus, wenn er bei jeder Kopfbewegung von Rosi lachend hin und her tanzte.

Mutter stürzte in mein Zimmer: „Jan, hast du Beta gesehen, sie ist verschwunden, wir müssen sie suchen! Renn du zur Querstraße." Ich sauste los. Als ich in die Straße einbog, in der ich in Betas Alter den Trauerzug gesehen hatte, entdeckte ich sie. In den Armen hatte sie ihre beiden Puppen. Ich rief: „Beta, bleib stehen." Doch sie stiefelte unbekümmert weiter. Ich lief hinter ihr her, auch sie fing an zu rennen. Bald holte ich sie ein und hielt Beta fest. Ihre beiden Puppen fielen auf den Gehweg. Sie fing an zu weinen. Ich schimpfte sie aus: „Bist du blöd, wo willst du nur hin?" Sie schluchzend: „Zu Kiki."

Draußen war ein heißer Sommertag, ich hatte Ferien. Wir saßen alle zusammen in der Küche beim Mittagessen, als Heinzi hereintrudelte. Vater: „Na, Heinzi was willst du denn?" „Ich will Jan zum Baden abholen." Mutter sagte schnell: „Lass Jan man mitgehen, der hat mir heute Morgen tüchtig geholfen." Vadder brummte sich was in seinem Bart und sagte nur: „Heinzi, willst du auch Bohnensuppe?" Heinzi keck: „Wenn du man sagtest: Willst ne Wurst." Mutter lachte und schnitt ihre Wurst halb durch, tat eine Hälfte mit Suppe in einen Teller: „Hier Heinzi, das kannst du sicher noch essen."

In der Badeanstalt spielten schon Bernd und Wilhelm mit einem Ball. Wir konnten nicht schnell genug unsere Badehosen anziehen, um ins Wasser zu kommen. Heinzi hatte sich wieder was ausgedacht: „Wollen wir wetten? Jetzt will ich doch mal der alten Ratte von Bademeister zeigen, was ich habe. Von jedem einen Pfennig dann ziehe ich meine Badehose aus und mache einen Kopfstand im Nichtschwimmer." Wir antworteten: „Wenn du dich traust, bekommst du von allen einen Pfennig." Heinzi tauchte unter und sein Hintern glänzte in der Sonne. Doch der Bademeister hatte wohl seine Augen woanders. Als Heinzi wieder auftauchte, sagte ich: „Das können wir auch." Bald präsentierten sich im Sonnenlicht vier blanke Jungenpopos. Ein Löwengrollen erschallte über das Schwimmbecken: „Raus, raus ihr Schweine, raus aus dem Wasser."

Wir tauchten weg und zogen unsere Badehosen über, dann raus aus dem Wasser. Heinzi blieb im Wasser stehen und winkte lustig mit seiner roten Badehose. Wie ein Berserker lief Löwenleo hinter uns her. Wir riefen im Chor: „Zicke Zacke, Zicke Zacke Hühnerkacke...... .", während Heinzi ins Schwimmerbecken tauchte. Wir liefen auseinander. Löwenleo lief blindlings hin und her. Gefangen hat er uns nicht.

Bald sahen wir auch die ersten russischen Kriegsgefangenen. Man hatte sie in einer ausgedienten Schreinerei einquartiert. Sie hatten einen, mit hohem Stacheldraht abgesperrten, kleinen Auslauf. Wir Jungen standen davor, als sähen wir Affen im Käfig. Sie riefen uns zu: „Ein Waggen zwei Brottt." Dabei zogen sie einen selbst gebastelten Wagen hin und her. Dieses wunderbare Gefährt war bestückt mit einem Hühnervolk, das emsig pickte. Als ich Mutter davon erzählte, sagte sie: „Die haben Hunger, hier hast du ein Brot, bring es ihnen." Als ich das dritte Mal ein Brot brachte, sah es wohl ein Vorgesetzter der Wachmannschaft. Er riss mir das Brot aus der Hand, trampelte darauf herum und schrie. „Du bist wohl verrückt geworden, mit unseren Feinden zu reden und ihnen auch noch Brot zu bringen!"

Tante Gesine und Onkel Ferdinand hatten eine Hilfe für ihren Hof bekommen, die Russin Olga. Onkel Ferdinand sagte zu Mutter: „Du kennst doch Gesine, für sie ist Olga unser Kind. Wir scheren uns einen Deubel darum, was die Nazis angeordnet haben. Kriegsgefangene dürfen ja nicht mit uns zusammen am Tisch sitzen. Mit Jan hat sie sich auch schon angefreundet. Immer, wenn er zu uns kommt, ruft sie schon von weitem, >Ooh du mein Libber<." Ich wurde rot.

Ich saß still im Stall bei den Schafen. Mutter war bei den Kühen, da sah sie Hedwig vorbeigehen und rief: „Hedwig, komm doch mal her." „Frau Hellmer, soll ich Ihnen helfen?" „Ich wollte mit dir reden. Mir ist zu Ohren gekommen, dass du mit Kiki angebändelt hast. Ich würde mich ja sonst darum nicht kümmern, aber Kiki ist ein Kriegsgefangener! Hitler hat angeordnet, dass jede deutsche Frau, die mit einem Kriegsgefangenen, dem Feind, verkehrt, erschossen werden soll. Du hast doch sicher auch gehört, dass Anne vom Meierhof deswegen abgeholt worden ist, und sie ist seitdem spurlos verschwunden." Hedwig lief weinend weg.

Felltrommel

Die Felltrommeln auf dem Boden der Wildnis lassen den Klang der Erde mitschwingen. Mein Herz fühlt sich eins mit dem aufsteigenden Schall. Die Geige bringt mit ihrem Klang Unruhe ins Spiel. Ich tauche wieder ein im meine Vergangenheit.

Albert sagte: „Kommt mit mir in den Busch, ich will euch mal was zeigen." Im Wald holte er seinen Penis raus und fing an, daran zu reiben, dabei sagte er: „Man kann damit auch was anderes machen als pinkeln." Er rieb und rieb: „Scheiße, ich hätte vorher pissen sollen, dann geht das schneller." Mit Erstaunen sahen wir , wie eine weiße Flüssigkeit aus seinem Penis spritzte. „Ihr müsst es auch mal versuchen." Keiner öffnete seinen Hosenschlitz.

Trommelschläge kamen näher und näher. Wir gingen zum Weg, Heinzi kam stolz anmarschiert, er schlug unentwegt auf eine Landsknechttrommel. Albert begeistert: „Wo hast du die denn her?" „Wir haben den Boden aufgeräumt, da habe ich sie gefunden." Albert rief: „Landsknechte, alle mal herhören! Heinzi ist zum Trommler befördert und wird bei Angriffen euch Mut in die Ohren trommeln."

Albert dachte sich schon wieder was Neues aus: „Wir bauen uns neben unserem Bunker noch eine Bude, die Baumhütte ist für alle zu klein. Jan, spann deinen Ziegenbock vor den Wagen." Mit drei Mann hielten wir den Ziegenbock, doch er sprang wie wild hin und her, dass ich ihn wieder ihn in den Stall bringen musste. Wir zogen den Wagen schließlich selbst. Jeder suchte bei sich zu Hause nach Balken, Brettern und Nägeln. Alles wurde auf den Wagen geladen. Wir fuhren zurück zum Bunker und fingen nach langem Disput an zu sägen und zu hämmern. Onkel Ferdinand besuchte uns: „Na, was heckt ihr wieder aus? Ihr zimmert ja wie die Weltmeister." Albert antwortete: „Wir brauchen noch eine Bude, die Baumhütte ist zu klein." „Soso, ihr braucht noch eine Bude, aber sagt mal, was ist schöner, haben oder machen?" Ich blickte auf: „Machen."

Mutter schimpfte mal wieder mit mir: „Jan, du sitzt nachmittags immer kürzer, manchmal auch gar nicht bei deinen Schularbeiten." „Was kann ich dafür, wir müssen Kartoffelkäfer sammeln, Altpapier, alte Stoffe und Metall und Wollsachen für die Soldaten an der Ostfront. Dann noch fürs Winterhilfswerk mit der Sammelbüchse rumlaufen." „Keine Ausrede, jetzt machen wir zuerst deine Schularbeiten, und dann kannst du spielen."

Mutter hatte mich mit ihrer Nachhilfestunde zu lange festgehalten. Als ich bei der Baumhütte ankam, standen Albert, Georg, Wilhelm und Bernd in der Kastanie auf den Ästen, sichtgeschützt von den Blättern hörte ich Heinzis Trommel. Ich erstaunt: „Sagt mal, was macht ihr denn da oben, spielt ihr Tauben?" Albert rief: „Komm rauf, mach mit ,wir fangen gerade erst an." „Was treibt ihr denn für Spiele?" „Wir haben alle unseren Pimmel rausgeholt und wer am längsten reiben kann, bis es kommt, hat gewonnen." Ich rief zurück: „Nö, das mach ich nicht mit." Schnell lief ich weg, ich hörte sie noch rufen: „Feigling". Nicht, dass ich es nicht auch mal versucht hätte, aber mein Ziel war, ein berühmter Flieger zu werden. Man sollte mir nicht nachsagen können, dass ich so etwas gemacht hätte.

Mein ganzes Zimmer hing voll mit Bildern von berühmten Fliegern und Flugzeugen. Überall, wo ich sie nur fand, aus Zeitungen oder Groschenheften mit ihren Heldentaten, schnitt ich sie aus. Flugmodelle aus Bastelbögen hatte ich geklebt. Mutter schimpfte: „Wie soll ich nur Staub wischen, überall stehen deine Flugzeuge rum." Meine Idole waren Jagdflieger aus dem ersten Weltkrieg. Am meisten bewunderte ich den roten Teufel Richthofen mit seinen 80 Abschüssen und Ernst Udet. Mit meinem Vater war ich mal bei einem Schaufliegen gewesen. Ernst Udet drehte Spiralen, fiel runter im Sturzflug, fing sich kurz über dem Boden wieder ab. Dann drehte er sein Flugzeug um, sein Kopf hing nach unten. Zum Schluss flog er unter einem Gerüst durch, das man extra aufgebaut hatte. Ich war davon so begeistert, dass mir kalte Schauer über den Rücken liefen.

In meinem Zimmer hingen Bilder von Udet, Mölders, Galland und Baumbach, Helden der Luftwaffe, alle hatten das Ritterkreuz. Baumbach war einer der erfolgreichsten Piloten der Luftwaffe. Er kam aus dem katholischen Ort. Sein großes Bild hing im Treppenhaus unseres Gymnasiums. Er hatte ein markantes Gesicht, stolz ragte aus seinem Hemdkragen das Ritterkreuz mit Eichenlaub. Baumbach war mit seinem

Sturzbomber Ju 88 ein Meisterflieger in den norwegischen Fjorden und versenkte dort mehrere englische Kriegsschiffe. Bei einem Heimaturlaub besuchte er unsere Schule. Begeistert wurde er von den Schülern begrüßt. Fanfaren und Tommeln begrüßten ihn. Er hielt keine Propagandareden, sondern bewegte sich ganz natürlich zwischen uns Schülern. Er war unser Idol. Für mich war es klar, so wollte ich auch werden. Jetzt war ich noch zu jung, um überhaupt in die Flieger-HJ zu kommen.

Aus dem ersten Weltkrieg hatte mein Vater einen Kriegskameraden, Johann Frese. Er, seine Frau und der Sohn Rudolf besuchten uns ab und zu. Freses hatten einen Süßwaren-Großhandel in Bremen. Sie waren knickerig, viele Süßigkeiten brachten sie nicht mit. Um mich zu ärgern, sagte er: „Du kannst bei mir anfangen als Bombonrundlutscher." Ich konterte: „Warum hast du nicht einen Sack voll mitgebracht, dann hätte ich schon üben können." Mit Rudolf konnte ich nicht viel anfangen. Er war immer so gut gekleidet als ob jeden Tag Sonntag wäre.

Inzwischen war Krieg, und es gab nur noch wenig Süßigkeiten. Als ich von der Schule kam, sagte Mutter: „Frau Frese hat angerufen und gefragt, ob Rudolf in den Osterferien nicht zu uns kommen kann, er soll sich erholen, immer wieder würde Bremen bombardiert. Jan, tu mir einen Gefallen und sei nett zu ihm."

Meinen Freunden erzählte ich: „Bald kommt Rudolf, der bringt sicher Süßigkeiten mit." Mutter hatte für ihn die Upkamer hergerichtet. Wir beide holten Rudolf vom Zug ab. Ich schaute auf sein Gepäck, außer seinem Koffer hatte er auch einen Karton mitgebracht.

Mit Rudolf ging ich zu Albert. Albert schaute Rudolf von oben bis unten an: „Kommt, wir gehen nach draußen in den Garten, schmeißen mit Kluten." Erst warfen wir mit den Dreckkluten auf Dosen. Rudolf warf gar nicht schlecht. Doch dann fingen Albert und ich an, uns gegenseitig zu bewerfen. Rudolf bekam auch seinen Teil ab. Schreiend lief er weg, er konnte sich wohl nicht mit unserem Dreck anfreunden.

Er war schon mehrere Tage bei uns, aß, als wenn er ausgehungert wäre, doch Süßigkeiten verteilte er nicht. Meine Freunde wurden sauer: „Na, du Prahlhans, du bist vielleicht ein Freund, du frisst wohl die Bonbons alle alleine." Ich empört: „Rudolf hat nichts mitgebracht." Sie riefen: „Du Lügner," rannten weg und ließen mich stehen.

Als ich nach Hause kam, sah ich, dass meine Schwester Beta Bonbons lutschte. Ich schüttelte sie: „Wo hast du die Bonbons her?" Sie riss sich los, lief weg und rief: „Das sag ich dir nicht."

Ich durchsuchte Roberts Zimmer, fand unter dem Bett einen Karton voller Bonbons und Schokolade, steckte mir die Taschen voll und rannte nach draußen. Beta und Rudolf spielten friedlich auf dem Rasen mit einem Ball. Wütend rief ich: „Rudolf, du Heuchler, du hast wohl nur Bonbons für meine süße Schwester." Böse wie ich war, rief ich Treff und band ihn vor Betas Puppenwagen, der achtlos auf dem Weg stand. Treff war das unangenehm, er sauste so schnell mit dem Puppenwagen weg, dass die Puppen im hohen Bogen herausflogen. Beta schrie wie am Spieß. Meine Mutter hörte Betas Geschrei, sie kam in den Garten gerannt. Zum ersten Mal bekam ich zwei saftige Ohrfeigen von Mutter. Als ich wegrannte, sah ich Rudolfs grinsendes Gesicht.

Beim Abendbrot maulte Rudolf: „Einer ist bei meinen Süßigkeiten gewesen." Mutter wurde munter: „So, du hast Süßigkeiten mitgebracht, wo hast du die denn?" „Unter meinem Bett." Mutter energisch: „Hol den Karton her." Kleinlaut kam er damit angeschleppt. Mutter schaute mich an: „Jan, mache deine Taschen leer, tue alles wieder in den Karton." Rudolf wollte damit wieder triumphierend abziehen. Mutter ärgerlich: „Du bleibst hier. Mein lieber Rudolf, eins will ich dir sagen, du lebst als gleichwertiges Mitglied in unserer Familie und hast gesehen, dass keiner bevorzugt wird. Ich möchte, dass du Beta und Jan auch was abgibst, wenn du Süßigkeiten lutschst." Bald spielten auch meine Freunde wieder mit mir.

Bernd, Albert, Wilhelm, Heinzi und ich trafen uns wieder am Bunker. Heinzi trommelte unentwegt. Albert zog großspurig eine Schachtel

Eckstein aus der Hosentasche: „So, jetzt wollen wir eine smoken."

Ich hatte schon mal versucht mit Torfmull mir eine Zigarette zu drehen, stellte mich dann großspurig in die Küche vor meinen Vater und fing an zu paffen. Vater sagte grinsend: „Warte nur ab." Es dauerte nicht lange, da warf ich die Zigarette weg und verschwand schleunigst auf der Toilette. Zigarettenschachteln hatten für mich was Geheimnisvolles, was Verführerisches. Für Hedwig musste ich leere Packungen sammeln, sie flocht sich aus dem Stanniol einen silbernen Gürtel.

Ich steckte mir Alberts Zigarette zwischen die Lippen, zündete sie an, nahm einen tiefen Lungenzug, hustete, dass mir die Tränen in die Augen kamen, in hohem Bogen flog die Zigarette weg. Albert sagte, während er weiter rauchte: „So wird aus dir nie ein Mann." Mir war es egal, es schmeckte scheußlich. Auch Albert warf seine Zigarette weg: „Heinzi, hör auf mit dem Trommeln. Wisst ihr was, uns fehlen immer noch Bretter für unsere Bude, jetzt gehen wir zum Stadtmagazin, da haben sie stapelweise Bretter." Als wir den Bauhof erreichten, hatten die Arbeiter schon Feierabend. Am Stacheldrahtzaun stand ein großer Holunderbusch. Albert holte eine Zange aus der Tasche und verschwand hinter dem Busch. Wir sahen ihn über den Hof zu einem Schuppen laufen. Als er zurückkam warf er uns Steigeisen, Hammer, Säge und Nägel rüber.

Dann nahm er von einem Stapel Bretter und schob sie durch den Zaun. Auf Schleichwegen brachten wir unseren Raub zum Bunker. Sofort fingen wir an, die Hütte fertig zu bauen. Doch Albert schnallte sich vor einem Strommast die Steigeisen an die Schuhe und versuchte zu klettern. Bald hatte er den Bogen raus. Als er in halber Höhe war, kam Onkel Ferdinand angerannt und schrie: „Du bist wohl verrückt geworden, komm sofort runter, ein Stromschlag, und wir können dich begraben." Albert kletterte wie ein Eichhörnchen den Mast herunter, während wir andern alle wegrannten. Onkel Ferdinand griff Albert und schüttelte ihn: „Wo hast du die Steigeisen her?" Albert wand sich: „Weiß ich nicht." Jetzt wurde Onkel Ferdinand böse: „Sofort sagst du es, sonst kannst du was erleben." Albert kleinlaut: „Aus dem Stadtmagazin." „So, aus dem Stadtmagazin, da werde ich sie morgen wiederhinbringen, die sollen hier auch mal für Ordnung sorgen, ihr werdet zu übermütig."

Ich kam im Dunkeln nach Hause und sah Onkel Ferdinand in der Küche sitzen. Ich wollte gleich in meinem Zimmer verschwinden. Vater rief: „Willst du nicht deinen Freund begrüßen?" Ich gab ihm die Hand, er sah mich streng an: „Na Jan, habt ihr gut gespielt?"

Am nächsten Tag, ich war gerade aus der Schule gekommen, sah ich vier Männer mit einem zweirädrigen Karren durch unsere Straße ziehen. Ich rannte hinterher, lief an ihnen vorbei und versteckte mich hinter einem Busch am Bunker. Sie kamen näher, es waren zwei alte Männer vom Bauhof und zwei französische Kriegsgefangene. Als die Franzosen anfingen die Bude abzubrechen und die Bretter auf den Wagen warfen, sagte einer von den Alten: „Allns ut usen Magazin." Der Andere inspizierte unseren Bunker. Dabei fand er den Tunneleinstieg. Als er wieder rausgeklettert kam, hörte ich ihn sagen: „Das ist ja lebensgefährlich! Auf welche Ideen die Jungs kommen! Das müssen wir dem Chef melden." Der Junge mit der Idee zitterte im Busch.

Am nächsten Tag kamen die Männer wieder, die Franzosen zerschlugen mit dicken Hämmern die Betonringe der Litfasssäule, die Brocken warfen sie in den Tunnel, dann wurde der Platz eingeebnet und sah friedlich aus. Albert gab überall an: „Die Franzosen haben unseren Bunker gestürmt, zerstört und kurz und klein geschlagen."

Wir saßen zu Mittag in der Küche. Mutter hatte Kartoffelbrei mit Buttersoße und Sauerkraut gekocht, mein Lieblingsgericht. Ich saß vor meinem Teller und spielte Maurer. In meinen Kartoffelbrei machte ich eine Kuhle, löffelte Buttersoße hinein. Meine Gabel war eine Harke und ich harkte damit meinen Kartoffelbreimörtel gut durcheinander. Vater schaute mich streng an und sagte zur Mutter: „Jan spielt mir zu viel, erst vorgestern hat er den Eierschaum auf der Fruchtsuppe als Eisberge hin und her schwimmen lassen. Außerdem macht er mit seiner Bande zu viel Unsinn. Morgen soll er beim Heuen helfen." Mutter antwortete: „Lass doch den Jungen spielen, er hat so viel Fantasie." „Einerlei, morgen Nachmittag geht er mit mir auf die Wiese." Auf meinem Zimmer redete ich mit Kasper: „Kasper, du hast es gut, du hängst hier faul über meinem Bett, abends schaukel ich dich hin und her, dein Leben besteht doch nur aus Lachen. Und ich? - Ich soll bei der Hitze auf dem Feld arbeiten."

Es war ein heißer Tag. Vater, Hedwig und ich harkten das Heu in langen Reihen zusammen. Ich hatte nur eine kurze Hose an. Der Schweiß lief mir den Rücken herunter. Am schlimmsten waren die fürchterlichen Bremsen, die mich bis aufs Blut quälten. Ich beschwere mich bei Vater. Er erwiderte: „Du wolltest doch kein Hemd anziehen."

Ein paar Wiesen weiter mähte Onkel Ferdinand das Gras. Die Störche hatten sich in einer Reihe über die Wiese verteilt. Sie staksten mit ihren roten langen Beinen hin und her und hieben mit ihren Schnäbeln nach den flüchtenden Fröschen und Mäusen. Onkel Ferdinand schaute herüber. Ich versuchte, mit Vater und Hedwig Schritt zu halten, doch ich fiel immer mehr zurück.

Endlich kam Mutter mit der Vesper, Pfefferminztee und Schinkenbrote. Sie hatte auch ein Hemd mitgebracht.

Als die Möhren geerntet wurden, musste ich mit Olga und anderen Russinnen Möhren ziehen. Olga machte mir verliebte Augen und sagte immer wieder: „Ooh du meiner Libber." Bald fingen auch die anderen Frauen an. Albert besuchte mich: „Das macht wohl Spaß mit so viel Weibern." „Kannst ja mithelfen." „Auf Wiedersehen." Er sollte nur wissen, was ich für einen Spaß mit den Frauen hatte, ich war der Hahn im Korb.

Wir hatten Sommerferien. Mit Rotkäppchen, noch zwei Mädchen und fünf Jungen hatten wir uns an der alten Kastanie getroffen. Auf einem Roggenfeld banden Onkel Ferdinand, Tante Gesine und Olga Garben. Als sie die letzte gebunden hatten, gingen sie zur Mittagsruhe nach Haus. Wir wussten, in der Sommerhitze dauerte es zwei Stunden. Albert sagte: „Jetzt wollen wir dem >Latinschen Bur< mal eine Freude machen." Ich erstaunt: „Sag mal, wie kommst du auf den Namen?" „So nennen sie ihn doch alle. Wenn die Bauern Rat oder Hilfe brauchen, gehen sie alle zu deinem Onkel Ferdinand." „Kommt, wir stellen alle Garben zum Trocknen in Hocken auf." Barfuß liefen wir über die Stoppeln. Mit Eifer waren wir bei der Sache. In Reihe standen sie, Hocke für Hocke, fast drei Viertel der Arbeit war getan. Heinzi drückte sich und schlug unentwegt auf seine Trommel. Albert ging immer wieder zurück und peilte, ob sie in Richtung standen. Wir schauten ängstlich zum Hof, ob sie von der Mittagsruhe auch nicht zu früh kamen. Endlich stand die letzte Hocke.

Albert zufrieden: „Jetzt sind wir Indianer. Uff, uff, ich, der Häuptling Adlerauge, befehle. Bernd, du bist der Späher. Wenn der Feind vom Hof kommt, schreist du wie ein Bussard. Wir anderen ziehen uns zurück in unsere Wigwams." Ich kroch schnell mit Rotkäppchen in eine Hocke. Wir hatten es uns gerade gemütlich gemacht, da spähte Albert durch die Garben: „Das könnte euch so passen, die Krieger hausen getrennt von den Squaws." Der Bussard schrie. Albert sprang zurück, er rief: „Alle verstecken sich in ihrem Wigwam." Ich bog zwei Garben auseinander. Da kamen sie anmarschiert, Onkel Ferdinand, Tante Gesine und Olga. Onkel Ferdinand blieb am Feldrand stehen, stemmte die Arme in die Seiten und lachte, dass ihm Tränen in die Augen kamen. Dann schlug er vibrierend die Hand vor den Mund: „Hi, hi, hi, ihr Rothäute, ich, das Bleichgesicht, Medizinmann der Weisheit, will mit euch die Friedenspfeife rauchen. Meine Squaw holt Himbeersaft und meine Imkerpfeife." Mit Gebrüll rannten wir los und umzingelten alle. Der Häuptling Adlerauge kreuzte seine Arme vor der Brust und verneigte sich: „Du Medizinmann, der Weisheit, wir sind bereit, mit dir einen Bund zu schließen."

Bald saßen wir im Schneidersitz im Kreis zusammen, nur die Squaws lagerten abseits unter der Eiche. Heinzi schlug unentwegt auf seine

Trommel. Die Pfeife mit dem Wacholdertabak machte die Runde. Jeder nahm vier Züge und blies den Rauch in die vier Himmelsrichtungen. Dann ritzte Häuptling Adlerauge allen am rechen Arm die Haut, sodass sich ein Blutstropfen zeigte. Nach verbrachter Verbrüderung durften die drei Squaws bei uns Platz nehmen. alle labten sich an dem roten Himbeersaft. Albert erhob sich und sagte mit tiefer Stimme: „Mein weißer Bruder der Weisheit, ich der Häuptling Adlerauge, bin Zeuge, dass du Blutsbruder unseres Volkes geworden bist, sollte irgendwer eine Rothaut oder ein Weißer dir ein Leid zufügen, dann werden wir den Schurken an den Marterpfahl binden, howgh, ich habe gesprochen." Bruder der Weisheit antwortete: „Mir nach, ich zeige euch, wie Indianer ohne Ermüdung laufen. Man belastet abwechselnd das rechte und das linke Bein, so kann immer ein Bein ausruhen." Wir liefen im Gänsemarsch hinter dem Bruder der Weisheit her und betonten das Ausruhen. Tante Gesine und Olga klatschten lachend in die Hände.

Unser Bannführer wollte uns die Mythologie der Germanen beibringen. Er hob seinen rechten Arm, als ob er uns segnen wollte: „Heil Hitler, in der germanischen Mythologie ist Odin, oder auch Wotan, der Vater und Herrscher aller Götter! Unser Führer Adolf Hitler ist aus gleichem Holz geschnitzt. Mit Thors Hammer, ein Symbol für Blitz und Donner, fällt er über unsere Feinde her, die unser Land wie eine Insel eingrenzen wollen. Leider seid ihr noch nicht alt genug, um dem Führer im grauen Kleid zu dienen." Der Bannführer leitete die Hitlerjugend im Verwaltungsgebiet eines Landkreises; er war im besten Mannesalter. Er schwafelte weiter: „Was tragen wir alle an unserem rechten Arm? Ruft es gemeinsam." „Das Hakenkreuz"! „Richtig, das Zeichen für die drehende Sonne, Feuer, Leben und Glück. Es wurde auch ein Zeichen der judenfeindlichen Thulegesellschaft, Thule ist der nördliche Teil unserer Welt. Wie oft habe ich euch schon gesagt, >die Juden sind unser Untergang<. Jetzt tragt ihr das Emblem der NSDAP. Zeigt euch dem Hakenkreuz würdig. Jetzt noch einen Auszug aus einer Rede Hitlers." Er holte ein Blatt hervor: „>Meine Jungen, meine Mädchen, wenn ihr größer werdet, dass ihr euch dann zurückerinnern werdet mit Stolz und Freude. Ein neues Deutschland entstand, da haben wir kleinen Knaben und kleinen Mädchen für dieses Deutschland Partei ergriffen<, Sieg Heil." Als wir nach Hause gingen, sagte Albert: „Am liebsten möchte ich auf das Hakenkreuz pissen."

Vater und ich hatten auf der Waldwiese nach dem Jungvieh geschaut. Die Jungkühe sprangen munter auf der Weide herum. Wir bestiegen unsere Räder und machten uns auf den Heimweg. Auf dem Waldweg kam uns ein Radfahrer entgegen. Vater sagte erstaunt: „Levi, der ist noch hier?" Auch ich hatte ihn sofort erkannt, er stellte auf den Pedalen immer seine Füße auswärts. Vater stieg ab und grüßte ihn. Auch Levi hielt an. Ich starrte auf seinen Judenstern. Levi traurig: „Ja Herr Hellmer, jetzt sind wir dazu verpflichtet, ihn immer zu tragen. Ich bin auf dem Weg zum Meierhof, wir sind noch immer befreundet." Vater konnte nicht viel sagen. Als wir weiter fuhren, schimpfte er: „Die Nazis sind mit ihrem Judenhass nicht zu bremsen. Wohin soll das führen?"

Axtschläge

In mein Bewusstsein dringen unerbittliche Schläge von Äxten. Zwei Männer behauen einen Baumstamm zu einem Totempfahl, angefeuert von dem gleichmäßigen, tötenden Rhythmus der Trommeln. Vor meinen Augen kreist das Hakenkreuzsymbol, ich spüre Beklemmung. Kolonnen ziehen an mir vorbei.

Vater kam mit Onkel Ferdinand aus der Dachkammer. Er sagte: „Mutter, jetzt kommen wir wohl nicht mehr aus dem Keller raus. Der größenwahnsinnige Schnauzbärtige hat Amerika den Krieg erklärt." „Vadder, wie du redest, lass das bloß keinen hören, aber sag mal, ist das wahr? - Jetzt in der Adventszeit!" Vater sagte nur: „Fröhliche Weihnachten." Onkel Ferdinand schaute mich traurig an: „Dir haben sie sicher auch inzwischen das >jawohl< beigebracht." Dann zu Vater: „Dieser Gehorsam führt bestimmt nicht zu unserem Wohl. Betrachte doch mal das Volk: >Ein Volk, ein Reich ein Führer<. Fast alle haben auf ihre Fahne geschrieben: zackig, drahtig, stählern, unbeugsam, robust, ausdauernd, rücksichtslos, gnadenlos." Mutter ängstlich: „Ferdinand, Ferdinand, du redest dich um Kopf und Kragen."

Der Krieg zeigte immer mehr seine starke Hand. Nicht nur nachts, jetzt überflogen auch am Tage Flugzeugverbände unser Land und bombardierten Industrieanlagen und Städte. Harte Axtschläge zertrümmerten Mauern aus Jahrhunderten. Wir wurden zu Kellerkindern. Zunächst gingen wir bei Fliegeralarm in den großen Keller unserer Schule. Die Kellerfenster waren verbarrikadiert mit Sandsäcken. Dicht gedrängt saßen wir zwischen den zusätzlichen Abstützungen aus Baumstämmen auf dem Fußboden. Angst hatten wir nicht, wir fanden es lustig, die Lehrer konnten uns nicht zur Ruhe bringen. Hähne krähten, Schafe blökten, Hunde bellten, alle Tiergeräusche wurden imitiert. Die Großen schrieen: „Hört auf mit dem Blödsinn." Als dann bei einem Bombenangriff in Norddeutschland in dem Keller einer Molkerei viele Kinder durch herabfließende heiße Milch elend umgekommen waren, mussten wir bei Fliegeralarm nach Hause, um im eigenen Keller die Entwarnung abzuwarten. Wir verwilderten immer mehr und sahen fast nur noch das Abenteuer und freuten uns über schulfrei.

Immer mehr Lehrer wurden eingezogen und mussten an die Front. Alte Lehrer wurden aus dem Ruhestand in den Schuldienst geholt, auch wurden wir von Schwestern aus dem Pensionat unterrichtet. Sie kamen aus dem katholischen Ort mit dem Zug.

Albert mit einem Handtuch um den Kopf setzte sich vor das Pult. Er klatschte in seine Hände und rief: „Ihr lieben Kinderlein, wollt ihr wohl ruhig sein." Die Klassentür öffnete sich, und herein kam eine große hagere Schwester in Tracht. Albert war auf seinen Platz geflüchtet. Sie ging zum Pult und sah uns durch ihre dicken Brillengläser streng an. Dem Hitlerbild wandte sie den Rücken zu, hob ihren rechten Arm, indem sie die Hand nach hinten abknickte und sagte nur: „Heil.". Auch uns blieb das >Hitler< im Halse stecken. Der Reihe nach schaute sie uns an und sagte: „Ich heiße Schwester Angelina, schlagt alle euer English-Lesson auf. Bis Kapitel 14 seid ihr gekommen. Ich werde erst mal eure Kenntnisse prüfen." Mit dem Klassenspiegel in der Hand ging sie langsam durch die Klasse, bei jedem Aufgerufenen blieb sie stehen, jeder musste einen Satz lesen und dann übersetzen. Die meisten stotterten sich was zurecht. Als sie bei mir stand, hatte ich die Seite mit dem Bild der Königin Viktoria aufgeschlagen. Sie sah aus wie ein Zwerg, denn ich hatte ihr einen langen Bart gemalt. Schwester Angelina lächelte, sagte aber nichts. Am Ende der Stunde äußerte sie sich: „Das war nicht mal befriedigend, wir müssen noch tüchtig zusammen arbeiten." Uns hatte es die Stimme verschlagen. Albert sagte: „Ich glaube, die können wir nicht klein kriegen." Am nächsten Tag kam Schwester Beate in die Mathematikstunde. Sie war klein und hatte ein mütterliches rosiges Gesicht, sie zensierte sehr streng und bekam uns so in den Griff.

Zeichenunterricht hatten wir bei Oberzeichenlehrer Adam Tunke. Er wohnte in unserer Straße. An schönen Abenden konnte man ihn in rotbraunem Samtrock und mit langer Pfeife im Garten auf und ab gehen sehen. Dabei wiegte er seinen vierschrötigen Körper hin und her. Auf seinem kurzen Hals trug er einen eiförmigen Kopf. Die glänzende Glatze war von einem Haarkranz eingerahmt. Seinen Kopf hatten auch seine beiden Kinder geerbt, wir nannten sie Osterkinder. Der Jüngste, Vincent, hatte beim Versteckspielen die Angewohnheit, seinen Hosenschlitz zu öffnen und den Penis herauszuholen. Adam Tunke vermied den Hitlergruß. Wenn wir ihm begegneten, hoben wir zackig unseren rechten Arm, wobei wir laut: „Heil Hitler" riefen. Doch bald war auch er gezwungen, seinen Arm zu heben. Ohne ein Wort zu sagen, hob er seinen rechten Arm, knickte Arm und Hand nach hinten ab. Wieder einmal grüßten wir ihn, er rief: „Scheiße." Da hatte ihm doch tatsächlich eine Taube in die offene Hand geschissen.

In der ersten Stunde empfing Adam Tunke uns mit einer erhobenen Schale, die er in den offenen Händen hielt, als sei sie mit Weihwasser gefüllt: „Für euch ist die Schule ein offenes Gefäß der Weisheit." Bei ihm lernte ich auch, wie man Wasser trägt. Wenn wir Wasser für den Tuschkasten holen und den Topf in beiden Händen hielten, rief er: „Wie oft habe ich euch gesagt, mit einer Hand, mit einer Hand, sonst verschüttet ihr das Nass." Sein Steckenpferd war der Nordpol. Wenn im Mai die Eisheiligen Kälte brachten, sagte er: „Die Eisberge treiben in der Nordsee auf uns zu." Wenn er in den Pausen Aufsicht auf dem Schulhof hatte, stand er mit seiner gedrungenen Gestalt wie Napoleon da und versuchte Ordnung zu halten. Mich hatte wohl der Teufel geritten, als ich laut rief : „Herr Oberleichenzehrer Tunke." Es kam Bewegung in seine Gestalt, er brüllte: „Jan, stehen bleiben!" Schon hatte er mich gegriffen, wütend schnauzte er: „Spiel mal Hund, nun mach schon, stütze dich auf Ellenbogen und Knie ab." Er setzte sich mit seinem Hintern auf meinem verlängerten Rücken, dass ich bald zusammenbrach. Dabei trommelte er mit seinen Fäusten wild auf meinen oberen Rücken. Wir waren umringt von johlenden Schülern. Endlich ließ er von mir ab und ging mit hochrotem Kopf in die Schule. Albert sagte zu mir: „Das lässt du dir gefallen, dem spielen wir auch einen Streich." Ich saß in unserem Garten, als Albert zu mir kam: „Jan, die Tunkes sind weggegangen, und im Garten flattert die Wäsche. Hol von deiner Mutter Nadel und Zwirnsfaden." „Was willst denn damit?" „Wirst du schon sehen." Mutter war nicht in der Küche, und ich stibitzte aus der Tischschublade das Nähzeug. Vorsichtig kletterten wir über die Hecke von Tunkes Garten. Wir rannten zur Wäsche, da hing groß und breit Adam Tunkes weißes Nachthemd. Wir machten uns an die Arbeit und nähten den Hemdkragen und die Ärmel zu. Wir waren beim letzten Ärmel, da hörten wir seine Stimme: „Maria, die Wäsche hängt noch draußen." Albert und ich sausten wie die Hasen davon und purzelten über die Hecke. Erst jetzt kam Maria aus der Stalltür. Wir schlichen an der Hecke entlang zur Straße. Albert sagte: „Nun der nächste Streich." „Albert hör auf, es ist genug." Doch er spitzte mit seinem Messer ein Streichholz an und ging zur Haustürklingel. Mit dem Streichholz klemmte er den Klingelkopf fest. Wir versteckten uns hinter der Hecke. Tunke rief: „Maria geh doch mal zur Tür, unsere Klingel läutet unentwegt." Sie schaute um die Hausecke: „Adam, vor der Tür steht keiner." Doch es läutete unentwegt weiter. Tunke steckte vorsichtig seinen Kopf aus der Haustür und betrachtete den Klingelknopf: „Da haben doch die verdammten Jungs den Knopf festgeklemmt." Albert flüsterte: „So, das reicht." Wir schlichen beide nach Hause.

Ich kam von der Schule nach Hause. Mutter und Hedwig saßen im Garten vor zwei Wäschekörben voller Bohnen. Mutter erstaunt: „Warum kommst du jetzt schon, bist du krank?" „Nein, die letzte Stunde ist ausgefallen, die Lehrer haben eine Besprechung." „Hol dir aus der Küche ein Messer und hilf uns beim Bohnen schnippeln." Das war ein Schlag ins Kontor. Wenn ich alles gerne machte, aber bei den Bohnen die Fäden ziehen und schnippeln, nein. Erbsen und dicke Bohnen aus den Schoten pulen, das war bald wie mit Knickern spielen, wenn man sie in die Schüssel schoss. Ich maulte: „So viel Bohnen, das dauert ja ewig, wir wollen doch heute Nachmittag zum Rennplatz." „Jan, mach du jetzt mit Hedwig weiter, ich koche das Essen." Nach dem Mittagessen ging die Schnippellei weiter. Albert, Wilhelm und Bernd kamen und wollten mich abholen. Mutter sagte: „Geht ihr man schon los, in einer kappen Stunde kommt Jan nach." Endlich sagte Mutter: „Jan, lauf man los, den Rest machen Hedwig und ich."

Als ich bei Adam Tunkes Haus vorbei kam, lief Vincent hinter mir her und rief: „Darf ich mitspielen?" Heute ging wohl alles verquer, ich lief, was ich konnte, doch er ließ sich nicht abschütteln.

Von weitem sah ich schon, dass Albert, Wilhelm und Bernd auf der Holztribüne rumtobten. Albert rief: „Warum hast du denn Vincent mitgebracht?" „Er ließ sich nicht abschütteln und will mitspielen." Albert großzügig: „Meinetwegen, wenn er nur nicht seinen Pimmel rausholt. Kommt, lasst uns Fußball spielen." Wir vier schossen auf ein Tor, Vincent war Torwart.

Albert rief mitten im Spiel: „Da kommt Jupp angetorkelt." Auf dem Platz stand ein kleines Häuschen, in dem sich der Totalisator befand. Dort wohnte auch der Platzwart Lammers Jupp mit seiner Frau. Jupp drohte uns mit der Faust. „Ihr verdammte Bande, haut ab", verschwand dann aber in seinem Haus. Bald kam Jupps Frau herausgelaufen und schimpfte: „Olles Supswien, olles Supswien", lief dann weiter auf die Straße.

Wir fünf schlichen um sein Haus. Durchs Fenster sahen wir Jupp auf seinem Bett liegen. Albert nahm die Wäscheleine von den Pfosten und verschwand ins Haus. Durchs Fenster sahen wir, wie er die Leine an die Bettpfosten knotete. Ganz vorsichtig öffnete er das Fenster und gab das Tau nach draußen. Wir klopften an die Scheibe und zogen Grimassen, wackelten dabei mit den Köpfen hin und her. Jupp erhob sich und drohte uns mit den Fäusten und lallte: „Haut ab." Müde fiel er wieder zurück. Albert sagte: „Jetzt wollen wir ihn mal wie den kleinen Häwelmann durch das Zimmer fahren lassen. An die Seile, hau ruck!" Es war schwer, das Bett in Bewegung zu setzen, doch mit, hau ruck, hau ruck bewegte sich das Bett Zentimeter um Zentimeter zum Fenster. Jupp richtete sich verwundert auf: „Verdammt noch mal, bin ich so dun? Mein Bett bewegt sich." Er sah unsere feixenden Gesichter. Mühsam krabbelte er aus dem Bett, drohte uns und brabbelte: „Die Schweinebande hau ich kaputt." Er ging zur Kammertür, kam bald in Hemd und langer Unterhose schwankend um die Hausecke. Drohend hielt er eine große Axt in den Händen und schlug damit wütend Löcher in das Gras, kam näher und näher, wir rannten lachend weg.

Vincent machte sich wichtig: „Wenn ihr mir jeder einen Pfennig gebt, leg ich mich nackend in die Brennnesseln." Bernd: „Wie lange?" „Ihr könnt bis zehn zählen." Wir gingen zu dem Graben, der hinter einer hohen Hecke um den Rennplatz verlief. Der war von Brenneseln fast zugewachsen. Albert: „Nun los." „Erst das Geld." Albert gab ihm fünf Pfennig. Beim Ausziehen sagte Vincent: „Ich habe meine Technik, hole tief Luft und wenn ich mich hinlege, halte ich den Atem an, die Brennnesseln brennen dann überhaupt nicht." Er holte tief Luft, legte sich behutsam in sein Nesselbett. Bernd zählte ganz langsam: „Eins, - -, zwei - - , drei - -, vier - -, fünf - -, sechs - -," bei sieben sprang Vincent auf: „Ich kann die Luft nicht länger anhalten." Albert rief: „Her mit dem Geld, du hast verloren." Vincent schnappte seine Sachen und rannte nackend weg. Wir mussten so lachen, dass wir gar nicht an Verfolgung dachten.

Ein paar Tage später sahen wir Jupp im Heckenweg liegen. Aus seiner Jackentasche lugte eine Flasche Schnaps hervor. Wir zogen die Flasche aus der Tasche, sie war halb leer. Wir füllten sie mit Sand. Ein Mann, der vorbei kam, rief: „Jungs, was soll das?" „Wir wollen Jupp das Saufen abgewöhnen."

Warum auch immer, ich schaute nicht gerne in den Spiegel, sah mich nicht gerne an. Fürs Kämmen hatte ich nicht viel übrig, widerspenstig standen mir die Haare vom Kopf. Morgens, wenn ich zur Schule gehen wollte, sagte meine Mutter: „Jan, kämm dich, du willst doch nicht als Igel in der Schule erscheinen." Ich machte meine Haare nass, um sie in Form zu bringen. Im Winter, nach meinem halbstündigen Fußweg kam ich mit gefrorenen Haaren in die Klasse. Georg rief: „Schaut mal her, bei Jan laufen die Läuse Schlittschuh."

Hedwig sagte zu mir: „Jan, jetzt will ich dir mal eine richtige Frisur machen." Über dem steinernen Ausguss in der Küche wusch sie meine Haare. Sie stand dicht gedrängt an meinem Körper, sodass ich ihren Busen spürte. Lange rubbelte sie mit dem Handtuch meinen Kopf. Meine

Erregung zeigte sich bei mir vorne in der Hose. Ich ließ mir sogar noch Pomade in die Haare schmieren. Hedwig rannte weg, Mutter rief nach ihr. Als sie weg war, habe ich die Pomade über dem Becken wieder rausgewaschen.

Wir, Bernd, Albert, der kleine Heinzi und ich stromerten durch unseren Ort. Vor dem Frisörladen blieb Albert stehen: „Heinzi, hier hast du einen Groschen, geh mal in den Laden und frag nach Parisern." Ich sagte: „Was ist das denn?" Er schlau: „Dann können es deine Eltern treiben und bekommen keine Kinder." Bernd neugierig: „Das verstehe ich nicht." „Ihr werdet schon noch dahinter kommen." Keiner wollte in den Laden gehen. Nur Heinzi sagte: „Wenn ihr mir fünf Pfennig gebt, geh ich rein." Albert gab ihm das Geld. Heinzi marschierte los. Feixend standen wir vor dem Schaufenster. Da tauchte das Gesicht des Frisörs auf, gleichzeitig kam Heinzi aus dem Laden gefegt. Als wir weggingen, trällerte Albert: „Auf der Insel Sansibar, für fünfundzwanzig Pfennig – sah ich eine Frauenschar, für fünfundzwanzig Pfennig, - da zog ich meinen Dicken raus, für fünfundzwanzig Pfennig, - und steckt ihn in die Fledermaus, für fünfundzwanzig Pfennig."

Am nächsten Tag in der Schule erzählte Albert: „Der blöde Frisör hat doch bei meinem Vater angerufen. Ich wurde zu Hause gleich mit dem Stock empfangen."

Albert war frühreif. In der Pause vor der Englischstunde saß er am Pult und hatte ein Buch aufgeschlagen. Zunächst gab er an: „Mensch, ihr glaubt nicht, was die Frauen zwischen den Beinen haben." Dann las er laut vor: „Es kam zur Vereinigung, aus dem Schoße der Frau stieg ein Stahlgeruch hervor." Es hatte noch nicht geklingelt. Schwester Angelina kam vorzeitig in die Klasse. Mit rotem Kopf sprang Albert auf seinen Platz, er hatte in der Eile das Buch liegen gelassen. Angelina kappte das Buch zu und nahm es an sich: „Albert, das Buch schicke ich deinem Vater."

Bevor ich zur Schule ging, sagte Mutter zu mir: „Jan, heute ist der zwanzigste April, des Führers Geburtstag. Ehe der Blockwart wieder meckert, zieh du die Fahne am Mast hoch, dein Vater vergisst das so gerne." „Gestern haben sie uns genug davon erzählt, wir bekommen keine Schularbeiten auf, und wenn es heute keinen Fliegeralarm gibt, müssen wir alle zum Markplatz marschieren." Es gab keinen Fliegeralarm.

Unser Fähnlein traf sich an der Schule. Auf dem Pausenhof wimmelte es von Jungen. Alle mit einer Hakenkreuzbinde am Arm, mit braunem Hemd, einem schwarzen Halstuch, gehalten von einem Lederknoten, knielange schwarze Hose mit einem schwarzen Koppel, graue Kniestrümpfe und Stiefel. Viele hatten einen rechten Scheitel wie Adolf Hitler. Bald standen wir um den Schulhof in Marschordnung. Eine

Kommandostimme rief: „Im Gleichschritt marsch." Wir zogen durch die Hauptgeschäftsstraße unserer Stadt. Vorweg die Landsknechttrommeln und Fanfaren. Aus jedem Haus hing eine Hakenkreuzfahne, die vom Wind zum Winken gezwungen wurde. Auch die Menschen auf den Bürgersteigen winkten. Diese Einheit, in der ich mitmarschierte, gab auch mir ein Hochgefühl. Wir bogen auf den Marktplatz ein. Angetreten stand schon ein Regiment Soldaten in grauer Uniform mit dem Stahlhelm auf dem Kopf, die SA in brauner Uniform, BDM in weißer Bluse. Zwischen den Mädchen stand auch Rotkäppchen. Der ganze Platz war umsäumt von Hakenkreuzfahnen, an den Armen Hakenkreuzbinden. Eingehämmert wie Axtschläge, Hakenkreuz, Hakenkreuz.

An dem Balkon vom Rathaus hing eine riesengroße Hakenkreuzfahne, darüber befand sich eine Rednertribüne. Ein SA-Mann in brauner Uniform erschien, hob seinen rechten Arm und brüllte: „Heil Hitler". Auch unsere rechten Arme sausten hoch, und das ganze Rund echote: „Heil Hitler." Mit magischer Stimme redete er weiter: „Volksgenossen, Männer, Frauen, Mädchen und Jungen in Uniform. Heute wird unser geliebter Führer 53 Jahre alt, möge die Vorsehung dafür sorgen, dass er uns noch lange erhalten bleibt und dass er sein Ziel erreicht. Bald werden wir nicht mehr ein Volk ohne Raum sein. Adolf Hitler ist ein Vorbild für uns alle. Was sind seine

Grundgesetze: Verantwortungsfreudieg, Gehorsamkeit, Tapferkeit, Stärke und Kameradschaft. Befehle müssen heilig sein. Wenn ich in die Runde sehe, leuchtet mir von allen Seiten das Hakenkreuz entgegen, das Symbol, unter dem auch schon unsere Vorfahren, die Germanen, lebten. Dieses Symbol beflügelt auch unsere tapferen Soldaten, die in ganz Europa, ja selbst in Afrika, erfolgreich unter dem Oberbefehl unseres Führers kämpfen." Er wandte sich an die Soldaten: „Ihr Männer im grauen Kleid, ihr habt das Glück, schon bald in Russland für unser Volk kämpfen zu dürfen. Denkt daran: .....denn die Fahne ist mehr als der Tod." Er stimmte das >Horst-Wessel-Lied< an.

„Die Fahne hoch! Die Reihen dicht geschlossen!

SA marschiert mit ruhig festem Schritt.

Kameraden, die Rotfront und Reaktion erschossen,

Marschiern im Geist in unsern Reihen mit."
Bei der zweiten Strophe:
„Die Straße frei den braunen Bataillonen!"
heulten die Sirenen Voralarm von den Dächern. Die Stimme vom Balkon rief: „Die Versammlung ist geschlossen." Ich hörte einen Soldaten sagen: „Das waren Axthiebe", dann spöttisch: „Marschiern im Geist in unsern Reihen mit."

Alter Lehrer

Der Alte stimmt auf seinem Instrument leise Töne an. Es ist, als höre er in die Stille. Dann spielt er intensiver und wirft seinen Schatten über die Mitspieler, als wolle er die Erfahrung seines Lebens mitteilen. Überschrill, sich lustig machend, antworten die Jungen. Die Ruhe meines Herzschlags zeigt ein Lächeln.

Mehr ein Schauspieler als ein Lehrer war der zurückgeholte Maiing. Er war ein Geschichten-Erzähler, Alle-allein-Unterhalter, Entdecker, Erklärer und Aufklärer. Er hatte nur einen Fehler, er war zu alt. Bei ihm hatten wir Deutsch und Latein. Wir nannten ihn Maiings Köm, weil er angeblich trank. Man konnte von ihm sagen: Spindeldürr war er, dazu hager im Gesicht. Mit seinen bewegten Händen auf den langen Armen dirigierte er die Klasse, seine blitzenden Augen wohnten unter dem Dach seiner buschigen Augenbrauen.

Ein warmer Frühlingstag, die Fenster standen offen, wir hatten Deutschstunde. Schon von weitem hörte man ihn kommen. Er sagte unentwegt: „Pitschenasse Füße, pitschenasse Füße." Er kam in die Klasse mit Aufsatzheften unterm Arm. „Kinder, hört ihr den Klang, seht ihr das Bild, pitschenasse Füße. Albert komm her, hier ist dein Heft, eine eins. Kinder so etwas kann doch nur ein Sohn eines Schriftstellers schreiben. Albert, dein Vater schreibt doch Geschichten für die Zeitung und den Hauskalender. - Einmal ging ich mit meinem Sohn durch die Natur. Da waren die Landleute dabei, mit Sensen Gras zu mähen. Was sagt doch der Racker, - Papa, da wird gesenst -." Jetzt hob er seine Stimme: „Kinder, glaubt mir, die beiden Wörter, pitschenass und gesenst stehen bald im Duden. Die anderen Hefte verteile ich am Ende der Stunde."

Maiings Köm schrieb mit Kreide an die schwarze Wandtafel, >Den Reisenden überfällt der Schlummer<. Er drehte sich um, aus seinem hageren Gesicht fixierten uns seine lebendigen Augen. Unvermittelt rief er: „Jan, was ist das für ein Satz?" Albert flüsterte mir von hinten zu: „Ein Hauptsatz." Ich trompetete stolz: „Ein Hauptsatz." „Gut mein lieber Jan", dann laut: „Warum?!" Ich stotterte mir was zurecht. In meiner Aufregung konnte ich Albert nicht verstehen. Maiing rief: „Albert, du Schlauer, komm zur Tafel." Er ging gelassen nach vorne. „Nun, was macht einen Hauptsatz aus?" „Hauptsatz ist ein Satz, der selbstständig stehen kann, weil er ein Subjekt." „Halt! Jan, wie nennt man ein Subjekt auf Deutsch?" Ich stand auf und sagte: „Ein Satzgegenstand." Der Lehrer knurrte: „Wenigstens etwas." „So Albert, nun angel das Subjekt aus dem Satz heraus." Albert zeigte auf >Reisenden<. Maiing schaute in die Klasse: „Nun Georg, stimmt das?" „Nein, >Schlummer<!" Köm: „Der Satz ist eine Schlange, der Kopf ist das Subjekt. Nun Albert, nimm Schlummer weg, leg das Subjekt auf die Fensterbank. Pass aber auf, dass der Kopf nicht runterfällt. Wilhelm, komm du mal her, was gehört noch zu einem Satz?" „Das Prädikat." „Jan, was ist denn das für ein Tier?" Das hatte ich erwartet und im Buch nachgeschaut. „Eine Satzaussage." Er nickte beifällig. „Wilhelm, suche das Prädikat." Wilhelm wischte >überfällt< weg und trug den Bauch der Schlange zur

Fensterbank. Maiing vergnügt: „Jetzt fehlt noch der Schwanz der Schlange, Jürn komm du mal her. Was fehlt denn noch zu einem vollständigen Satz?" „Das Objekt." „Welches Wort könnte das sein?" „>Reisenden<." Jürn löschte vorsichtig Reisenden von der Tafel und trug es mit offenen Händen zur Fensterbank. „Nun klatscht alle in die Hände, unsere Schlange ist komplett." Albert rannte durch die Klasse: „Wo willst du hin?" „Beim Klatschen ist mir der Kopf aus dem Fenster gefallen, ich hole ihn wieder", und schon war er draußen. Maiings Köm schüttelte lachend den Kopf und sagte: „Oh, gudde gudde gudd."

Zum Ende der Stunde ließ er immer ein Gedicht lesen. „Schlagt in eurem Lesebuch Seite 124 auf. Wir blätterten noch, da schauspielerte er schon und begann gestenreich:

„Der Fischer – von Johann Wolfgang Goethe
- - - - Das Wasser <u>rauscht</u>`,
- das Wasser <u>schwoll,</u>
<u>Ein</u> Fischer saß daran,----."

„Jan, lies weiter." Ich stand auf und fing sofort an zu lesen:

„sah nach dem Angel ruhevoll."

Köm rief: „Setzen, fünf, du weißt doch, du musst erst den Text einsaugen wie eine Biene den Honig. Ja, und dann, wenn du die Süße schmeckst, kannst du anfangen. Bernd, lies du weiter." Als der Junge dann las,

<u>>kühl</u> bis ans Herz hinan<,

betonte er das Wort kühl so, dass wir die Kälte spürten. Maiing rief begeistert: „Bravo, so müsst ihr es alle in der nächsten Stunde von der ersten bis zur vierten Strophe auswendig aufsagen können."

Am nächsten Tag vor der Lateinstunde stellte ich mich hinter den Fenstervorhang. Albert rief: „Er kommt." Ich konnte etwas, auf das ich sehr stolz war. Mit meinen Fäusten schlug ich an die Fensterscheibe, es klang wie das Ballern von Flakgeschützen. Dazu machte ich mit dem Mund Sirenen täuschend ähnlich nach. Albert rief: „Fliegeralarm, wir müssen nach Haus." Maiing laut: „Hier geblieben." Dann eilte er zum Fenster und riss den Vorhang zur Seite: „Siehe da, der Jan." Er rannte aus dem Klassenzimmer, kam schnell zurück. Ein Rohrstock steckte in seiner Jacke wie ein Säbel in der Scheide. Der Lehrer kommandierte: „Jan Hellmer, leg dich über die Bank". Ich wusste, was kam, 10 saftige Schläge hinten drauf, zu jedem Schlag sagte er: „Mit so was treibt man keine Scherze, mit so was treibt man keine Scherze, mit so was.... ." Dann nach dem letzten Schlag: „Und jetzt liegen geblieben, bis der Hintern wieder abgekühlt ist."

Dann stellte sich Maiings Köm an seinen Lieblingsplatz vor das Fenster und sagte nur das eine Wort: „Vokabeln". Er schaute in die Klasse: „Bernd, was heißt auf deutsch, >Consensus<?" Bernd senkte sein Haupt und rief: „Bernd fehlt."

„Dann der Nächste; Georg weißt du es?" Georg laut: „Übereinstimmung." So ging es munter weiter, bis Maiing anfing, in einer uns unverständlichen Sprache zu deklamieren. Er schaute alle an mit einem Blick, als wäre er aus einer anderen Welt zurückgekommen: „Kinder, das war die Königin aller Sprachen, klassisch Griechisch! Wenn doch nur einer von euch diese Sprache lernen würde. Nun hört gut zu.

Der arme Sisyphus wurde von Gott Zeus in den Tartarus verbannt, wo er gezwungen war, unablässig einen Stein den Hügel hinaufzurollen. Bevor er jedoch den Gipfel erreichte, rollte der Stein wieder hinunter, und Sisyphus musste seine Arbeit von neuem beginnen. Jetzt den Text in Deutsch. >Hurtig entrollt ihm der tückische Marmor< auch die deutsche Sprache lässt den Stein poltern. Doch jetzt griechisch, da hört man ihn gewaltig lärmen und sieht ihn hin und her springen." Jetzt meldete sich Albert: „Solche Sisyphusarbeit erleide ich auch." „Wieso das denn?" „Ich muss zu Hause immer abtrocknen." Die Klasse lachte, doch Maiing war gekränkt.

Er sah mich noch über der Bank liegen, kam zu mir: „Ich glaube, dein Po hat jetzt wieder die normale Temperatur, setzt dich wieder hin."

„So Albert, deklamiere amare." Albert fing an: „amare", dann stotterte er, „amabam". Köm sagte: „Ich glaube, du kannst besser abtrocknen, jetzt spreche ich es euch vor, amo, amas, amat, amamus, amatis, amant, noch einmal dasselbe von voorne." Nun betete es die ganze Klasse her, nach amant sagten wir alle: „Noch einmal dasselbe von voorne." Maiing reagierte mit: „Oh, gudde gudde gudd."

Maiing war zerstreut: „Der Vordermann vom Hintermann aufstehen." Natürlich regte sich keiner. Er sprang auf und gab dem vermeintlichen Vordermann eine Ohrfeige. „Jetzt sage mir die erste Strophe des Gedichts >Der Knabe im Moor< von Droste-Hülshoff." Der Schüler holte tief Luft:

„<u>O</u> <u>schaurig</u> ist`s übers Moor zu <u>gehn</u>,"

Der Lehrer unterbrach ihn: „Wunderbar, wie du >schaurig< betont hast, mir läuft es kalt den Rücken hinunter, weiter:"

„Wenn es <u>wimmelt</u> vom Heide<u>rauche</u>, - Sich wie Phan<u>tome</u> die Dünste <u>drehn</u> – Und die <u>Ran</u>ke häkelt am <u>Strauche</u>..... ."

Er sprach die erste Strophe zu Ende. Maiing ging zurück zum Pult und murmelte: „Sehr gut," und trug die Note ins Klassenbuch ein.

Maiings Köm hatte die Angewohnheit, ins Notizbuch oder Klassenbuch einzutragen. Bei einer Fünf hatten wir die Technik entwickelt, daraus Dreiplus zu machen. Er schlug das Klassenbuch zu und sah auf seine Taschenuhr: „Sie hat noch nicht geläutet, Hefte raus, Kinder, wir haben noch Zeit, ein Diktat zu schreiben." Wir schauten Hilfe suchend auf die Fahrschüler. Der dicke Hinrich Schulte erhob sich schon und schlenkerte seine rechte Hand: „Herr Maiing, ich habe heute

Morgen aus dem Zug ein Reh gesehen." Er kannte genau Maiings Revier. Hinrich holte weit aus: „Herr Maiing, nachdem der Zug durch ein großes Waldgebiet gedampft ist, kommen doch Felder, danach eine Wiese mit zwei alten Eichbäumen und dann ein Moorgebiet, und da stand das Reh zwischen Birken." „Junge, nun sag mir mal, hatte das Reh ein Gehörn?" „Ja, es war deutlich zu sehen." Köm begeistert: „Donnerwetter, es war ein Bock. Doch geh mal zur Tafel und zeichne, wo der kapitale Rehbock stand." Nun ging erst das Debattieren richtig los: „Junge, ich versteh dich nicht. Hier ist Die Bahnstrecke. Nun sag mir mal, wo ist der Gutshof Meier." Hinrich malte einen großen Kreis: „Hier." Maiing murmelte: „Dann stand er ja in meinem Revier. Und nun, wo standen die Birken?" Es dauerte noch eine Weile, bis der Lehrer sagte, indem er mit der Kreide einen Punkt auf die Tafel malte: „Also hier stand er, warum hast du das denn nicht gleich gesagt." Er war in Jagdbegeisterung geraten: „Kinder, was waren das noch für Zeiten, als man noch Krammetsvögel fangen durfte." Dann fing er laut an zu singen: „Herr Walther saß am Vogelherd." Albert unterbrach ihn: „Herr Maiing, was sind Krammetsvögel und was ist ein Vogelherd?" „Oh, gudde gudde gudd, wie oft habe ich euch das schon erzählt, Krammetsvögel sind Wacholderdrosseln und ein Vogelherd war früher ein Vogelfangplatz." Die Glocke auf dem Flur läutete. Köm grinste: „Oh, gudde gudde gudd, na ihr Schlingel, habt ihr mich wieder reingelegt."

An einem Wintertag kam Köm in die Klasse: „Oh, gudde gudde gudd, da hat doch mein Sohn einen Schlittschuhläufer aus dem eiskalten Wasser gerettet. Ich kenne die Angst, die man beim Ertrinken hat. Als Junge hatte ich mir aufgeblasene Schweinsblasen an die Füße gebunden und wollte damit über unseren Dorfteich laufen, sprang von einem Steg in den Teich, platsch hing ich kopfunter im Wasser an den Schweinsblasen, ich konnte dabei noch nicht mal – Hilfe – rufen. Ein Angler hat mich dann halb tot herausgezogen. Damit ihr in der gleichen Not Bescheid wisst, wollen wir hier die Rettungsaktion noch einmal wiederholen. Albert, du bist der Junge, der ins Eis eingebrochen ist. Leg dich hinter der Tafel auf den Boden. Jan, du legst dich mit dem Zeigestock vor der Tafel auf den Boden. Bernd, du fasst Jan an die Füße. Jetzt legen sich alle Schüler auf den Boden und fassen dem Vordermann an die Füße." Eine lange Schlange wand sich durch die Gänge des Klassenzimmers. Köm schrie: „Aufgepasst, Albert du schreist um Hilfe und fasst den Zeigestock von Jan. Jetzt schaltet die Schlange den Rückwärtsgang ein. Mit hau ruck zieht ihr Albert aus dem frostigen Wasser." Ein Tumult brach in der Klasse los. Albert ließ entsetzliche Hilfeschreie ertönen. Wir fielen übereinander und bildeten Knäuel. Maiing versuchte den Lärm zu durchdringen: „Aufhören, wenn ihr so weiter macht, ertrinkt ihr alle. Es dauerte lange, bis wir endlich an unserem Platz saßen.

„Kinder, Kinder, eins ist wichtig, bei Rettungsaktionen müsst ihr Ruhe bewahren. Zu eurer Erbauung werden wir schon jetzt das Gedicht lesen, schlagt im Lesebuch Seite 65 auf."
Er hatte sich auf seinem Stuhl vor dem Pult aufgerichtet:

„Der Totentanz - von Johann Wolfgang Goethe.
Der Türmer, der schaut zumitten der Nacht
hinab auf die Gräber von Lage;"
Zu seinen Worten schlug er mit einem Bleistift den Rhythmus.
Erst in der dritten Strophe bildeten wir mit ihm eine Einheit.

„Nun hebt sich der Schenkel, nun wackelt das Bein,
Gebärden da gibt es vertrack – te;
Dann klipperts und klapperts mitunter hinein,
Als schlüg man die Hölzlein zum Takte.
Das kommt nun dem Türmer so lächerlich vor;
Da raunt ihm der Schalk, der Versucher ins Ohr:
Geh! Hole dir einen der La-aken."
Maiing strahlte, er saß da wie ein Hexenmeister. Wir hatten auch Spaß daran, im gleichen Rhythmus ein Gedicht aufzusagen. Ich hatte aus dem

205

Ranzen meinen Kasper geholt, er schlug wie wild die Hände zusammen. Die ganze Klasse schlug mit einem Bleistift oder einem Lineal den gleichen Takt und sang fast den Text in gleicher Betonung. Maiing sah auf: „Wen haben wie denn da, einen Kasper! Jan, stell dich an mein Pult. Dein Kasper soll dirigieren." Noch zweimal spielten wir die ganzen Verse durch. Dann hob Köm beide Arme und ließ sie wieder sinken, wobei er immer leiser werdend wiederholte: „Wundervoll, wundervoll, wundervoll."

Dietrich nutzte die Gunst der Stunde, schaute Maiing unentwegt an und machte dabei mit dem Mund einen Schweinerüssel. Köm kam wieder zu sich, blickte auf Dietrich: „Oh, gudde gudde gudd." Hielt die Hand 10 Zentimeter vor seinen Mund und sagte: „Dietrich, wenn du bis Ostern deinen Schweinerüssel so lang machen kannst, bekommst du in Latein noch ein genügend."

Unseren Turnlehrer Michael Sander vergötterte ich. Er predigte nicht des Führers Worte, >Ihr müsst werden flink wie Windhunde, zäh wie Leder und hart wie Kruppstahl<, sondern er brachte uns den Sport spielerisch bei. Weil ich der Kleinste in der Klasse war, wurde ich von einigen Schülern gehänselt. Als er merkte, dass ich beim Aufstellen der Fußballmannschaften nicht gewählt wurde, machte er die Aufstellung. Da ich laufen konnte wie ein Hase, wurde ich Läufer. Albert spielte mir alle Bälle zu. Als ich dann noch im ersten Spiel ein Tor schoss, wurde ich angenommen. Franz, ein tapsiger Junge, ärgerte mich weiter. An einem Regentag turnten wir in der Halle. Eine Viertelstunde vor Schluss rief der Turnlehrer: „Auf zum Ringkampf, Franz gegen Jan." Albert rief: „Das geht doch nicht, ein Leichtgewicht gegen ein Schwergewicht." Michael Sander kannte meine Zähigkeit. Ich wusste, ich konnte Franz nur mit Ausdauer besiegen. Wir sprangen in den Ring. Der Lehrer rief uns zu: „Ihr wisst, wir machen nur zweimal drei Minuten." Dann kam der Anpfiff. Ich sprang wie ein Wiesel hin und her. Als Franz zum Fallschwung ansetzte, glitt ich aus seinen Armen wie ein Aal. Jetzt versuchte ich es mit einem Fußstich, da packte er mich so, dass er mich mit einen Achselwurf bald zu Fall gebracht hätte. Albert schrie: „Lass dich von dem Scheißkerl nicht unterkriegen." Auch Franz hatte seine Freunde: „Den Floh wirst du doch wohl knacken können." Ich hielt ihn ganz schön in Atem, er konnte mich nicht zu Fall bringen. Wir waren beide froh, als die ersten drei Minuten herum waren. Am Ende der zweiten Runde gelang mir ein Beinausheber, Franz landete auf seinem Rücken und blieb ermattet liegen. Jetzt schrien sie durcheinander: „Franz, du Sack, erheb dich, das war wohl nicht dein Tag." Albert übertönte alle: „Jan ist David." Der Turnlehrer kam zu uns: „Nun ihr beiden Streithähne, gebt euch die Hände." Wir zögerten: „Nun, macht schon." Wir überwanden uns und schüttelten uns die rechte Hand. Beim Weggehen wischte ich mir die Hand an meiner Hose ab.

Wenn unser Lehrer Sander sagte, >Morgen gehen wir in die Badeanstalt zum Schwimmunterricht, bringt euer Badezeug mit<, dann jubelten wir. Das Schwimmbad war aus Balken gebaut, gespeist von einem kleinen Bach. In den Umkleidekabinen konnten wir uns nicht schnell genug ausziehen. Ich hatte Probleme mit meiner Hemdhose. Um meine Badehose anzuziehen, musste ich mich ganz nackig ausziehen und das, wo alle Jungen um mich herumsprangen! Dietrich, auch ein Bauernjunge, hatte es so eilig, ins Wasser zu kommen, dass er vergaß, seine Badehose anzuziehen und mit der Hemdhose ins Wasser sprang. Da kam der Bademeister Leo Knoll angerannt, wir nannten ihn Löwenleo, ein vierschrötiger Kerl, der schrie: „Du bist wohl verrückt geworden, raus aus dem Wasser. Ihr lernt wohl nicht Zucht und Ordnung in der Schule, Herr Sander behandelt euch wohl zu lasch." Schon wollte er sich auf den triefenden Dietrich stürzen, als unser Lehrer dazwischen ging und ihn beruhigte. Er rief: „Habt ihr alle Badehosen an? Auf zum Sprungbrett!" Dort übten wir Kopfsprünge und Hechtsprünge rückwärts. Mein Muttermal unter meinem linken Arm trübte die Freude am Springen, denn ich hatte Schwierigkeiten, es zu verbergen.

Sonntags ging ich mit Hedwig schwimmen. Mutter gab uns eine Wolldecke mit. Wir lagerten nebeneinander auf der Wiese. Immer wenn sie mich ungewollt oder gewollt berührte, lief ein Schauer durch meinen Körper. Albert kam und legte sich auf die andere Seite, was Hedwig genoss, mich aber störte. Da sie nicht gerne ins Wasser ging, musste ich auch liegen bleiben. Der Bademeister hatte an den Kabinen Lautsprecher angebracht. Wir hörten gerne, >Das kann doch einen Seemann nicht erschüttern. - Ein Freund, ein guter Freund, - Ich weiß, es wird einmal ein Wunder geschehen<. Plötzlich drang laute Marschmusik aus den Lautsprechern. Die Goebbelsche Propagandamaschine war wieder in Gang gesetzt worden. Die Marschmusik wurde immer wieder unterbrochen: „Wir erwarten in Kürze eine Sondermeldung." Der Löwenleo war zum Fahnenmast gerannt und hisste die Hakenkreuzfahne. Triumphales Fanfarengeschmetter übertönte den Lärm der Kinder. Dann die auftrumpfende Stimme des Rundfunksprechers: „Aus einem Geleitzug haben wieder die U-Boote unserer tapferen Marine fünf Schiffe versenkt, damit hat der Tonnageverlust unserer Feinde die 400000 Bruttoregistertonnen überschritten." Anschließend spielten sie das Lied, >Denn wir fahren gegen Engeland<. Der Bademeister sang lauthals mit. Albert langweilte sich, stand auf und sagte: „Ich muss was aushecken, Löwenleo ärgern." Das war für mich das Signal, dass ich schwimmen gehen konnte. Albert war weg und konnte mir Hedwig nicht abspenstig machen.

Am Beckenrand stand eine Traube von Kindern, dazwischen der Bademeister. Ich stellte mich zu Albert und sah noch, wie der Bademeister einen Jungen ins Wasser warf, der dann mühsam zur Leiter paddelte. Als er dann keuchend am Beckenrand stand, wurde er sofort wieder ins Wasser gestoßen. Ich fragte Albert: „Was hat der denn verbrochen?" „Der wollte Geld aus einem Portemonnaie klauen, nur der Bademeister hat Farbe in die Börse getan, der Dieb hat im Wasser blaue Finger bekommen. Jetzt wirft er ihn wieder rein, der kann doch gar nicht schwimmen, den bringt er noch um."

Um den Bademeister abzulenken, rannte Albert zur Tafel am Eingang. Er wischte >Wasser 20 Grad und Luft 28 Grad< weg und schrieb dafür >Wasser 50 Grad und Luft 60 Grad<. Der Bademeister ließ den kleinen Dieb stehen und kam angefegt mit den Worten: „Ich schmeiß dich aus der Badeanstalt." Doch Albert war schneller, er sprang wendig hin und her und ließ sich nicht fangen. Wir Kinder feuerten Albert an. Mit hochrotem Kopf ging der Bademeister zu seinem Aufsichtsplatz.

Wie ein Athlet stand ich oben auf dem Sprungbrett. Was sollte ich dem Volk für Kunststücke zeigen? Da bekam ich einen Stoß von hinten und landete mit Bauchklatscher auf dem Wasser. Als ich wieder auftauchte, sah ich Löwenleo drohend vor Rotkäppchen stehen, ich hörte seine Kommandostimme: „Hier wird keiner ins Wasser geworfen, du verlässt sofort die Badeanstalt." Ich sagte nur: „Rotkäppchen komm her, ich bring dich nach Haus."

Der >Feurige Elias< oder auch >Pingel-Anton< genannt, hatte das Schicksal, direkt hinter unserem Schulhof entlang zu fahren. Wurde einer gefragt, >Fährst du heute mit dem Zug?<, bekam man die Antwort, >Ich habe heute keine Zeit, ich geh zu Fuß<.

Albert wünschte sich ein Schaf. Davon hörte ein Fahrschüler und sagte: „Mein Vater verkauft Schafe." Albert und ich machten uns auf den Weg, das Schaf mit der Kleinbahn zu holen. Auf der Hinfahrt untersuchte Albert erst mal die Waggons. Der Zug ratterte durch Felder, Wiesen und Wälder. „Pingel–Anton musste dabei mit lautem Gebimmel zigmal Landstraßen kreuzen, um alle Dörfer zu besuchen. Nach über einer Stunde erreichten wir die frühere Landesgrenze. Eine Grenze, die nur noch auf dem Papier bestand. Man war sich damals nicht einig geworden, wer die Verbindungsstrecke zu bezahlen hatte. So mussten alle Fahrgäste aussteigen und etwa 15 Minuten laufen, um den andern Zug hinter der Grenze zu erreichen. Nach einer halben Stunde Fahrt erreichten wir unser Ziel. Albert suchte sein Schaf aus, wir trödelten mit dem widerspenstigen Schaf zurück zum Bahnhof. Funken stiebend lief der Zug in dem kleinen Dorfbahnhof ein. Unser Schaf sollten wir in den

Hundekäfig sperren. Mühselig schoben wir unsern Gehörnten mit Hilfe eines Eisenbahners in den Verschlag. Wir waren froh, als endlich die Gittertür geschlossen war und wir auf den Holzbänken im Abteil saßen. Wieder mussten wir umsteigen an der Landesgrenze. Der Zug bekam durch unser störrisches Schaf Verspätung. Wild Feuer speiend, versuchte Pingel-Anton die versäumte Zeit wieder aufzuholen. Albert sprang bei jedem Halt aus dem Zug, riss Gras ab und fütterte damit sein Schaf, um es zu beruhigen. Schnaufend hielt der Zug nun auch noch auf freier Strecke. Ich sagte zu Albert: „Sicher eine Kuh auf dem Gleis." Viele Fahrgäste stiegen aus, um das Schauspiel anzuschauen. An einem Bach stand eine alte Jauchepumpe. Der Heizer legte einen dicken Schlauch auf die Lokomotive. Dann drückte er den Hebel der Pumpe kräftig rauf und runter und pumpte Wasser in den Kessel. Ein Pfiff, die rumpelnde Fahrt ging weiter. Nach dieser lustigen Zuckelfahrt zogen wir mit hochroten Köpfen das widerspenstige Tier durch unsere kleine Stadt. Albert hat sein Schaf nicht lange behalten, es kam dann zu uns auf den Hof.

Die Gleise hinter dem Schulhof waren für Pingel-Anton oft beschwerlich. Durch Feldsteine auf den Schienen wurde die Fahrt zur Marterstrecke. Die Fahrgäste mussten die Sprünge der Waggons mitmachen. Mitunter musste die Lokomotive auch ein Fass vor sich her rollen. Nach unserm Ausflug mit dem Zug, sagte Albert zu mir:

„Heute bringe ich den >Pingel–Anton< zum Stehen, komm mit." Es dauerte nicht lange, da kam der >Feurige Elias< angerattert. Albert sprang auf die Plattform des letzten Wagens, ich rannte hinterher und sah, wie er die waagerechte Handkurbel drehte. Die Bremsen packten. Der Zug wurde langsamer und langsamer, bis die Lokomotive mit einem Seufzer zum Stehen kam. Der Schaffner riss die Tür des Waggons auf. Er schrie: „Ihr Jungens vont Gynnasion, runner von de Donnerbüchsen, euch krieg ich noch!" Albert sprang vom Wagen, wir liefen wie Windhunde über ein Feld und verschwanden im Gebüsch.

Der Winter zeigte seine scharfen Krallen. Nachts sanken die Temperaturen auf minus sechzehn Grad. Ich holte meine Hackenreißer vom Boden, sie wurden in Längsrichtung am Schuhabsatz festgedreht. Als Mutter das sah, sagte sie: „Die ollen Dinger willst du mitnehmen, die reißen dir doch immer die Hacken ab." „Meine Holländer sind mir doch zu klein, die Hackenreißer binde ich zusätzlich noch mit Riemen fest."

Das Galgenmoor leuchtete in der Sonne wie ein Spiegel. Auf dem Eis kämpften schon Albert, Jürn, Dietrich und Georg um eine Blechdose. Heinzi stand zwischen zwei Ziegelsteinen im Tor. Alle Büsche am Ufer waren stark zerzaust. Endlich fand ich einen Busch, aus dem ich mit meinem Messer noch einen Hockeyschläger schneiden konnte.

Verdammt, mein Schlittschuhschlüssel war so ausgeleiert, dass ich die Hackenreißer nicht festschrauben konnte. Laut rief ich meinen Freunden zu: „Habt ihr einen Schlüssel?" Albert kam angesaust: „Das ist der letzte, den wir haben. Wenn du fertig bist, gib mir den sofort zurück."

Heinzi flitzte in seinem Tor hin und her und ließ sich nicht bezwingen. Jürn rief: „Das Tor ist viel zu klein." Er schob die Steine auseinander. Jetzt erschallte immer öfter: „Tor, Tor." Bald hatte Heinzi keine Lust mehr und sagte: „Ich geh auf Entdeckungsreise, wer kommt mit?" Meine Hackenreißer waren schon bedenklich locker geworden. Ich fuhr mit ihm. Er glitt schwungvoll über die glatte Eisfläche, ich fuhr vorsichtig hinter ihm her, wir schwangen dabei unsere Hockeystöcke. Glitten wir über Setzrisse, so grollte das Eis mit Löwengebrüll. Heinzi lief in Richtung Quelle, die von Schilf umwachsen war. Zwei Enten flogen auf, ich rief: „Heinzi, der See ist noch nicht ganz zugefroren!" Schon brach er in das dünne Eis ein. Ich robbte auf dem Bauch an Heinzi heran, der durch die Luft in seiner Lodenjacke noch vom Wasser getragen wurde. Mit viel Mühe und mit Hilfe meines Hockeyschlägers zog ich ihn aus dem eiskalten Wasser.

Er sauste mit seinen Schlittschuhen zu den Hockeyspielern. Albert machte ihn mit seinem Schlüssel die Schlittschuh ab. Heinzi zitterte am ganzen Körper, sprang auf: „Zicke Zacke, Zicke Zacke Hühnerkacke, ich werde jetzt schon zu Eis, ich will nicht erfrieren, ich pese nach Haus." Albert rief: „Wir kommen mit." Doch ich blieb da, ich hatte Rotkäppchen entdeckt. Sie war mit drei Freundinnen auch aufs Eis gekommen, sie übten Eiskunstlauf. Ich fuhr zu ihnen, dachte nicht an meine erbärmlichen Schlittschuhe und rief: „Guckt mal her, ich kann vorwärts und rückwärts übersetzen." Sie beachteten mich kaum, ein Mädchen schrie lachend: „Du Angeber, auf die Nase kannst du fallen." Vorwärts klappte es gut; doch rückwärts fuhr ich auf einen Stock, fiel mit meinem Kopf auf die harte Eisfläche, stand mit blutender Stirn auf, humpelte weg, ein Absatz war abgerissen. Die vier Mädchen übten unbekümmert weiter, selbst Rotkäppchen beachtete mich mit keinem Blick.

Zirkelpunkt

Der Alte zupft eintönig an den Drähten, die bemalten Buschmänner stehen im Kreis und starren auf den Zirkelpunkt, als sei dort eine Viper. Sie klatschen im Takt in die Hände. Plötzlich springt einer von ihnen in die Mitte, stampft wild auf, als wolle er das Tier töten. Als der alte Buschmann sein eintöniges Spiel wieder aufnimmt, findet mein Herz seinen Gleichklang wieder.

Mutter schimpfte: „Bei der schrecklichen Verdunklung ist es draußen stockdunkel, man kann ja nicht mal die Stalltür finden." Daraufhin hatte Vater an Pfeilern neben der Haustür und am Stall breite Striche mit Leuchtfarbe gemalt. Auch an den anderen Häusern sah man im Dunkeln Streifen leuchten. Ich malte auch an meinen Handwagen Leuchtfarbestreifen. Rotkäppchen saß im Wagen und ich kutschierte mit ihr abends die Straße entlang. Ferdinand kam uns entgegen: „Na fährst du deine Braut spazieren? Aber wo hast du die Leuchtfarbe her?" „Von Vadder, der hat auch das Mauerwerk damit bemalt."

Ferdinand ging mit. Zu Hause sagte er zu Vater: „Die Leuchtfarbe kratz man wieder ab." Mutter empört: „Ferdinand, was tünst du da, ich bin froh, dass ich im Dunkeln endlich die Stalltür finde." Die gräsigen Plakate mit den großen nach vorne geneigten schwarzen Menschenschatten, dazu in großer Schrift ›Pst, der Feind hört mit‹, machen einem schon genug Angst und Bange. Ferdinand: „Klara, die Leute sagen dazu ›Alles geht schief‹. Ich würde die Leuchtfarbe entfernen, wisst ihr denn nicht, dass die Farbe aus radioaktivem Phosphor ist und damit gesundheitsschädlich?" Ferdinand und Vater gingen wieder auf den Boden. Als sie zurückkamen, sagte Ferdinand: „Was ist das für ein Drama, fast alle Länder Europas hat Hitler überfallen und mit Krieg überzogen. Der ›Sieg-Heil-Führer‹ fühlt sich als Zirkelpunkt Europas." War das am nächsten Tag für eine schreckliche Arbeit. Ich musste Vater mithelfen, den Leuchtanstrich zu beseitigen.

Bei meinem Wechsel vom Jungvolk in die HJ ging mein großer Wunsch in Erfüllung. Ich kam in die Flieger-HJ. Zweimal in der Woche hatten wir Schulungsabende im HJ Heim. Unser Fähnleinführer begrüßte uns mit: „Heil Hitler." Dann wurde ein Lied gesungen. Er begann pathetisch: „Hitlerjungen, ihr habt gerade gesungen, >ja, die Fahne ist mehr als der Tod<. Was heißt das? Unsere Hakenkreuzfahne ist ein Symbol. Ein Symbol für unsere Gemeinschaft. Eine Gemeinschaft, die fest zusammensteht. Zusammengeschweißt in der Liebe zu unserem geliebten Führer Adolf Hitler. Nun möchte ich ein neues Mitglied der Flieger-HJ begrüßen. Steh auf, Jan Hellmer." Jetzt wurde er laut: „In unserem Ort gibt es immer noch Menschen, denen die Ausstrahlung unseres Führers noch nicht ins Herz gedrungen ist."

Barlagen Zetken hatte das beste Eis in der Stadt. Mein Geld, ein Groschen, reichte immer nur für ein Hörnchen. Meine ganze Sehnsucht war eine Muschel mit zwei Kugeln, aus der man das Eis so schön herausquetschen konnte. Aber immer fehlte mir ein Groschen. Ich musste zum HJ-Dienst und hatte meine Uniform an. Mutter war nicht in der Küche, auf dem Küchentisch lag ihr Portemonnaie. Ich konnte der Versuchung nicht widerstehen und stibitzte einen Groschen. Mit schlechtem Gewissen kaufte ich mir bei Zetken eine Eismuschel. Gierig lutschte ich draußen an dem Eis. Der Fähnleinführer überholte mich auf dem Bürgersteig, blieb vor mir stehen und keifte mich an: „Bist wohl verrückt geworden, in Uniform Eis zu essen."

Er hielt nacheinander Bilder von Flugzeugen hoch. Wie aus der Pistole geschossen mussten wir den Flugzeugtyp benennen: „Jagdflugzeug Me 109, Bomber He 111, Horizontal- und Sturzbomber Ju 88, Sturzkampfbomber Ju 87". Er rief: „Stukas! Dieses Wort ist durch die blitzartigen Erfolge unserer deutschen Wehrmacht auf allen Kriegsschauplätzen des gegenwärtigen Krieges zu einem festen Begriff geworden. Bei unseren Gegnern löst er mit seinem Geheul, verstärkt durch eingebaute Sirenen, panikartigen Schrecken aus. Unseren tapferen Truppen aber gibt er ein Gefühl stolzester Überlegenheit. Lukas, benenne du die lächerlichen Flugzeuge unseres Feindes." Lukas sprach die Namen in gutem Englisch aus: „Die Jäger und Jagdbomber Hurricane und Spitfire." Der Fähnleinführer wurde rot vor Zorn: „Hitlerjunge Lukas, deutsch, deutsch sollst du reden, deutsch." Dann wiederholte er, jede Silbe stark betonend. „Hur/ri/ca/ne, Spit/fi/re." Er hob ein Bild hoch: „Kennt ihr dieses Flugzeug mit vier Propellern?" Keine Antwort. Er wurde zornig: „Das ist eine Ha/li/fax. Britischer Langstreckenbomber, die Schweine die immer nachts unser Land terrorisieren." Er verabschiedete uns mit den Worten: „Ich habe einen Hitlerjungen gesehen, der in Uniform Eis aß, das ist eine Herabwürdigung eures Ehrenkleides, Heil Hitler."

Lukas ging mit mir nach Haus. Ich fragte ihn: „Dein Vater ist Pastor und gegen die HJ?" Er sagte leise: „Ohne HJ kann ich mein Abitur nicht machen."

In einer alten Tischlerei traf sich ein Teil der Flieger-HJ Gruppe zum Basteln. Aus dem leichten Balsaholz bauten wir Flugzeuge mit Gummimotor oder auch Modelle von Kriegsflugzeugen. Über heißem Wasserdampf aus einem alten Teekessel bogen wir Propeller und Leisten. Unser Werkstattleiter, wir nannten ihn nur Horst, hatte mit den Nazis nicht viel im Sinn. So blieb das Hakenkreuz draußen vor der Tür. Er war der Sohn eines im Ort angesehenen Mannes. Horst hielt viel von Abzeichen, er hatte das goldene Schießabzeichen, das goldene DLRG-Abzeichen, trug stolz drei Schwingen, das hieß, er hatte die Ausbildung zum Segelflieger mit bestandener A-, B- und C-Prüfung abgeschlossen.

Durch unsere kleine Stadt floss ein schmaler Fluss. Horst hatte die Idee, ein Segelboot zu bauen. Aber woher das Holz nehmen und nicht stehlen, nur noch mit Beziehungen konnte man Holz auftreiben.

Bei unserem nächsten Treff sagte Horst: „Wir wollen uns ein Boot bauen, dazu brauchen wir

Geld, ihr verdient euch jetzt ja jeden Nachmittag Zweimarkfünfzig beim Kartoffelsuchen. Also, wir sind 8 Mann mal 6 Tage mal 2,50 Mark ergibt 120 Mark, das müsste reichen." Ich sagte kleinlaut: „Ich kann nicht mitmachen, ich muss bei uns auf dem Hof helfen." Horst streng: „Das gibt es nicht, du musst nur deinen Vater überzeugen." Ich antwortete nicht, dachte nur, wenn das so einfach wäre.

Am Abend, Vater war noch nicht in der Küche, sagte ich zur Mutter: „Ob Vadder mir wohl erlaubt, dass ich mit meinen Freunden Kartoffeln suche?" Vater war hereingekommen und hatte die letzten Worte gehört: „Jan, du hilfst mir, auf unserem Hof ist Arbeit genug." Ich maulte: „Die anderen haben miteinander immer so viel Spaß, könnte ich wenigstens eine Woche?" „Dich lockt wohl das Geld?" Mutter half mir: „Vadder, lass doch den Jungen, Hedwig kann dir ja helfen, ihre Arbeit hier will ich wohl machen." Vater sah uns beide an: „Ihr steckt mal wieder unter einer Decke, meinetwegen."

Am nächsten Montag um ein Uhr trafen wir uns auf dem Schulhof. Der Platz wimmelte von Radfahrern, jeder hatte einen Drahtkorb auf dem Gepäckhalter. Turnlehrer Michael Sander teilte die Schüler ein, wir mussten zu Bauer Gerken. Auf der Hinfahrt vergnügten wir uns wieder mit einer Fuchsjagd. Lukas fuhr in Alberts Vorderrad, beide lagen im Dreck. Nachdem wir die Schutzbleche gerade gebogen hatten, rasten wir weiter. Nach einer halben Stunde Radfahrt bogen wir auf Gerkens Hof ein. Er rief: „Da seid ihr ja endlich, wir warten schon." Der Trecker war vor den Ackerwagen gespannt. Über Feldwege rumpelten wir zum Kartoffelacker. Auf dem Feld stand schon der Roder und in gleichen Abständen vier Ackerwagen. Der Bauer brach Zweige von einem Busch und marschierte mit gleichmäßigen Schritten über das Feld. Immer wenn er einen Zweig in den Boden steckte, mussten zwei Jungen stehen bleiben. So bekam jeder seinen Abschnitt. Ich stand mit Horst zusammen, er sagte: „Früher wurden die Kartoffeln vom Roder seitlich auf das Feld geworfen, jetzt fährt ein Korb mit, der sie fängt, und sie fallen in Reihe." Ich stolz: „Den hat mein Vadder schon lange." Da kam Gerken schon angetuckert, hinter sich ließ er eine gelbe Kartoffelspur. Als der Trecker an uns vorbeigekommen war, fingen wir eifrig an, die kostbaren Erdäpfel in unsere Drahtkörbe zu sammeln. Mit den vollen Körben eilten wir zum Ackerwagen, gingen auf einem schwankenden Brett hoch und kippten den Kartoffelsegen in den Wagen. Der Roder lief unermüdlich um das Feld. Wenn der Trecker wieder bei uns war, mussten wir unseren Abschnitt freigesammelt haben. Horst erzählte: „Um drei gibt es Vesper. Gerkens haben die besten Schinkenbrote weit und breit." Doch die Zeit wollte nicht vergehen, wie lange dauerte es nur, bis ein neuer Viertelstundenschlag von der Kirchturmuhr zu hören war. Endlich kam Frau Gerken mit dem Fahrrad, sie hatte die heiß begehrten Schinkenbrote und Pfefferminztee mitgebracht. Gemütlich saßen wir auf Kartoffelkraut im Kreis. Lukas stöhnte: „Ich habe vielleicht Rückenschmerzen." Gerken lachte: „Ji hebt jo blot en Haken, wo de Mors dran hangt. Gleich dürft ihr nacheinander den Trecker fahren." Das war was, stolz wie ein König saßen wir abwechselnd am Lenkrad, Gerken daneben. Abends hockten wir alle noch um den Küchentisch, es gab Kartoffeln mit Specksoße und Apfelmus.

Als wir vom Hof fuhren, war es schon dunkel. Horst rief: „Anhalten, ich mache meine Verdunklungskappe von der Lampe ab, man kann ja nichts sehen." Eine übermütige Horde fuhr mit hellen Fahrradscheinwerfern über den Feldweg, als sei tiefster Frieden. Wir bogen auf die Straße, uns überholte ein Auto und bremste ab. Heraus stieg Jachtman: „Jungens, ihr seid wohl verrückt geworden, ihr riskiert Kopf und Kragen, wenn euch die Braunen erwischen. Macht sofort wieder eure Verdunklungskappen vor die Scheinwerfer."

Am Freitag mussten wir zu Bauer Maier. Albert sagte gleich: „Maier ist ganz rabiat, und da gibt es nichts zu fressen."

Maier hatte keinen Trecker, sondern Pferde vor den Roder gespannt, er trieb sie mit der Peitsche an. Wir mussten suchen, als wäre der Teufel hinter uns her. Als wir am nächsten Tag zu ihm fuhren, sagte Horst: „Ich habe mir was ausgedacht. Maier schikaniert uns nicht mehr, wir bilden eine AG. Wenn ich rufe >AG<, fangen die Jungs vorne an langsam zu suchen, und so geht es nach jeder Roderunde nacheinander weiter, und Maier muss jedes Mal warten." Das klappte auch eine Zeit lang, bis er herumschrie und mit der Peitsche knallte, dass die Pferde vorne hochgingen. Ihn packte so die Wut, dass er ohne Rücksicht auf Verluste weiter rodete.

Nach der Vesper mit Marmeladenbroten hörten wir den Lärm von Flugzeugen, in geringer Höhe flogen sie über uns weg. Albert rief: „Das sind Engländer, sechs Langstreckenjäger, Doppelrumpf Lightnings." Sie flogen in Richtung des katholischen Ortes. Auf der anderen Seite der Stadt lag ein großer Militärflugplatz. Wir hörten Bomben krachen. Rauchwolken stiegen auf. Sie kamen zurück. Wir rannten zu den Pferdewagen, suchten Sicherheit und krabbelten unter die Kartoffelwagen. Lärmend flogen sie im Tiefflug über uns weg. Die Pferde gingen durch. Als der Spuk vorbei war, stürzten wir zum Maierhof und rasten mit den Rädern nach Haus.

Beim nächsten Treff zählte Horst das Geld: „Hundert Mark, das Geld von Maier fehlt uns, das muss ich noch auftreiben, erst will ich mal bei Boehler anrufen."„Jan, du kommst mit, wir gehen eben zur Post telefonieren, ihr andern bleibt hier." Horst hielt den Telefonhörer in der Hand, während ich Schmiere stand. Er machte die Stimme seines Vaters nach und redete unbekümmert drauf los: „Hallo, ist dort Holzhandlung Boehler? Hier ist Theodor Schiffer, ich brauche etwa 15 Quadratmeter Fußbodenbretter in 5 mm Stärke, um meinen Dachboden auszubessern." „Herr Schiffer, 5 mm ist viel zu dünn, da müssen Sie schon Bretter in Zollstärke nehmen. Können Sie morgen die Bretter abholen?" „Ich schicke meinen Sohn vorbei, ich muss verreisen."

Am nächsten Tag zogen wir mit zwei Handwagen zur Holzhandlung Boehler. Horst ging zum Bezahlen. Als er zurückkam, sagte er: „Es fehlt noch Geld. Wir können aber trotzdem die Bretter mitnehmen. Wir brauchen auch noch Farbe. Ich habe schon eine neue Geldquelle. Am nächsten Sonntag tarnen wir Flugzeuge, dafür bekommt jeder fünf Mark. Wir brachten im Triumph die Bretter in unsere Werkstatt.

Am Sonntag um sieben Uhr waren wir alle pünktlich am HJ-Heim. Ein Militärlaster stand bereit. Bald fuhren acht Jungen singend in den Wald. Mit Fahrtenmesser hackten wir Zweige ab und warfen sie auf den Lkw. Die Wachen am Flugplatztor schauten, ein Lkw voller Zweige und darauf acht Jungen in HJ-Uniform. Nachdem der Fahrer seine Papiere gezeigt hatte, durften wir weiter fahren. Von unserem Hochsitz sahen wir ein von Bomben zerstörtes Gebäude. Der Lkw fuhr von Waldschneise zu Waldschneise. Da sahen wir sie, links und rechts standen in Abständen von cirka einhundert Metern Flugzeuge, Me 109. Noch nie hatten wir Flugzeuge so nah gesehen. Horst sagte: „Mit so einer Maschine will ich auch mal fliegen, und ich glaube, ihr alle." Ich selbstbewusst: „Ich will mal Stukaflieger werden." Die Flugzeugteile, die aus den Zweigen der sichtschützenden Bäume herausragten, mussten wir mit unserem Grün abdecken. Auf der Rückfahrt waren wir uns alle einig, das ist doch was anderes als Kartoffelsuchen.

Mehr schlecht als recht zimmerten wir mit den dicken Brettern den Bootsrumpf. Viel Mühe hatten wir damit, den Rumpf mit Hanf und Teer abzudichten. Immer wieder füllten wir das Boot mit Wasser, um die Dichtigkeit zu prüfen. Ich bettelte bei Mutter um ein altes Betttuch. Horst färbte es auf dem Werkstattdachboden blau ein. Die restliche Farbe kippte er durch das Giebelfenster auf den Bürgersteig. Tage später, wir sägten Leisten und leimten friedlich Modellflugzeuge, kam der Fähnleinführer hereingestürzt, sein Heil Hitler hatte er vergessen: „Macht hier Ordnung, gleich kommt der Flieger-HJ Führer aus der Kreisstadt zu euch, er will überprüfen, was ihr treibt, ich gehe zum Rest der Gruppe im HJ-Heim. Doch was ist das für eine Schweinerei auf dem Bürgersteig?" Horst lakonisch: „Das waren die Blaufärber."

Der Leimofen bullerte, unsere Modelle standen in Reih und Glied. Er, der HJ Führer, kam zur Tür herein. Ein älterer kerniger Mann, sich der Würde seiner Uniform bewusst. Horst rief:

„Achtung!" Wir sprangen auf, hoben den rechten Arm und antworteten auf sein Heil Hitler. Horst meldete: „Acht Mann der Modellbaugruppe." Er gab sich jovial: „Für das Winterhilfswerk sollt ihr Spielzeug machen, gebt den Besen mal her, ich will euch zeigen, wie man Räder herstellt." Er schnitt vom Stiel Scheibe um Scheibe. „So macht weiter, ich muss mal eben verschwinden, wo ist die Toilette?" Horst sagte: „Draußen"; und zeigte sie ihm.

Als Horst zurück kam, sagte er: „Schnell, gib mal den alten Sack her." Er machte ihn nass und steckte ihn in den Leimofen. Der HJ Führer kam zurück. Wir hatten den Besenstiel in Stücke zersägt. Alle acht Hitlerjungen sägten Spielzeugräder, was das Zeug hergab. Er ging von Mann zu Mann, sagte immer wieder: „Schön, schön." Bald zeigte unser Leimofen Wirkung, fing an zu qualmen wie ein Dampfer. Er baute sich vor Horst auf: „Sag mal, ist das immer so?" „Wenn er lange brennt, ja." „Wie haltet ihr das denn aus? Bringt gefälligst das Abzugrohr in Ordnung." Er verschwand mit „Heil Hitler."

Endlich konnten wir das schwere Boot auf zwei Handwagen mit Mühe zum Fluss transportieren. Lukas als Pastorensohn musste die Taufe ausführen. Er hatte eine Flasche mitgebracht, schleuderte sie gegen den Schiffsrumpf, die Flasche zersplitterte, was das schwere Schiff ohne Murren überstand. Lukas hob die Hände und rief: „Ich taufe dich auf den Namen >Horst<."

Das Segelschiff wurde zu Wasser gelassen, es lag wie ein Brett. Horst, Lukas und ich waren auserkoren, als erste mit dem Schiff zu fahren. Das Plattschiff drehte sich in die Strömung, wir hissten das blaue Segel. Gutmütig trieb unser Schiff mit dem Wasser talwärts, aber kreuzen konnten wir mit dem plumpen Kahn nicht. Horst seufzte: „Aber schwimmen tut es."

Erstaunt schaute der Schneider aus dem Fenster, als wir mit unserem Segelboot an seinem Steg anlegten. Horst sagte: „Lukas und Jan, ihr bleibt hier, ich gehe zum Schneider Rinke." Er kam triumphierend zurück: „Wir dürfen das Boot liegen lassen." Ich fragte: „Wie hast du das denn gemacht?" „Ich habe ja einen bekannten Vater."

Zufrieden war Horst aber immer noch nicht: „Wir brauchen einen Hafen." Mit Spaten bewaffnet zogen wir zu unserem Boot. Unter einer großen Weide lief ein kleines Rinnsal in den Fluss. Dort buddelten wir wie die Wühlmäuse. Der Schneider saß auf seinem Tisch und sah seelenruhig zu.

Unsere ganze Flieger-HJ-Gruppe musste für eine Woche zu einem technischen Lehrgang. Horst war unser Begleiter. Munter stiegen wir in die Kleinbahn, um zu dem katholischen Ort zu fahren. Disziplin hatten wir nicht. Wir tobten durch die Personenwagen, eine Scheibe ging zu Bruch. Plötzlich stand der Zug. Wir setzten uns schnell in einen anderen Waggon. Der Schaffner kam durch den Zug gerannt: „Wer hat die Notbremse gezogen?" Wir saßen da wie die Unschuldslämmer. Als der Schaffner weg war, sagte Horst: „Das ging zu weit." Dann laut: „Jeder bleibt ordentlich auf seinem Platz sitzen." Wir wollten Horst keinen weiteren Ärger machen und gehorchten.

Vom SA-Führer Schumacher wurden wir mit „Heil Hitler" in Empfang genommen. Horst fuhr mit dem Zug zurück. Schumacher brachte uns zur Pädagogischen Hochschule, dort schliefen wir in der Aula. Beim Weggehen sagte er: „Richtet euch hier ein, in einer Stunde bringen wir euch Essen. Morgen früh um sieben ist Abmarsch, habt ihr eine Uhr?" „Nein". Keiner hatte eine Uhr. „Dann müsst ihr euch nach den ultravioletten Strahlen der Sonne richten, Heil Hitler." Guter Rat war teuer, Horst hatte mich zum Gruppenführer ernannt. Ich hatte gesehen, dass am Bahnhof eine große Normaluhr hing. Nun wurden sieben Mann ausgelost. Jeden Morgen, wenn es hell wurde, musste einer zum Bahnhof rennen, um zu sehen, wie spät es ist. Pünktlich um sieben wurden wir von einem jungen SA Mann abgeholt. Im Gleichschritt marschierten wir los. Vor einer großen Molkerei, an der in großen Lettern stand, >Schumacher<, rief der SA Mann: „Abteilung Halt, Frühstück einnehmen."

Am Flugplatz passierten wir die Wache, wurden durch die Flugzeughallen gebracht und kamen in die Werkstatt. Wir lernten einen Stahlwürfel feilen, Drahtseile spleißen, Holz bearbeiten und leimen.

Schumacher kam fast jeden Abend zu uns, er hatte was gegen Schweißfüße. Er kommandierte: „Schuhe und Strümpfe ausziehen, Fußkontrolle."

Bei Fliegeralarm mussten wir zu einem Betonbunker am Bahnhof rennen, wo wir dann mit Eisenbahnern zusammen saßen, die sich mit Witzen unterhalb der Gürtellinie die Zeit vertrieben. Bis zu vier Stunden saßen wir in dem Rattenloch bis die Erlösung , die Entwarnung, kam. Wir bekamen wenig Schlaf, ich hatte Schwierigkeiten, die Jungen am Morgen wach zu bekommen. Mich packte das Heimweh; wie lang konnten sieben Tage sein! Jeden Morgen zogen wir zur Molkerei und sangen ein Spottlied: „Oh wie klötert dat in Schumachers Butterfatt."

In der Flugzeughalle sah ich zum ersten Mal abgehärmte Männer mit grauen Jacken, dunkelgrau gestreift, auf die ein rotes Dreieck genäht war. In der gleichen Farbe wie die Jacken waren ihre Kappen. Sie standen auf den Flügeln von Jagdflugzeugen Me 109. Säuredämpfe stiegen hoch, mit Schrubbern versuchten sie die abblätternde Tarnfarbe zu entfernen. Jeden Morgen und Abend das gleiche Bild, ein Bild, das mir immer wieder in meinen Träumen erschien. Zum ersten Mal von zu Hause weg. Sieben Tage, die mir wie eine Ewigkeit vorkamen. Ich dachte oft an meine Eltern. Mudder, sie fühlte sich am glücklichsten, wenn Frieden im Haus herrschte. Meine Streiche verschwieg sie oder milderte sie ab. Meistens war sie fröhlich und optimistisch. Hinterhältigkeit und Unehrlichkeit konnte sie nicht vertragen. Vadder konnte mächtig sein, aber auch mein Freund, dann sagte ich Carl zu ihm. Er war großzügig im Austeilen von Hieben. Aber zu meinem Glück erfuhr ich viel mehr Zuneigung und Freude, je nach Laune. Ich freute mich, als der Zug wieder nach Hause dampfte.

Ganz empört kam Vater zu uns in den Stall, Mutter und ich waren dabei, die Tiere zu füttern, er wütend: „Ich trete aus der Kirche aus." „Vadder, was hast du, das machen ja schon genug Nazis." „Was ich eben gehört habe, das reicht mir. Da sagt doch der evangelische Reichsbischof Müller zu dem Reichsjugendführer Schirach, >Gott der Herr segne unser Bündnis. Unsere Verhandlungen sind geführt im Geist des Vertrauens und im Geist guter Kameradschaft, ich bin gewiss, dass auch die Überführung der evangelischen Jugend in die Hitlerjugend von demselben Geist getragen werden wird<." Vater zynisch: „Bis an der Jugend selig Ende, Amen." Vater hatte seitdem mit der Kirche nicht mehr viel im Sinn. Nun sollte ich zum Konfirmandenunterricht, Mutter wollte es so.

Rotkäppchen und ich kamen jetzt wieder mehr zusammen, auch sie musste zum Konfirmandenunterricht. Sie holte mich am Donnerstag ab.

Die weißgestrichene Kirche mit dem Glockenturm stand mitten auf dem Friedhof, umgeben von großen Kastanienbäumen. Uns war gar nicht gut zu Mute, als wir den Weg durch die Spalier stehenden Grabkreuze gingen. Die große alte Kirchentür trug ein schmiedeeisernes Kreuz. Ich fasste an den abgegriffenen Türgriff und öffnete mühsam die Tür. Im Altarraum stand Pastor Jansen. Als er uns sah, rief er: „Setzt euch hier vorne zu den anderen Kindern." Er wollte gerade anfangen zu reden, da kam Albert noch angetrödelt. „So, jetzt sind wir wohl vollzählig, 22 Jungen und 19 Mädchen. Wie ihr wohl wisst, heiße ich Walter Jansen. Mein Sohn Lukas ist auch mit in der Konfirmandengruppe." Lukas wurde rot. „Wer von euch abends betet, der hebe seinen Arm. Soso, etwa die Hälfte, das geht ja. Nun Jan, erzähl mal. Wer hat dir das Beten beigebracht?" „Meine Mutter!" „Welches Gebet kennst du denn?" Ich fing an: „Ich bin klein, mein Herz ist rein, soll niemand drin wohnen als Jesus allein." „Sehr schön, jetzt werdet ihr das Gebet unseres Herrn Christus kennen lernen." Er begann: „Vater unser........"

Langsam wurden wir eingeführt in die Geschichte unseres Glaubens. Für mich war alles so lange her und so weit weg, dass ich mich innerlich dagegen wehrte. Auch hörten wir immer wieder von der Strafe Gottes. Die ganze Welt bestand wohl aus Strafe, ob Zuhause, in der Schule, bei der HJ und jetzt auch noch hier. Überall wurde gestraft. Was überhaupt nicht in meinen Kopf wollte, Adam und Eva wurden aus dem Paradies vertrieben, nur weil sie einen Apfel gegessen hatten. Was war für mich damals schon der Baum der Erkenntnis? Als wir über den Friedhof nach Hause gingen, sagte Albert: „Ob die hier schon ihre Strafe hinter sich haben?"

Der Pastor redete von der Auferstehung, da meldete sich Rotkäppchen: „Kann die Auferstehung noch in meinem Leben sein?" Er antwortete mit: „Ja". Sie setzte sich erleichtert hin und sagte: „Dann brauchen wir vielleicht gar nicht zu sterben!" Rotkäppchen und ich kamen an der Leichenhalle vorbei. Bis jetzt waren wir immer schnell gerannt, nicht links und rechts geguckt. Es war für uns ein schauriger Ort. Rotkäppchen herausfordernd: „Ich habe keine Angst, ich schaue rein." Vor Furcht blieb ich stumm. Sie ging tapfer zur offenen Tür. Ich fasste mir ein Herz und lief hinterher. Vorsichtig schauten wir hinein. Zunächst sahen wir eine Frau mit Blumen, doch dann das kalkweiße Gesicht des Toten. Schaudernd liefen wir weg, unsere erste Begegnung mit dem Tod.

Zu Weihnachten führten wir im Kindergottesdienst ein Krippenspiel auf, ich wurde degradiert zum Esel. Ich hatte einen kurzen Text, >Ich bin der Esel<. Vater und Mutter waren auch in der Kirche. Ich mit lauter Stimme: „Ich bin ein Esel." Das war wohl das erste Mal, dass in der Kirche laut gelacht wurde.

Vor dem Prüfungstag gab der Pastor uns mit auf den Weg: „Damit euer Wille zum Glauben nicht angezweifelt wird, gebt euch am Prüfungstag Mühe. Wenn einer eine Frage wirklich nicht beantworten kann, dann hebe er seinen linken Arm, aber ich möchte viele rechte Arme sehen." Am Konfirmationstag musste wegen Fliegeralarm unsere Konfirmation um drei Stunden verschoben werden. Im dunklen Anzug ging ich mit Mutter und Vater zur Kirche. Als die 41 Konfirmanden, angeführt von dem Pastor, feierlich durch die Kirche gingen, erkannte ich auch die Paten und Tante Gesine und Onkel Ferdinand. Der Pfarrer Jansen stand fest am Altar und sagte: „Liebe Konfirmanden, der Glaube ist der Schlüssel zum Himmel. Der Weg, den Deutschland jetzt geht, ist nicht der Weg von Christus. Bedenkt das Symbol unseres Glaubens, das Kreuz, es ist nach allen Seiten offen und strahlt in die ganze Welt." Wie wir nun mal in diesem Alter waren, dachte ich über das Gesagte nicht nach, sondern freute mich, dass ich den Nachmittag am Donnerstag wieder für mich hatte. Außerdem war ich befreit vom strafenden Gott. Draußen vor der Tür standen abseits der Pastor, Ferdinand und mein Vater. Ich hatte mich zu ihnen geschlichen, sie unterhielten sich mit solchem Eifer, dass sie mich gar nicht bemerkten. Der Pastor bekümmert: „Ist doch schrecklich, wie dieser Mensch sich auch noch gottähnlich fühlt und dabei ganz Europa in Brand setzt." Ferdinand mit ernstem Gesicht: „Wie bei einem ins Wasser geworfenen Stein, zieht er seine Kreise immer größer." Darauf Vater: „Mit seiner Macht spült er immer mehr den Schlamm nach oben." Mich berührte alles nicht, Hauptsache ich konnte bald segelfliegen. Mutter wunderte sich, dass mein Vater und Onkel Ferdinand sich jetzt öfter in der Kirche blicken ließen, sie hatten einen Gleichgesinnten gefunden.

Zu Hause hatte Mutter den Tisch festlich gedeckt, und es roch nach Braten. Schon immer hatte ich mir sehnsüchtig ein Taschenmesser gewünscht. Es war Krieg, und Taschenmesser gab es nicht. Die Produktion wurde anderweitig benötigt. Vater gab mir ein Päckchen, ich hatte tatsächlich von meinen Eltern ein Taschenmesser geschenkt bekommen. Ich freute mich wie ein König. Stolz zeigte ich Mutter das Messer mit zwei Klingen und einem Korkenzieher. Meine Paten, Tante Gerhardine und Onkel Theodor kamen zur Tür herein, er gab mir ein bunt eingewickeltes Päckchen, und sagte: „Ein ganz besonders kostbares Geschenk." Dann zu meinen Vater: „Ich bin froh, dass ich das noch ergattert habe." Erwartungsvoll packte ich das Päckchen aus, was fand ich? Ein Taschenmesser. Na ja, wenn man mal eins verlor, konnte man ein zweites gut gebrauchen. Und dann kamen die anderen Gäste mit dem Ruf: „Wir haben das Richtige für einen Jungen." Taschenmesser reihte sich an Taschenmesser, Onkel Ferdinand legte sein Taschenmesser dazu: „Na Jan, jetzt kannst du eure ganze Bande damit ausrüsten.". Vater unterhielt sich mit Ferdinand: „Wo kommen die Messer nur auf einmal her?" „Die U-Boote haben sicher ein Schiff mit Taschenmessern gekapert, einmal waren ja auch die Läden voll mit Töpfen." Auf jeden Fall, mein Bedarf war gedeckt, und meine Freunde freuten sich. Selbst mein Kasper bekam von mir ein Messer!

Am nächsten Sonntag sollte das Abendmahl gefeiert werden, ich konnte daran nicht teilnehmen. Ich hatte mich zu einem Segelfliegerlehrgang gemeldet. Am nächsten Mittwoch sollte ich mich im Segelfliegerlager Hamburg-Fischbek einfinden.

Mit vierzehn Jahren saß ich im Zug nach Hamburg-Harburg. Mit einem schweren Affen auf dem Rücken stieg ich in Harburg aus. Auf dem Bahnsteig sprach mich eine Frau, im Alter meiner Mutter, an: „Jung, de Rucksack is veel to swor för di; wo wullt du denn hen?" „Zum Segelfliegen." „Fall blot nich runner." Wie stolz war ich, bald würde ich fliegen wie ein Vogel.

Unser Kommandant des Segelfliegerlagers hatte seine Allüren. Zu jedem Abendessen begrüßte er uns mit den Worten: „Wem verdankt ihr, dass ihr Segelfliegen könnt?" Wir mussten antworten: „Unserem geliebten Führer." Meistens gab es rohen Salat aus geschnitzeltem Weißkohl, dann kam er zu jedem Tisch: „Meine Erfindung, schmeckt doch prima!" Mir schmeckte nur gekochter Kohl, so wie Mutter ihn machte.

Am ersten Morgen nach dem Frühstück mussten die Neulinge in der Kantine bleiben. Ein großer braun gebrannter Mann kam hereingehumpelt, an seiner Uniformjacke klebte das EK 1. Er hob den Arm, „Heil Hitler." Ohne unsern Gruß abzuwarten, redete er weiter: „Ich bin euer Fluglehrer und heiße Wolfgang Geibel." Er schrieb an die Tafel >Geschichte des Fliegens<:

„1) Dädalus und Ikarus von Ovid (43 v. Chr. bis 18 n. Chr.),

Das sind wohl für euch böhmische Dörfer, ich will euch mal die Geschichte vorlesen."

„Dädalus war auf Kreta ein geschickter Baumeister und Erfinder, er baute für den König Minos ein Labyrinth, aus dem niemand entfliehen konnte. Dort wurde ein menschenfressendes Ungeheuer, das halb Mensch und halb Stier war, gefangen gehalten. Dädalus verriet nur der Tochter des Minos die Möglichkeit zum Entfliehen. Sie wiederum half ihrem Geliebten, dem Theseus, das Ungeheuer zu erlegen und aus dem Labyrinth zu fliehen. Aus Zorn über die Flucht sperrte Minos Dädalus und seinen Sohn Ikarus in das Labyrinth ein. Da den Gefangenen der Ausgang verschlossen blieb, baute Dädalus Schwingen aus Federn und Wachs, sodass sie aus dem Irrgarten fliegen konnten. Ikarus kam der Sonne zu nahe. Das Wachs seiner Flügel schmolz, und er stürzte ins Meer. Dädalus flog nach Sizilien, wo er von König Kokalus freudig aufgenommen wurde."

Herein kam der Lagerkommandant: „Na, ihr Hitlerjungen, eine tolle Geschichte. Seit Urzeiten träumt die Menschheit vom Fliegen, und wer erfüllt euch diesen Traum?" Wir leierten: „Der Führer."

Bald stand an der Tafel:

<u>2) Leonardo da Vinci</u> (um 1500) konstruierte Flugapparate in Anlehnung an das Beispiel des Vogels und der Fledermaus. <u>Nicht flugfähig.</u>

<u>3) Brüder Montgolfier,</u> (1783) mit ihnen stieg in Paris der erste Heißluftballon in den Luftraum.

<u>4) Otto Lilienthal</u> (1848 – 1896) brachte den Durchbruch zur Beherrschung des Gleitflugs. Es gelangen ihm mit ständig verbesserten Eindeckern und Doppeldeckern über 2000 Gleitflüge. Leider kam dieser tapfere Deutsche bei einem tödlichen Absturz ums Leben

<u>5) Brüder Wright</u> schafften um 1900 den Schritt zum ersten gesteuerten Motorflug.

<u>6) Graf von Zeppelin</u> hatte es geschafft, einen lenkbaren Zeppelin zu bauen. Die Struktur bestand aus damals exotischem Leichtmetall (Aluminium). Am 1. Juli 1900

erhob sich der Zeppelin über dem Bodensee in die Luft.

„Ihr jungen Segelflieger, im Mai 1937 explodierte, hervorgerufen durch den Neid der Amerikaner, das Luftschiff LZ 129 Hindenburg bei der Landung in der Nähe von New York, 36 Passagiere fanden den Tod. Doch die Entwicklung des Flugzeugbaus ging unerschüttert weiter und mündete in unsere stolze Luftwaffe, die unser Generalflugzeugmeister Udet, der leider tragisch zu Tode gekommen ist, von 8000 auf 24000 Flugzeuge ausbauen sollte. Das bleibt unser Ziel und eure Zukunft. Jetzt schaut euch die Tafel an, wen würdet ihr als Vater des Segelflugs bezeichnen?" Ich meldete mich: „Otto Lilienthal." „Gut, wie heißt du?" „Jan Hellmer." „Nun zu unserem Schulgleiter, mit dem ihr eure ersten Gleitflüge machen werdet." Er schrieb an die Tafel:

<u>Schulgleiter SG 38</u>, zugelassen für eine Höchstgeschwindigkeit bis zu 115 km/h, ausgestattet mit Quer- und Seitenruder, Flügelspannweite 10,4 m, Flügelfläche 16 Quadratmeter, Kufe für Start und Landung, Starthilfe durch zweisträngiges Gummiseil.

Er zeichnete an der Tafel einen Flügel, den er mit Pfeilen versah. „So, jetzt will ich euch die Gesetze des Fliegens nennen. Ein Flugzeug kann vom Erdboden abheben, weil die sich bewegende Luft eine Umströmung des Tragflügels (aerodynamisch geformte Fläche) erzeugt. Auf diese Weise wird ein Luft-

druckunterschied erzeugt, hoher Druck unterhalb der Tragfläche und niedriger Druck an der Oberseite. Dieser Unterschied bewirkt einen Auftrieb nach oben. Das Ausmaß des Auftriebs hängt vom Profil des Tragflügels, von der Grundrissfläche und von der Form der Tragfläche, ihrer Neigung zum Luftstrom und von der Geschwindigkeit des Luftstroms ab.
Ich glaube, jetzt reicht es, heute Nachmittag sehen wir uns wieder bei den Babyübungen des Segelfliegens."

Uns rauchten die Köpfe. Wir hatten immer wieder Unterrichtsstunden über Wetterkunde, Technik der Segelflugzeuge, Flugzeugerkennung, Thermik usw.

Am Nachmittag marschierten wir zu den Flugzeughallen an einem Hang. Wir holten aus der Halle einen ausgedienten SG 38. Den hängten wir in ein Gerüst aus Stahlrohren. Nach der Reihe durften wir auf den Sitz des Segelflugzeugs. Wir übten im Gegenwind, Balance zu halten durch Bewegungen mit dem Steuerknüppel.

Abgehoben

Aus ihren Instrumenten steigt ein Gefühl der Leichtigkeit, die auch mich ergreift. Die Tänzer erheben sich wieder, flattern mit den Händen und schreiten wie Stelzvögel. Sie bewegen ihre Arme wie Flügel, dabei versuchen sie springend abzuheben und in die Luft zu steigen. Die Musik bricht ab, sie fallen auf die Erde. Ich liege auch am Boden und starre in den Sternenhimmel.

Endlich, am dritten Tag, kam unser erster Start. Ich kletterte als Sechster auf den Holzsitz, wurde angeschnallt, bekam einen Helm auf den Kopf. Mein Herz schlug mir bis zum Hals. Vor mir an den beiden Gummiseilen je sechs Jungen. Der Schwanz des Segelflugzeugs wurde von einer Startfalle gehalten, an der ein Flugschüler stand und ein Tauende in der Hand hielt. An den beiden Flügelenden hielten zwei Kameraden den Gleiter waagerecht. Der Fluglehrer stand neben mir: „Also noch mal, beim Starten den Knüppel neutral halten. Bei erreichter Höhe den Knüppel nach vorne drücken, aber nicht so weit wie deine Vorgänger, die Angsthasen, die wie ein Stuka nach unten stürzten, dann den Knüppel an den Bauch, dann wieder nach unten, ein Flug, wie bei einer Bachstelze. Beim Landen mit Gefühl den Knüppel nach oben ziehen." Er trat zur Seite, hob den rechten Arm und rief: „Ausziehen, laufen, los!". Die Jungen an den Seilen liefen, als ob es um ihr Leben ging. Jetzt kam das Kommando: „Falle lösen". Der Junge riss an dem Seil, die Falle öffnete sich. Mein Flugzeug sauste ab, als ob ich in einer Rakete säße. Meine Gedanken überschlugen sich, ich fliege, ich fliege. Es machte mich ängstlich, vom Freisitz in die Tiefe zu schauen. Ich spürte, dass die Geschwindigkeit nachließ und drückte den Knüppel nach vorn. Das Flugzeug neigte seine Nase nach unten, sodass ich den Knüppel schnell wieder anzog. Ich schaute auf den Horizont.

Immer schneller verlor das Flugzeug an Höhe. Ich zog den Steuerknüppel nach oben, die Kufe setzte zur Landung an, sie holperte über den grasbedeckten Boden. Der Gleiter kippte auf die rechte Flügelspitze. Stille, ich atmete auf, unversehrt hatte ich meinen ersten Flug geschafft. Ich war stolz wie ein König.

Meine Kameraden und ich schleppten das Flugzeug wieder den Hang hoch. Ich meldete mich beim Fluglehrer: „Flugschüler Jan Hellmer vom Flug zurück." Er knurrte nur: „Ganz leidlich."

Jeden Morgen zogen wir los und freuten uns auf den Tag. Unsere Flüge wurden immer besser. Meine Landungen waren gekonnt. Der Fluglehrer sagte: „Schaut euch das an, wie butterweich Jan landet. Besonders Mathias, Franz und Richard, ihr Spezialisten in Kufenbrüchen. Das ist Verrat am Volksvermögen." Probleme hatten wir mit einem Busch, der am Rand der Landefläche stand. Er zog uns magisch an. Nur mit Mühe und Not konnten wir oft einen Zusammenstoß verhindern.

In der Toilette hingen als Toilettenpapier die Prüfberichte unserer Vorgänger. Ich traute meinen Augen nicht, als ich einen Zettel las, >Flugschüler Horst Schiffer, Start: gut, Flug: gut, Landung: gut<.

Beim Abendessen wedelte der Lagerleiter mit einer Postkarte hin und her: „Jan Hellmer aufstehen! Segelflieger, hört, was hier steht. >Wir sind selbst bei Gewitter geflogen<." Ich kleinlaut: „Vom weitem hat es doch geblitzt und gedonnert." Da wurde seine Stimme laut: „Wohl wahnsinnig geworden, was sollen deine Eltern denken? Dass wir euch hier unnötig der Gefahr aussetzen? Bei den nächsten zwei Flügen wirst du übersprungen." Er zerriss meine Karte. Ich heulte fast. – Aussetzen?! - Wo ich mich doch jedes Mal auf einen Flug so freute. Wie lustlos war ich, bis ich endlich wieder fliegen durfte. Ich segelte wie ein Bussard, mein Gleitflug brachte mich immer weiter. Der Fluglehrer sagte: „Jan, deine Flüge und deine Landungen sind gekonnt." Ich bestand meine **A**-Prüfung nach zehn Flügen mit gut und durfte ein Abzeichen mit einer Schwinge tragen.

Am Sonntag, dem letzten Tag unseres Lagerlebens, fuhr ich mit zwei Kameraden nach Harburg, wir wollten ins Kino. Wir gingen in den Film, >Die große Liebe<. Zarah Leander sang das Lied: Ich weiß, es wird einmal ein Wunder gescheh`n und.... . Da brach der Film ab, im Saal wurde es stockdunkel. Wir hörten die Sirenen, Fliegeralarm. Eine Stimme rief: „Alle in den Bunker auf der anderen Seite der Straße." Nachdem wir etwa eine halbe Stunde im Bunker gehockt hatten, hörten wir das Brummen der Flugzeugpulks, das Ballern der Flakgeschütze. Der Luftschutzwart kam in den Bunker: „Sie fliegen über die Elbe." Die Bombenexplosionen ließen den Bunker erzittern. Alle saßen da in dem Grau mit gebeugtem Kopf, die Hände vor den Ohren, keiner sagte ein Wort. Selbst die Kinder waren ruhig. Wieder das dumpfe Brummen der abfliegenden Flugzeuge, die Stimmen der Flakgeschütze. Dann Stille, eine peinigende Ruhe. Als die Spannung sich löste, flogen Gesprächsfetzen hin und her. Die Luft im Bunker wurde immer schlechter, immer schwüler. Mit Handkurbeln pumpten sie Luft in den Bunker. Endlich kam die Erlösung, die Entwarnung. Wir atmeten tief durch, als wir wieder ins Freie kamen. Der Himmel war rot von den brennenden Häusern. Er leuchtete wie beim Sonnenaufgang. Die Menschen, die aus dem Bunker kamen, blieben erstarrt stehen und riefen: „Hamburg brennt." Im letzten Moment erwischten wir noch eine Bahn, um zum Lager zu kommen.

Wieder zu Hause fragte mich Albert: „Wie lange bist du denn geflogen?" „So zwei bis drei Minuten." Albert lachte mich aus: „So kurz, das nennst du fliegen?" Ich beleidigt: „Das ist ganz schön lange, zähl doch mal bis 180."

Der Februar 1943 war bitterkalt. Onkel Ferdinand kam zu uns in die Küche und rieb sich über dem Herd seine kalten Hände: „Gerken haben einen Feldpostbrief von ihrem Sohn Harald bekommen." Mutter unterbrach ihn: „Ist Harald nicht sogar Offizier geworden?" „Ja, er ist doch Gerkens ganzer Stolz. Jetzt liegt Harald schwer verwundet in Polen im Lazarett. Er war einer der wenigen, den sie noch aus Stalingrad, dem entsetzlichen Kessel des Todes, rausfliegen konnten. Dieser verfluchte Krieg, Hitler hat dort unsere Soldaten geopfert, wie müssen sie leiden an Hunger und Kälte."

Vater sarkastisch: „Schon im ersten Weltkrieg sagten wir, - vorwärts Kameraden, es geht zurück -."

Vater stellte den Volksempfänger an, aus dem Lautsprecher drang die demagogische Stimme von Goebbels: „Wollt ihr den totalen Krieg?" Daraufhin spuckte das Radio ekstatischen und jubelnden Beifall von 3000 Kehlen aus. Ferdinand wütend: „Sie hätten auch gleich schreien können, - wir wollen den Untergang." Vater stellte den Kasten ab, er musste sich Luft machen: „Was hat Goebbels in seinem Klumpfuß?" Ferdinand: „Habe ich schon mal gehört, die Batterie für seine große Fresse." Mutter. „Hört auf, ihr redet euch um Kopf und Kragen."

Mutter las mir aus der Zeitung vor: „Die totale Mobilisierung sämtlicher personeller und materieller Ressourcen im Deutschen Reich und in den besetzten Gebieten für den angestrebten Endsieg wird angeordnet. Alle Männer zwischen 16 und 65 sowie Frauen zwischen 17 und 45 können zur Reichsverteidigung herangezogen werden. Mit der Erweiterung der Wehrpflicht ab August 1943 werden Hitlerjungen unter 18 Jahren direkt aus Wehrertüchtigungslagern in die Wehrmacht eingezogen." Vater kam herein:

„Was liest du dem Jungen so was vor." Mutter: „Warum soll er das nicht wissen?"

Bald tauchten überall Plakate auf, die sollten die opferbereite Heimatfront animieren, >ALLE KRAFT GESPANNT<, >TOTALER KRIEG KÜRZESTER KRIEG<, >NUN VOLK STEH AUF UND STURM BRICH LOS<, >KAMPF UM SEIN ODER NICHTSEIN<.

Auch der Fähnleinführer hatte die Plakate im Schulungsraum aufgehängt. Mit lauter Stimme forderte er: „Prägt euch die Sätze ein, den Willen des Führers, euch zur Warnung. Am 25. August 1943 ist SS-Reichsführer Himmler Reichsinnenminister des Großdeutschen Reichs geworden. Er wird die kriminelle Unterschicht des Deutschen Volkes eliminieren. Sagt zu Hause euren Eltern", seine Stimme wurde laut, „wer Feindsender hört, dessen Kopf lassen wir vor seine Füße rollen. Denkt daran, Siegen oder Bolschewismus."

Zu Hause erzählte ich Mutter, womit sie uns gedroht hatten. Abends beim Abendbrot sagte Mutter zu Vater ganz bestimmt: „Ich will nicht mehr, dass du Feindsender hörst, schmeiß das Radio aus der Dachkammer in die Jauchekuhle."

Immer mehr Frauen kamen in die Munitionsfabriken. Bald hieß die Parole, >Das Volk muss zusammenstehen<. Alle Schüler zogen in die Natur, ihnen war zur Pflicht gemacht, Heilkräuter zu sammeln. Wir schleppten heran: Huflattich, Schafgarbe, Kamille, Rainfarn, rote Pestwurz und Wegerich. Alle Heilkräuter brachten wir zum Hausmeister, ein dicker Mann mit Specknacken und rotem Gesicht. Wir Schüler nannten ihn >Kannen Piedel<. Er fragte: „Welche Klasse?", wog die Kräuter und trug das Gewicht säuberlich in ein Buch ein. „Geht auf den Dachboden und legt die Heilkräuter zum Trocknen aus." Da oben roch es wie in einer Kräuterküche. Die Hälfte des Bodens war schon eine Kräuterwiese. Horst kam grinsend auf den Boden, er sah mich: „Na, habt ihr fleißig gesammelt?" Dann machte er seine mitgebrachten Tüten voll. „Verrate mich nicht." Ich konterte: „Die Unterprima ist wohl zu vornehm." „Was soll`s, wollen wir wetten? Die bleiben hier ewig liegen und stauben ein." Nach dem Ende der Kräutersaison kam der Bannführer in unsere Schule. Alle Klassen standen im Karree auf dem Schulhof, in der Mitte der Bannführer: „Heil Hitler, die deutsche Jugend ist der Stolz des Mächtigen, des alles verstehenden Führers. Ich bin stolz auf euch, ihr habt ein überragendes Sammelergebnis bei der Heilkräuteraktion erzielt. Dritter Platz, sechstes Schuljahr." Das war unsere Klasse. „Zweiter Platz, fünftes Schuljahr, erster Platz, die zwölfte Klasse." Er sagte nicht Unterprima, das war verpönt. Man hörte Pfiffe. Er rief: „Ruhe, nehmt euch daran ein Beispiel, die Klasse steht vor dem Notabitur und hat trotzdem das beste Ergebnis, ihr pfeifenden Neidhammel, euch möchte ich mit auf den Weg geben, denkt an den Geist des Führers, Deutschland erwache, strengt euch an." Dann mussten wir singen: „Die Fahne hoch, die Reihen fest geschlossen, SA marschiert...... ."

Für den Führer, für die Front, für die Winterhilfe schüttelten wir die Sammelbüchsen, rüttelten die Groschen wach und klapperten mit den Blechabzeichen. Horst hatte sich was Neues ausgedacht. Er sagte: „Bald müssen wir wieder sammeln. Um Leute anzulocken, bauen wir eine Kasperbude. Mein Kasper ist ziemlich zerdeppert. Jan, bring deinen Kasper mit. Seppel, Großmutter, Gendarm und Teufel habe ich noch." Das war was, endlich konnte mein Kasper in einem richtigen Kasperstück spielen. Horst schrieb das Stück. Jeden freien Nachmittag bastelten wir an der Kasperbude. Eines Tages sagte Horst: „Ich habe das Kasperspiel fertig, morgen wollen wir üben." Doch es gab am nächsten Tag für mich eine große Enttäuschung, Horst bestimmte: „Jan, du hast so eine helle Stimme, du spielst die Großmutter, Lukas Seppel und Gendarm, ich Kasper und Teufel." Ich nahm wütend meinen Kasper: „Spielt ihr alleine, ich gehe nach Hause." Horst stellte sich mir in den Weg: „Sei doch kein Spielverderber, meinetwegen darfst du Seppel und Großmutter spielen." Ich maulte weiter. Horst steckte Kasper auf seine Hand: „Tri Tra Trullala, guck mal, dein Freund lacht dich an." Meine Wut verflog.

Am Sonnabend bauten wir auf dem Marktplatz unser Kaspertheater auf. Eingerahmt wurde der Platz von Sparkasse, Buchladen, Kaufmannsladen (Klein Karstadt), Bäckerladen und Schlachterladen, alle gebaut im Stil der Zwanzigerjahre.

Horst, Lukas und ich gaben den Figuren die Bewegung und die Stimme, während Albert und Bernd mit klappernden Sammelbüchsen rumliefen.

Kasper erschien und klapperte mit einer Sammelbüchse:

„Tritra trullala, Kasper ist jetzt wieder da. Leute, Leute spendet euren letzten Groschen, Räder sollen rollen für den Sieg."

Seppel kam hochgesaust:

„Kasper, was hast du gerufen, Räder sollen rollen für den Krieg?"

Kasper:

„Du Dummkopf, für den Sieg."

Großmutter tauchte auf, hielt ein Hörrohr an ihr Ohr:

„Kasper, Kasper warst du es, der mich rief?"

Kasper: „Tritra trullala, jetzt sind die drei Schönsten da. Kinder seid ihr auch alle da, dann ruft mal alle laut Hurra."

Die Kinder durcheinander: „Hurra, hurra."

Kasper legte seine Hand ans Ohr: „Viel zu leise, das kann ja meine Großmutter besser."

Großmutter sprang lustig hin und her und rief laut: „Hurra."

Ehe Kasper was sagen konnte, schrieen die Kinder: „Hurra, hurra."

Kasper hielt sich die Ohren zu: „Leise, leise, ihr weckt ja die Braunen."

Der Teufel erschien hinter den dreien, die Kinder fingen ängstlich an zu schreien: "Kasper, Großmutter, Seppel, der Teufel, der Teufel."

Die drei Helden sausten wie dumm hin und her. Kasper und Seppel verschwanden, nur Großmutter landete in den Armen des Teufels. Der hastete mit ihr über die Bühne und rief mit grausiger Stimme.

„Denkt bei jedem Schritt, der Feind hört mit, jaaa, der Feind hört mit."

Die Kinder schrieen ohrenbetäubend:

„Kasper, Kasper."

Durch den Lärm wurde der Polizist auf die Bühne gerufen. Die Kinder riefen:

„Herr Jachtmann, Herr Jachtmann, der Teufel hat die Großmutter gefangen."

Der Gendarm stellte sich doch äußerst dumm an, sodass Kasper und Seppl wieder erschienen, um dem Polizisten zu helfen, die Großmutter von dem Teufel zu befreien. Doch der Teufel riss die schreiende Großmutter mit sich nach unten in die Hölle.

Jetzt verneigte Kasper sich so tief, dass seine Mütze mit dem Bommel über den Bühnenrand hing, denn in der Menge stand der richtige Jachtmann und der Fähnleinführer.

Kasper lustig:

„Sieh da, siehe da, die Prominenz". Er sank in sich zusammen und rief: „Ich versinke in Ehrfurcht."
Die Kinder lachten. Die Großen klatschten Beifall.
Der Fähnleinführer rief wütend: „Sofort aufhören mit dem Unsinn, ihr habt keine Genehmigung für ein öffentliches Auftreten. Herr Jachtmann ist hier, um die Veranstaltung zu schließen."
Kasper ängstlich: „Oh Graus, oh Graus, ihr lieben Kinder müsst alle nach Haus."
Der Braune rief: „Kinder, alle abhauen und Horst Schiffer sofort, sofort sag ich, alles abbauen." Trotz Protest der Erwachsenen, mussten wir das Kaspertheater auf den Handwagen laden. Wir trotteten traurig nach Hause. So haben die Kinder nie erfahren, ob die Oma vom Teufel befreit worden ist. Als wir auseinander gingen, sagte Horst: „Wir sehen uns nicht wieder, ich habe mich freiwillig zur Luftwaffe gemeldet und gestern meine Einberufung bekommen."

Im Schulkeller hatten sich Soldaten einquartiert. Um unseren Pausenhof standen unter Kastanienbäumen Horchgeräte, sie gehörten zum alten Eisen, denn bei den riesigen Flugzeugpulks war das Orten kein Problem mehr. In der Pause spielten wir damit Karussell. Beim Drehen schlug ich den Haltebolzen fest, dabei brach die gusseiserne Halterung ab. Einer der Soldaten, die sich im Schulkeller einquartiert hatten, kam angerannt und rief: „Das ist Wehrzersetzung." Wir stoben auseinander wie die Kaninchen.

Die Soldaten hatten sich auch eine Küche eingerichtet. Wir hatten Pause, Albert und ich saßen auf der Fensterbank in unserer Klasse. Unten gingen die Männer mit den Fressnäpfen nach draußen. Ich traute meinen Augen nicht, Albert zog hoch und zielte in einen Esspott. Wie ein Irrwisch kam ein Feldwebel in die Klasse gerannt und schlug alle Schüler mit Fäusten, die er nur treffen konnte. Ich hatte mich schnell durch die Tür verdrückt. Im Flur kam mir Maiings Köm entgegen. Er rief: „Hier geblieben, mitkommen." Aus der Tür drängten noch mehr Schüler. Maiing mit hoher Stimme: „Was ist los, ein Aufruhr?" Da zeigte sich auch schon der Feldwebel. Köm erstaunt: „Herr Legionär, was hat das zu bedeuten?" „Ach weiter nichts, ich habe ihren Schülern nur mal gezeigt, was sie später erwartet, nämlich Zucht und Ordnung."

Maiing ging zum Pult und versuchte Ruhe in den aufgescheuchten Wespenschwarm zu bringen. Wie immer, wenn er uns zur Ruhe bringen wollte, hielt er seine Taschenuhr hoch und rief: „Kinder, hört mal." Mit dem Läutewerk hatte er uns oft zum Schweigen bringen können. Doch wir palaverten diesmal unbekümmert weiter. Maiing aufgebracht: „Kinder, wenn ihr keine Ruhe gebt, trete ich euch dahin, wo der Affe keine Haare hat. Dabei schlug er mit dem Zeigestock unüberhörbar auf das Pult. Er rief laut: „Kinder, zur Beruhigung wollen wir ein Lied singen." Es war sein Steckenpferd, ab und zu eins von seinen Lieblingsliedern mit uns zu singen. Da er begeisterter Jäger war, mussten wir singen, >Auf, auf, zum fröhlichen Jagen, - Im Wald und auf der Heide, - Es blies ein Jäger in sein Horn, - Drei Lilien<. Er stimmte an: „Wohlauf Kameraden, aufs Pferd, aufs Pferd, hinaus in die Freiheit gezogen....... ." Wir sangen überbetont mit. Es klopfte an die Klassenzimmertür. Hereingeschritten kam der Direktor mit den Worten: „Herr Maiing, seit wann geben Sie denn Gesangsunterricht?" „Herr Direktor, ich musste die Schüler beruhigen, sie sind einem Ungeheuer in die Hände gefallen." Der Direktor seufzend: „Nach der Unterrichtsstunde kommen Sie bitte zu mir."

Bei Maiing wurde oft um Noten gefeilscht. Bekam einer eine fünf, rannte er nach vorne. Diesmal ging der dicke Hinrich Schulte zum Pult: „Herr Köm, dieser Fehler muss weg." Maiing schaute auf: „Wie heiße ich?" „Herr Maiing, was Sie hier rot angestrichen haben, ist von mir richtig geschrieben worden." Maiings Köm klopfte mit dem Lineal im Rhythmus auf den Pultdeckel: „Gar nicht wird gar nicht zusammen geschrieben." Hinrich fühlte sich in die Enge getrieben und sagte: „Ich habe Ihnen auch Kohlpflanzen mitgebracht." Maiing stand auf, rief empört:

„Zurück zu deinem Platz, ich lasse mich nicht bestechen."

Maiing stand am Fenster. Sein Notizbuch lag auf der Bank vor dem Pult. Wir hatten Lateinstunde, er hielt begeistert einen Vortrag über das Forum Romanum: „Kinder, stellt euch das vor. Politischer Mittelpunkt von Rom mit Rathaus, Gerichtshalle und Rednerbühne, dazu zahlreiche Triumphbögen und Ehrenstatuen." Er wurde von Albert unterbrochen: „Herr Maiing, was heißt, - Ovus, ovus, quod lacum ego - ?" Der Lehrer grinste: „Oh, gudde gudde gudd, dass musst du mir schon sagen." Albert mit erhobener Stimme: „Ovus, das Ei, - quod, was, - lacum, der See, - ego, ich. Ei, ei was seh ich." Köm lachte: „Du Schlaumeier." Dann schaute er auf und rief: „Ei, ei was seh ich." Wir hielten es für einen Witz. Doch er ging schnell zur ersten Bank. Dietrich war eifrig dabei, in Maiings Notizbuch seine Noten zu verbessern. Er zog an Dietrichs Ohren, dann musste der Schüler auch die Prozedur der 10 Schläge und des Hintern-Abkühlens durchstehen.

Unser Hausmeister, Kannen Piedel, kam in unsere Klasse. Wir begrüßten ihn mit: „Ick un de Direktor hebt besloten." Er stellte sich an das Pult, rief: „Ruhe, ick un de Direktor hebt besloten! Wer noch mal Papier oder sonst was in den Klassen oder auf dem Flur auf den Boden schmeißt, wird mit Nachsitzen bestraft." Mit erhobenem Kopf ging er wieder raus. Albert laut:

„Howg, ich habe gesprochen." Viel mehr Angst hatten wir vor seinen Töchtern. Die fuhren mit dem Fahrrad durch den Ort und verteilten blaue Briefe. Stand die Versetzung ins Haus, kam jeden Morgen die gleiche Frage: „Habt ihr Kannen Piedels Töchter schon gesehen?"

Kurz vor der Versetzung las Maing die Zeugnisnoten vor. Die Fünfer standen Schlange vor seinem Pult. Auch die beiden Zwillinge Dieter und Gerhard. Beide wollten ein Gedicht aufsagen, zunächst kam Dieter dran. Er sagte: „Herr Maing, ich kann ein Gedicht." „Junge, fang an mit der ersten Strophe." Dieter begann mit Maings Lieblingsgedicht:

„Das Wasser <u>rauscht`</u> - das Wasser <u>schwoll,</u>
<u>ein</u> Fischer saß daran, sah nach dem Angel <u>ruhevoll</u>, <u>küühl</u> bis."

Köm beeindruckt: „Es schauert mich, setzen, du bekommst auf dem Zeugnis noch ein genügend. Jetzt Gerhard, du, die zweite Strophe." Aber wer kann schon die zweite Strophe so gut wie die erste. Gerhard aufgeregt:„ Sie sang zu ihm, sie sprach zu ihm: Was lockst du meine Brut mit Menschenwitz und und……. ." Er kam immer mehr ins Stottern. Maing ärgerlich: „Setzen ungenügend." So wurden die beiden Zwillinge getrennt. Dieter kam eine Klasse weiter, und Gerhard blieb sitzen.

Alberts Vater war auch ein begeisterter Jäger. Beim Versteckspielen fragte Albert uns: „Wer geht nächsten Sonntag mit zur Treibjagd als Treiber?" Wilhelm, Bernd und ich wollten mit.

Auf einem Treckeranhänger fuhren wir, Treiber und Jäger, in den Wald. Auf einer Lichtung war die Fahrt zu Ende. Wir stellten uns auf, die Jäger auf einer Seite, mitten drin stand Maiing, und die Treiber auf der anderen Seite. In der Mitte des Platzes standen die Jagdhornbläser und eröffneten mit ihren Klängen die Treibjagd. Ich schaute auf Köm. Ihm liefen vor Begeisterung Tränen über die Wangen. Dann wurden wir eingewiesen, und ich hörte ihn rufen: „Hussasa, Hussasaa.... ." Wir Treiber mussten auch Hussasa rufen, mit unseren Stöcken gegen Baumstämme schlagen und uns durchs Dickicht drängen. Urplötzlich kam vor mir ein Keiler hoch, brach aber weg durch das Gestrüpp. Vor Schreck setzte ich mich auf den Hosenboden. Die Jagd dauerte Stunden, bis sich alle wieder auf der Lichtung trafen, um die Strecke auszulegen. Maiing stand neben Alberts Vater. Er rief: „Jan, komm mal her." Als ich bei den Beiden stand, sagte er: „So, du hast den Keiler hochgetrieben, dann sind sicher Urinstinkte bei dir wach geworden." Ich dachte nur, mein Hintern spürt am meisten davon. Maiing wandte sich an Alberts Vater: „Sie haben ja einen prachtvollen Jagdhund. Folgendes habe ich beobachtet: Nach dem Treiben setzte ich ihn auf die Spur eines angeschossenen Hasen an, der Hund sauste los und kreuzte die Spur eines angeschossenen Fuchses, er verharrte kurz, verfolgte dann aber die Hasenspur. Es dauerte nicht lange, bis er mir den Hasen vor die Füße legte, dann drehte er sich um, verfolgte jetzt die Fuchsspur und brachte nach kurzer Zeit doch tatsächlich den Fuchs."

In der nächsten Lateinstunde stellte sich Köm vor Albert und sagte: „Ich verstehe nicht, dass du kein Latein kannst, ihr habt doch den besten Jagdhund weit und breit."

Auf der Rückfahrt nahm Alberts Vater Köm, Albert, Wilhelm, Bernd und mich im Auto mit. Wir vier Jungen quetschten uns auf den Rücksitz. Ich hielt mich am Türrahmen fest. Alberts Vater schlug die Tür zu, mein rechter kleiner Finger war eingeklemmt, ich schrie, Alberts Vater gab mir eine Ohrfeige, ich drückte den platten Finger wieder rund und sagte: „Ist gar nicht mehr schlimm." Doch das vordere Glied meines kleinen Fingers blieb krumm.

Unser Bannführer nahm bei der aufmarschierten Hitlerjugend die Front ab, wir standen da und mussten, wenn er vorbei kam, mit >Heil Hitler< den rechten Arm heben. Er blieb vor mir stehen und brüllte: „Mach deinen rechten kleinen Finger gerade." Ich strengte mich an, der Finger blieb krumm: „Nun mach schon." Ich verzweifelt: „Das geht nicht, der Finger war eingeklemmt." Er sah mich durchdringend an: „Na warte, beim Kommiss werden sie den kleinen schon mit ihren schweren Stiefeln gerade treten."

Unsere Freiheit wurde immer mehr eingeengt. Die zwanghafte Einschränkung durch den Dienst in der Hitlerjugend war mir ein Gräuel. Selbst Sonntagvormittags mussten wir antreten. Heim- und Schulungsabende. Sonderaktionen waren: Altmaterialsammlungen, Heilkräuter sammeln und mit Blechdosen sammeln für das Winterhilfswerk, dabei Abzeichen verkaufen, die allerdings heiß begehrt waren. Nur noch beim Segelfliegen konnte mir nichts zu viel werden.

Mutter schimpfte immer wieder über die wilden Kaninchen, die ihren Blumen- und Gemüsegarten ruinierten. „Gibt es denn keine Möglichkeit, die Biester loszuwerden?"

Bernd, Jürn und ich waren bei Albert, wir saßen alle bei ihm im Zimmer auf dem Tisch. Er hatte sich ein neues Spiel ausgedacht und nannte es, rieten loten playn. Wir mussten auf sein Kommando einen fahren lassen. Bernd konnte es unentwegt, denn er hatte zu Mittag Erbsen gegessen. Wer es am längsten im Zimmer aushielt, hatte gewonnen. Die Tür wurde aufgerissen. Alberts Vater kann ins Zimmer mit einer Schlinge in der Hand. Wir sprangen vom Tisch. Er riss das Fenster auf: „Was habt ihr für eine Luft im Zimmer!" Dann warf er wütend eine Schlinge auf den Tisch: „Jungs, da ist doch den verdammten Wilderern wieder eine Ricke in die Schlinge geraten. Der blutende Hals war bis auf die Knochen aufgescheuert, das Tier lebte noch, ich musste ihm den Fangschuss geben. Stellt euch vor, neben dem Reh lag ein tot geborenes Kitz." Als wir nach Hause aufbrachen, fragte ich Albert: „Darf ich die Schlinge mitnehmen?" „Meinetwegen."

Zu Hause befestigte ich die Schlinge vor einem Schlupfloch im Gartenzaun. Am nächsten Tag sagte ich zu Mutter: „Meine Schularbeiten mache ich im Garten, das Wetter ist so schön." Ich löste Rechenaufgaben, da hörte ich ein entsetzliches Gequieke. Schnell wie ein Jagdhund rannte ich zur Schlinge, tatsächlich hatte ich ein Kaninchen gefangen, das immer noch jämmerlich schrie, was nun? Ich fasste das herumspringende Tier und schlug mit der flachen Hand hinter die Ohren, bis es sich nicht mehr muckste. So machte es Vater mit den Hauskaninchen. Ein Schauer lief über meinen Rücken, ich hatte den Mut zu töten.

Albert hatte schon vor dem Krieg eine Schreckschusspistole. Bevor er damit knallte, sagte er zu uns: „Wenn ihr den Schuss hören wollt, müsst ihr mir einen Pfennig geben, ich brauche Geld für Munition." Wenn wir durch den Ort gingen und Leute überholten, drückte Albert die Pistole ab. Erschreckt sprangen sie zur Seite und schimpften, einmal bekam Albert sogar eine heftige Ohrfeige.

Die größte Knallerei veranstalteten wir dann später mit Karbid. Karbid zu besorgen war einfach, die Fahrräder hatten damals Karbidlampen. Entlang einer Straße mit Kopfsteinpflaster war ein Graben ausgehoben. Der Damm war bewachsen mit Sanddorn, Schwarzdorn und Holunder, ein Windschutz. Das war nun unser Sichtschutz. Sahen wir von weitem Fahrräder, rief Albert: „Kanone in Bereitschaft." Ich füllte Karbidstücke in eine Flasche mit Schnappverschluss, dann goss Bernd Wasser darauf und schnell wurde die Flasche verschlossen. Albert rief: „Alles in Deckung." Wir rannten um unser Leben und versteckten uns hinter einem Strohhaufen. Wir warteten, ein Knall, Flaschensplitter sausten durch die Luft. Als Antwort hörten wir Rufe: „Die verdammten Jungs, bald wäre ich vor Schreck vom Rad gefallen"; oder: „Ziehen euch die Nazis immer noch nicht die Beine lang genug!" Wir rannten, was die Beine hergaben, bis wir in sicherer Entfernung lachend stehen blieben.

Albert war das immer noch nicht genug: „Jan, bring morgen eine alte Milchkanne mit." Das war leichter gesagt als getan. Mutter hatte eine. Sie brauchte die Kanne zum Schweine füttern. Abends, als Vater und Mutter gemütlich in der Küche saßen und bei Musik die Zeitung lasen, schleppte ich die Milchkanne mit einem roten >H< zu unserem Schießplatz.

Am nächsten Tag, Sonnabend, hatten wir nicht lange Schule. Am Nachmittag trafen wir uns. Albert stellte die Milchkanne auf das abgemähte Feld. Er tat Karbidstück für Karbidstück in die Kanne, feierlich sagte er: „Man reiche mir das

Wasser, du Wasser, bringe die Energie des Karbids zum Wallen." Er drückte den Deckel auf die Kanne und band ihn mit einem Strick fest. Wir verschwanden wieder hinter dem Strohhaufen. Es dauerte und dauerte, da stand ich auf und wollte nach der Kanne schauen. Albert riss mich herunter. Ein Knall, laut wie ein Kanonenschuss. Erschreckt warfen wir uns auf den Bauch. Über unsere Köpfe flog der Milchkannendeckel. Albert stolz: „Na, war das ein Donnerschlag, den haben sie bis zur katholischen Stadt gehört." Wir anderen konnten uns nicht so schnell von dem Schrecken erholen. Albert sagte unbekümmert: „Ich mache eine neue Ladung, sucht ihr den Milchkannendeckel." Dreimal hatte es geknallt, wir benahmen uns schon wie alte Hasen. Ich horchte auf: „Ich höre ein Auto." Albert rief: „Komm, wir hauen ab." Von weitem sahen wir, dass ein Mann in Uniform an der Milchkanne stand, Gendarm Jachtmann.

Als ich nach Hause kam, saß Mutter in der Küche: „Hast du auch die Knallerei gehört, machen sie hier Manöver?" Ich reagierte nicht. „Jan, weißt du, wo meine Milchkanne für die Schweine geblieben ist?" Ich reagierte wieder nicht. Vater kam herein, er hatte die letzten Worte gehört. „Die Milchkanne steht, wenn auch verbeult, wieder am Schweinestall, die habe ich von Jachtmann bekommen. Jan, du großer Kanonier, komm mit mir in den Stall, für solch einen Leichtsinn gibt es nur eine Strafe." Mutter aufgeregt: „Vadder, so ein großer Junge, du hattest doch versprochen!" Vater wütend: „Diesmal geht es nicht anders."

Es war Krieg, und überall lagen Knaller herum. Munition von abgestürzten Flugzeugen und Blindgänger von Flakgranaten, Bomben und Brandbomben. Bald hatten wir raus, dass in den Patronen Stangenpulver war. Heimlich spannte ich die Patrone in Vaters Schraubstock und sägte sie am Ende durch. Georg half mir dabei. Hinten im Garten legten wir Pulverstange an Pulverstange. Ich zündete ein Streichholz an und schon sauste eine Feuerschlange durch den Garten. Georg und ich brauchten Zuschauer. Wir gingen in seinen Garten, legten die Pulverstangen durch die Hecke und dann in Schlangenlinien auf den Gehweg. Da kamen unsere Opfer, drei Frauen im Gespräch vertieft. Georg zündete. Mit einem Aufschrei stoben sie wie die Hühner auseinander. Wir hatten wieder eine Schlange gelegt. Bernard kam mit dem Rad angefahren. Wieder ein Aufschrei: „Verdammte Jungs, bald wäre ich vor Schreck vom Rad gefallen."

Für den nächsten Tag verabredeten wir uns, das Experiment in der Pause auf dem Schulhof auszuführen. Auf das Pflaster legten wir eine ganz lange kurvenreiche Schlange. Rundherum standen unsere Zuschauer. Ich zündete, feurig züngelte die Schlange unter dem Beifall der Schüler über den Schulhof. Unser Turnlehrer Sander drängelte sich durch die Zuschauer. Er rief: „Alle stehen bleiben." Georg und ich standen bedröppelt da. „Wo habt ihr das Pulver her, ihr habt Patronen aufgesägt. Eins will ich euch sagen, das ist lebensgefährlich, ihr könnt dabei Gliedmaßen verlieren. Nehmt das alle zur Kenntnis. Lasst diesen Leichtsinn, wir haben schon genug Verstümmelte durch diesen entsetzlichen Krieg. Georg und Jan, ihr müsst heute eine Stunde nachsitzen, dann werde ich euch mal Bilder zeigen, die ihr so schnell nicht vergesst."

Nach ein paar Monaten kam Lehrer Sander in die Klasse und sagte mit trauriger Stimme: „Jetzt ist es passiert. Hinrich Schulte hat einen Blindgänger aufgesägt, es kam zur Explosion und seine rechte Hand wurde abgerissen." Wortlos ging er wieder aus der Klasse.

Wir saßen beim Abendbrot, als es heftig an unsere Tür klopfte. Vater öffnete, hereingestürzt kam Tante Gesine, sie erzählte schluchzend: „Die Braunen haben Ferdinand abgeholt, mit einem schwarzen Auto." Wir sprangen auf, Mutter schloss Gesine in ihre Arme. Ich sah wieder vor mir die abgehärmten Männer in ihren grauen gestreiften Anzügen, war das auch das Schicksal von Onkel Ferdinand?

Wir setzten uns alle an den Küchentisch und beratschlagten. Vater dachte nach: „Wir haben Herbst, die meiste Arbeit ist auf dem Feld getan. Ich hab jetzt zwei Bauernhöfe zu bestellen. Gesine, du und Olga werden den Rest wohl schaffen.

Auch kann Hedwig euch ab und zu helfen. Die Bienen sind ja schon versorgt, und im Frühjahr....." Ich unterbrach Vater: „Versorge ich die Bienen, ich habe Onkel Ferdinand oft genug geholfen. Für Stummel sorg ich auch." Vater sagte: „Wir wollen erst mal alles versuchen, dass Ferdinand wieder nach Hause kommt. Vom Stahlhelm kenne ich einige Leute, die zur Partei rübergewechselt sind." Mutter brachte Gesine nach Haus und blieb lange bei ihr.

Vater hatte sich vor dem Krieg noch einen Plattenspieler gekauft. Er hörte Schlager, >Das kann doch einen Seemann nicht erschüttern, - Das gibt`s nur einmal, - Ein Freund, ein guter Freund<. Doch am liebsten hörte er Musik aus Opern. War sein Stimmungsbarometer unten, hörte er Mozart. Jetzt hörte er fast nur noch Mozart.

Monate um Monate vergingen, keine Nachricht von Ferdinand. Gesine schlich nur noch ruhelos im Haus herum, war kaum mehr fähig, eine Arbeit zu machen. Die Nächte waren am schlimmsten, sie grübelte und grübelte, fand keinen Schlaf. Mutter ging jede freie Minute zu ihr. Gesine ging nicht mehr aus dem Haus. Ferdinand sollte bei seiner Rückkehr nicht das Haus leer vorfinden.

An einem Junitag kam Olga angerannt, sie kämpfte mit ihrem Atem: „Ferdinand ist wieder da." Mutter und Vater rannten los, ich wollte mit, doch Vater rief: „Bleib du zu Haus, du kannst ihn später besuchen." Bald ging ich zu ihm. Da saß er abgehärmt auf einer Bank unter einer blühenden Linde. Fast auf Zehen ging ich zu ihm. Er sagte leise: „Setz dich zu mir." Wir saßen stumm nebeneinander. Er schaute mich an: „Jan, hoffentlich kommt kein Gewitter, denn wenn die Blüten verblitzt werden, bringen sie keinen Honig mehr. Die ganze Welt heute ist verblitzt. Doch hörst du, wie der ganze Baum summt?" „Ja, Onkel Ferdinand, und wie er duftet." Er nickte: „Die Linde hochzeitet, die Oase hier ist im Nektarrausch. Die andere Welt habe ich vergessen, dies ist meine Welt."

Inzwischen fielen wie Hornissenschwärme Tag und Nacht die feindlichen Bomber über Deutschland her. Großbritannien mit den schweren viermotorigen Langstreckenbomber Handley Page Halifax und Avro Lancaster, die Amerikaner mit ihren Langstreckenbombern Consolidated B-24 Liberator. Bei Nachtangriffen setzte das Leitflugzeug einen leuchtenden „Tannenbaum" über das Ziel. Mit Flächenbombardements wurden die Großstädte zerstört. Die Deutsche Luftwaffe verlor immer mehr an Schlagkraft. Immer wieder hörte man aus dem Radio: „>Siegen oder Bolschewismus<." Das Leben spielte sich hauptsächlich in Kellern und Bunkern ab. Wir hatten uns auch im Keller häuslich eingerichtet. Der feuchte Schimmelgeruch hängt mir noch heute in der Nase. Die Pulks flogen über uns weg bis Berlin, bombardierten die Städte und kehrten wieder zurück. Beim Hin- und Rückflug warfen sie vereinzelt Streubomben, sodass der Fliegeralarm viele Stunden dauerte. Gesine beschwerte sich bei uns: „Onkel Ferdinand weigert sich, in den Keller zu gehen." Einmal kam Ferdinand zu uns als wir alle im Keller saßen, er kam die Treppe hinunter und sagte: „Unser Meier hält sich sicher die Ohren zu, damit er das unsägliche Brummen nicht hört." Mutter sagte: „Die ganze menschliche Kultur wird zerdeppert." „Oh", sagte Ferdinand, „darauf hat Göring schon eine Antwort gegeben, >Wenn ich das Wort – Kultur - höre, entsichere ich meinen Revolver<."

Bei Aufmärschen der Hitlerjugend sangen wir immer noch: „Wir werden weiter marschieren, wenn alles in Scherben fällt, denn heute hört uns Deutschland und morgen die ganze Welt." Mich störte das alles nicht, Hauptsache, ich hatte mein Segelfliegen und hatte mich wieder für einen neuen Lehrgang angemeldet.

Immer wieder musste wegen Fliegeralarm der Schulunterricht abgebrochen werden. Wir verwilderten mehr und mehr. Maiing Köm musste unsere Späße aushalten. Er war zerstreut. Wenn er in die Klasse kam, vergaß er oft Heil Hitler zu sagen. Die ganze Klasse brüllte dann: „Heil Hitler." Er winkte nur ab. Auch diesmal sagte er nichts. Unter dem Arm hatte er Aufsatzhefte. Er warf den Packen auf das Pult, und sagte: „Streiche, Streiche, es gibt hier in der Klasse drei Jungen, die haben anscheinend nur einen Streich verbrochen und alle den gleichen. Ich habe hier die Hefte von Albert, Bernd und Jan." Er rief: „Grünkohl, Grünkohl, Grünkohl! Ich esse gerne Grünkohl, aber das ist mir zu viel Grünkohl, es langweilt mich. Albert fängt in seiner Geschichte so an, - ein Mann hatte ein großes Grünkohlfeld. Da er immer aus dem Fenster schaute, reizte es uns, ihn zu ärgern -. Jetzt Bernd, - ein Mann mit einem großen Grünkohlfeld ärgerte sich immer, wenn wir in seinem Grünkohl Verstecken spielten -. Jetzt Jan, - wir spielten im Herbst gerne in einem Kohlfeld Verstecken, doch wenn sich die Strünke hin und her bewegten, kam der Bauer angelaufen und hat uns verjagt -. Jetzt will ich die Geschichte zu Ende erzählen, sie haben Schnüre an den Kohl gebunden. Mit den Enden der Schnüre sich hinter einem Knick versteckt. Dann ging es los, wild zogen sie an den Schnüren, die Kohlstrünke wiegten sich, als sei eine ganze Meute in dem Kohl. Dabei riefen sie: Adam, Baldur, Heini und Bernhard. Der arme Mann ist wütend zum Kohl gerannt. War er im Kohlfeld, rührte sich nichts. Schaute er aus dem Fenster, war wieder Leben in seinem Kohl. Das ging hin und her wie beim Hasen und Igel. Er kam bald aus der Puste. Schließlich stolperte er über eine Schnur. Er rief: „Ihr verdammten Jungs", schnitt alle Schnüre ab und nahm sie mit ins Haus. Die Jungs waren schon über alle Berge. Albert, dir hätte ich andere Streiche zugetraut."

„Herr Maiing, aber meine wilden Streiche kann ich nicht in einem Aufsatz schreiben."

Der Krieg machte sich bei uns immer mehr bemerkbar durch Bombenabwürfe und abstürzende Flugzeuge. Mahnende Plakate klebten auf Mauern und Litfasssäulen. >Der Feind hört mit, - Achtung Kohlenklau, - Siegen oder Bolschewismus<.

Wollte Maiings Köm eine Arbeit schreiben lassen, rief bestimmt einer der Schüler: „Herr Maiing, am Rennplatz ist eine Bombe gefallen"; oder, „an der Höltinghausener Straße ist ein Flugzeug abgestürzt." Oft gelang es uns, ihn abzulenken. Der Schüler musste dann lang und breit die genaue Lage des Ereignisses an der Tafel erklären, während wir anderen Schularbeiten für den nächsten Tag machten, Papierflugzeuge falteten oder uns rumlümmelten.

In der nächsten Deutschstunde hatte sich Albert hinter den Vorhang auf die Fensterbank gestellt. Maiings Köm kam mit einem dicken Buch in die Klasse, knallte es auf das Pult, ging zum Fenster, sein Lieblingsplatz, und stellte sich vor den Vorhang, er rief laut: „Das Märchen von einem armen Jungen, der einen Schatz sucht." Albert schaute seitlich am Vorhang vorbei und zog die gleichen Grimassen wie Köm. Maiing zitierte ergriffen: „Ein Junge in Mecklenburg brach mit vierzehn Jahren seine Schulerziehung ab, tat Heringe aus einem Fass in ein anderes, verkaufte Branntwein, Milch und Salz, mahlte Kartoffeln zum Destillieren und fegte den Laden. Er sparte jeden Groschen, denn er wollte Schatzgräber werden. Er hatte mit zehn Jahren vom Vater einen Aufsatz über die Hauptbegebenheiten des Trojanischen Kriegs und Abenteuer des Odysseus bekommen. Seitdem hatte er nur ein Ziel, Troja zu finden. Im gesetzten Alter fuhr Heinrich Schliemann erst in das Land seiner Sehnsüchte, die heutige Türkei." Unvermittelt ging er zum Pult, die ganze Klasse lachte. Albert hatte eine Bewegung mit seinem Fuß gemacht, als wollte er Köm einen Tritt geben. Maiing drehte sich um: „Sieh da, ein Abgesandter Homers auf der Fensterbank, sei mir gegrüßt, komm er her und lese mit der richtigem Betonung aus dem Buch* hier vor." Albert ging würdevoll zum Pult und fing an zu lesen, „>Er nahm seinen Homer wörtlich. Er schlug die Ilias auf, las die Verse, schritt dann mit der Uhr in der einen, mit dem Homer in der anderen Hand das Gelände ab. Nach langem Suchen fand er in einem Kapitel Beweise über Beweise. Bald ließ er Gelehrsamkeit beiseite, blickte bezaubert über die Landschaft und schrieb in sein Tagebuch, - So will ich hinzufügen, dass man, sowie man den Fuß auf die trojanische Ebene setzt, sofort beim Anblick des schönen Hügels Hissarlik von Erstaunen ergriffen wird, der von Natur dazu bestimmt zu sein

---

* Troja aus: C. W. Ceram, Götter, Gräber und Gelehrte

scheint, eine große Stadt mit ihrer Zitadelle zu tragen -. Um 1873 blühte Heinrich Schliemann das Glück des Tüchtigen. Er wollte am nächsten Tag die Grabungen aufgeben. Doch was fand er vor dem letzten Spatenstich? Er fand Grabbeigaben aus Gold, Silber und Bronze. Heureca, Troja war entdeckt. Schliemann hatte mit seinen Arbeitern mehr als 250000 Kubikmeter Erde bewältigt. Eine Welle der Begeisterung lief durch die Welt<." Köm verneigte sich vor Albert: „Dank, Herr Abgesandter, den Dank erhalten Sie durch meinen Stock." Als Albert dann zur Abkühlung über der Bank lag, sagte Maing: „Kinder, man muss im Leben sein Ziel verfolgen, so wie Dietrich mit seiner Schweineschnauze. Eins muss man wenigstens im Leben können und das gut, dann hat man auch Erfolg."

Nach ein paar Wochen sagte Albert. „Heute machen wir mit Maiings Köm ein neues Spiel. Verdunkelt alle Fenster." Die Glocke läutete das Ende der Pause ein. Albert rief: „Alle still hinsetzen." Er machte das Licht aus und schloss die Tür. Unsere Klasse lag am Ende des Flurs. Es dauerte, wir waren mucksmäuschenstill, die Tür wurde geöffnet, wir hörten ein: „Oh, gudde gudde gudd." Die Tür wurde wieder geschlossen. Sie wurde bald wieder geöffnet, und wir hörten ihn murmeln: „Wo ist denn bloß meine Klasse?" Die Tür wurde wieder geschlossen. Nachdem sich lange nichts rührte, öffnete Albert langsam die Tür, schaute in den langen Flur und rief: „Nichts zu sehen." Wir ließen wieder Licht in die Klasse dringen und verhielten uns ruhig.

Kurz vor Ende der nächsten Pause kam unser Klassenlehrer zu uns. Wir flitzten auf unsere Plätze. Er rief: „Setzen, ab sofort wird Herr Maing vor jeder Stunde vom Lehrerzimmer abgeholt. Jan, du übernimmst die Aufgabe für eure Klasse. "

Sirenen

Versunken schaut der Buschmann auf seine Spieler. Übernatürliche Kräfte haben eine Trommel gestohlen. Die Eingeborenen im Lendenschurz unternehmen nichts, unterhalten sich mit aufgeregtem Schnattern. Zeit scheint endlos vorhanden. Die Trommel kommt von selbst zurück, trommelt selbstständig und übernimmt die Führung, so wie sie später auch immer vor Gefahren warnt. Meine Ohren nehmen ihren Klang wie Sirenen auf und bringen mein Herz zum Rasen, vergangene Bilder erwachen wieder.

Mutter war dabei, in der Küche die Erdbeeren sauber zu machen. Wir hörten Musik. Sie schimpfte: „Beta und Jan, esst mir nicht alle Erdbeeren weg, sonst haben wir im Winter keine Erdbeermarmelade." Die Tür ging auf, wir schauten hoch: „Du, Onkel Ferdinand", Mutter erfreut: „Ferdinand, endlich kommst du mal wieder zu uns." Er antwortete: „Kann Jan mal den Bauern holen?" Ich rannte los und kam mit Vater zurück. „Na Ferdinand, hast du es Zuhause nicht ausgehalten?" Er kaute seinen Priem und knurrte. „Jetzt wird es nicht mehr lange dauern, bis das >Tauendjährige Reich< sein Ende findet. Die Alliierten sind in der Normandie gelandet." Die Musik brach ab. Aus dem Radio tönte es: „>Für unser geliebtes Vaterland den Endsieg erringen<. >Befehle müssen heilig sein<. >Nur der ist besiegt, der sich geschlagen gibt<." Vater schaute Ferdinand an: „Diese Wahnsinnssprüche" und schaltete das Radio ab.

Bei Umzügen der Hitlerjungen durch den Ort sangen wir. „Wir werden weiter marschieren, wenn alles in Scherben fällt.... ." Immer wieder musste das Lied gesungen werden. Weiter flogen die Engländer und Amerikaner mit Ihren Langstreckenbomber Bombenangriffe. Durch ihre Flächenbombardement wurden inner mehr Städte und Großstädte zerstört.

Goebbels tröstete das deutsche Volk immer wieder mit einer Wunderwaffe, die bald zum Einsatz käme, deren Vergeltungsschläge den

Feind in die Knie zwingen würde. Vater sagte zu Mutter: „Goebbels mit seinem Geschrei, das Wundern haben die Deutschen längst verlernt."

Anfang Juni 1944, es war gegen Abend. Der Abwasch war fertig, Beta lag im Bett. Vater und Hedwig arbeiteten noch im Stall. Mutter und ich saßen zusammen gemütlich in der Küche. Sie stopfte Strümpfe, während ich Karl May, Old Surehand, las. Im Volksempfänger spielten sie aus einer Operette von Franz Lehar: „Dein ist mein ganzes Herz!" Mutter sang mit schöner Stimme mit: „Wo du nicht bist, kann ich nicht sein", dann traurig, „So, wie die Blume welkt, wenn sie nicht küsst der Sonnenschein." Mutter leise: „War das schön, als ich mit Tante Dörchen und Onkel Erich >Land des Lächelns< in Hannover im Theater gesehen habe." Ich las ganz versunken in meinem Buch:

> Old Wabble hielt in seiner Erzählung inne, und wir lugten durch das Gesträuch. Am jenseitigen Ufer eine berittene Komanschenschar, die aus etwa dreißig Kriegern bestand, deren Gesichter mit den Kriegsfarben bemalt waren. „Wie unvorsichtig diese Kerls sind!" meinte Old Wabble, „Nun kommen sie uns alle vor die Gewehre. Meine Kugeln stehen ihnen zu Diensten."

Mutter seufzte: „Wie friedlich es hier ist". Sie sang zusammen mit dem Tenor: „Sag`mir einmal, mein einzig Lieb, O sag` noch einmal mir: Ich hab` dich lieb." Brutal wurde von triumphalen Fanfarenklängen unterbrochen. Der Klang der Trompeten ebbte ab, dann mit phänomenaler Stimme hörten wir: „Unsere Wunderwaffe ist geboren. In nicht endender Folge fliegen unsere Flügelbomben mit Selbstantrieb nach England, besonders nach London. Die Vergeltungswaffe, genannt V 1, wird jetzt die Terrorangriffe auf unsere Städte rächen." Aus dem Lautsprecher dröhnte wieder: „>Wir werden weiter marschieren, wenn alles in Scherben fällt, ... <."

Der Luftschutzwart kam in den Bunker gestürmt und schrie: „Über Hannover steht ein Tannenbaum."

Auf dem Weg zu einem Segelfliegerlager auf dem Ith hatte ich bei meiner Tante Dörchen und Onkel Erich in Hannover Station gemacht. Um 23 Uhr heulte vom Hausdach meines Onkels unerbittlich überlaut der auf- und abschwellende Ruf der Sirene. Mein Onkel rief: „Marsch, marsch, ab in den Bunker, nimm deinen Tornister mit." Meine Tante und mein Onkel schnappten ihre bereitstehenden Taschen. Wir rannten etwa 300 Meter rechts abbiegend zum Luftschutzbunker, ein hochaufragender Betonklotz. Von allen Seiten kamen verängstigte Menschen. Der Luftschutzwart brauchte nicht die Menschen, meist Frauen und Kinder, zur Ordnung rufen. Sie hockten alle da und lauschten. Trotz der dicken Betonwände hörten sie, dass sich das bedrohliche dumpfe Brummen der Flugzeuge verstärkte, dann das

Rauschen der ausgeklinkten Bomben. Von den entsetzlichen Bombenexplosionen fing der Bunkerkoloss an zu zittern. Dann das Schlimmste, eine unheimliche Stille. Die Anspannung löste sich, vereinzelt Stimmen, die aus einem Traum erwacht schienen. Geduldig, mit der Angst - steht unser Haus noch - ? warteten sie auf das Ende des Luftangriffs. Endlich der gleichbleibende Sirenenton, Entwarnung.

Draußen sahen wir das Unglück. Vor uns lag ein großer Trümmerhaufen, aus dem noch teilweise die Schornsteine ragten, der Horizont war geöffnet. Onkel Erich zornig: „Dörchen, schau dir das an, in einer Stunde Hannover ein Trümmerhaufen, diese Tommys, ganze Straßenzüge haben sie weggefegt." Dörchen ängstlich: „Wie sieht es wohl in unserer Podbielski-Straße aus?" Wir gingen weiter, zum ersten Mal sah ich mit Grauen tote Menschen.

Meine Tante und mein Onkel hatten Glück gehabt. Ihr Haus stand noch, nur ein paar Scheiben waren zerbrochen.

Als ich am nächsten Tag zum Bahnhof ging, wurden die Straßen von Schutt frei gemacht. Auf dem Bahnsteig war ein großes Durcheinander, Rotkreuzschwestern, Soldaten in Feldgrau, flüchtende Menschen mit Sack und Pack, SA-Männer, Hitlerjungen und -Mädchen, Kettenhunde (Militärpolizei). Ich wurde von Hitlerjungen angesprochen, die auch die Schwinge der A-Prüfung auf dem Rock trugen. Sie hatten wie ich das Ziel, im Segelfliegerlager auf dem Ith ihre B-Prüfung zu machen. Drei Stunden mussten wir auf unseren Zug warten. Endlich rollte er in den Bahnhof, auf dem Tender der Dampflok stand in großer weißer Schrift >Räder müssen rollen für den Sieg<.

In dem Lager fühlte man sich wie auf einer Friedensinsel. Mit meinen Mitfahrern Reinhard und Helmut hatte ich mich angefreundet, wir waren zusammen in einer Bude. Bude ist nicht richtig, das ganze Haus glich mehr einem Hotel. Der Koch war ein Meister seines Fachs. Zum ersten Mal in meinem Leben aß ich Dampfnudeln. Die Atmosphäre war nicht streng militaristisch. Unsere Führungskräfte waren wohl froh, weit weg vom Schuss zu sein. Ausgestattet wurden wir mit fliegergrauen Ausgehanzügen. Alle Taschen hatten Reißverschlüsse. Sie blieben die vierzehn Tage, die wir hier zur Schulung waren, unbenutzt im Schrank.

Am ersten Morgen nach dem Frühstück mussten alle Neulinge in den Schulungsraum. Unser Fluglehrer hatte Ähnlichkeit mit meinem Turnlehrer Michael Sander. Lässig begrüßte er uns mit: „Heil Hitler." Aufgestanden, zackig mit ausgestreckten Arm, antworteten wir: „Heil Hitler." „Setzen, Jungs, ihr seid doch sicher hierher gekommen, um zu fliegen. Ihr habt alle eure A-Prüfung bestanden, und ihr habt die Geschichte des Fliegens intus. Übrigens mein Name ist Hinrich Koch, ich gebe euch eine kleine Einführung.

Unser Fluggelände, der Ith und das gesamte Weserbergland bieten aus der Sicht des Segelfliegers geradezu ideale Voraussetzungen. Als lang gestreckter Höhenzug bietet der Ith bei Südwestwind gut 20 km befliegbaren Hang. Unser Schulungsgerät ist das Grunau Baby II. Schon 1933 begann es seinen Siegeszug mit einem Dauerweltrekord von fast 22 Stunden. Jetzt aber raus zur Flughalle."

Zunächst holten wir ein altes Grunau Baby Segelflugzeug aus der Halle und hängten es in einen Pendelbock. Nacheinander stiegen wir auf den Sitz und erneuerten unsere Kenntnisse. Der Fluglehrer fragte mich: „Jan, wie steuert man ein Flugzeug?" Prompt antwortete ich: „Mit den Rudern." Er zeigte hinten auf das Höhenleitwerk. „Was befindet sich dort?" Ich stotterte: „Das, das Höhenruder." „Merkt euch, es dient dazu, Drehungen um die Querachse durchzuführen. Wenn ihr den Steuerknüppel nach vorne drückt, wird das Höhenruder nach unten ausgelenkt. Dadurch entsteht ein Aufrieb am Höhenleitwerk, der Schwanz des Flugzeugs wird angehoben, die Nase bewegt sich nach unten. Ziehen des Knüppels bewirkt das Gegenteil, und was, Reinhard?" „Es wird ein Abtrieb erzeugt, der den Schwanz nach unten zieht und die Nase anhebt." Jetzt sagte er zu Helmut: „Was befindet sich dort noch?" Er schwieg. „Nun sag schon." Funkstille. Der Fluglehrer: „Nun, das Seitenruder, es kann mit den Pedalen entweder nach links, linkes Pedal treten, oder nach rechts, rechtes Pedal treten, ausgelenkt werden. Es dient dazu, das Flugzeug um die Hochachse zu drehen. Ernst, was befindet sich am Ende der Flügel?" „Die Querruder." „Und womit werden die bewegt?" „Mit dem Steuerknüppel." „Richtig, bewegt man den Steuerknüppel nach rechts, so wird das rechte Querruder nach oben ausgelenkt, wodurch Abtrieb erzeugt wird, gleichzeitig wird das linke Querruder nach unten ausgelenkt und erzeugt Auftrieb. Die rechte Fläche senkt sich, und die linke Fläche hebt sich. Diese Drehung um die Längsachse wird >Rollen< genannt. Merkt euch, ein sauberer Kurvenflug kann weder mit den Querruder noch mit dem Seitenruder allein durchgeführt werden. Man muss immer beide Ruder koordiniert betätigen. Was haben wir denn da? Einen dünnen Wollfaden auf der Cockpithaube. Ihr werdet staunen, ein einfaches aber feines Instrument zum sauberen Fliegen. Zeigt er im freien Luftstrom in Richtung Rumpflängsachse nach hinten, so fliegt man sauber, weicht er nach links oder rechts aus, wird das Flugzeug seitlich angeblasen und schiebt. Dies ist sehr wichtig zu wissen, da bei niedrigen Geschwindigkeiten das Flugzeug in eine Trudelbewegung übergehen kann."

Am nächsten Tag hieß es wieder: „Ausziehen, laufen, los." War das ein tolles Gefühl, ich saß in einem richtigen Segelflugzeug, eine Grunau Baby IIb. Die Maschine hatte sogar Instrumente:

Fahrtmesser, Variometer und Magnetkompass. Zunächst machten wir wieder Gleitflüge. Dann mussten wir über markierte Punkte eine S-Kurve fliegen. Hier auf dem Ith brauchten wir unser Flugzeug nicht wieder den Berg hochzuschleppen. Mit „Hau Ruck" setzten wir unser Grunau Baby auf einen Plattformwagen, der über Gleise mit einer Seilwinde nach oben gezogen wurde. Meine Begeisterung über die Möglichkeit, fliegen zu können, war so groß, dass ich mein Grauen über die Bombardierung von Hannover vergessen hatte.

Unser Fluglehrer Hinrich Koch kam am nächsten Morgen mit einem jüngeren Mann zu uns. Der grüßte zackig: „Heil Hitler." Wir grüßten lasch zurück. Hinrich Koch sagte: „Jungs, ich möchte euch euren neuen Fluglehrer Harald Kalbus vorstellen. Ich muss euch leider verlassen, meine Erinnerungen aus meiner Frontzeit, Granatsplitter, machen sich wieder bemerkbar. Sie müssen entfernt werden."

Kalbus machte uns wieder zu strammen Hitlerjungen. Dabei forderte er uns heraus. Er sagte: „Jetzt will ich euch mal zeigen, wie man fliegt." Er setzte sich in die Kanzel und schrie: „Ausziehen, laufen, los." Doch wir zogen die Gummiseile so lasch, dass sein Flugzeug nach dem Lösen der Startfalle nicht an Höhe gewann, sondern mit der Kufe auf den Hang aufschlug, noch etwas holperte und auf die rechte Flügelspitze kippte. Wütend kam er den Hang hochgerannt und rief:

„Flugzeug in den Stall bringen, Strafexerzieren!" Nachdem wir eine Stunde strafexerziert hatten, sagte Kalbusch höhnisch: „Jetzt kommt eure Ruhepause, verteilt euch auf die Mauerpfeiler der Umzäunung." Da standen wir nun, er mit einer Trillerpfeife vor uns: „Hört alle auf mein Kommando, das linke Bein anheben und gemütlich nur auf dem rechten Bein stehen bleiben. Dann den linken Ellenbogen auf das linke Knie abstützen, dabei das Kinn in die linke Hand legen, damit euch eure Pferdeköpfe nicht zu schwer werden. Ich will euch nicht überanstrengen, nach drei Minuten wird euer linkes Bein zum Standbein. Also, alle drei Minuten ein Wechsel, achtet auf meine Trillerpfeife." Der dicke Koch kam vorbei, blieb stehen und sagte grinsend: „Spielt ihr Störche?" Wir wollten wieder fliegen! Am nächsten Tag haben wir mit voller Kraft die Gummiseile ausgezogen, dass alle Flüge auf ganze Höhe kamen.

Helmut war abkommandiert zum Küchendienst, während wir schon eifrig unsere Flüge machten. Um elf Uhr kamen Nazigrößen aus Hannover mit einer Limousine, Marke Horch, angefahren, am Kotflügel eine Hakenkreuzstandarte. Sie wollten sich über den Erfolg unserer Fliegerschulung informieren. In Reihe angetreten erwiderten wir ihren Hitlergruß.

Als erstes wollte unser Fluglehrer das Ziel unserer Schulung zeigen. Stolz saß er in der Kanzel und rief mit Kommandostimme: „Ausziehen, laufen, los." Die Fliegerjungen am Seil liefen los, was das Zeug halten konnte. Helmut hatte seinen Küchendienst beendet und kam angerannt, sah die Gesellschaft, aber nicht die gespannte Startfalle, stolperte über das Seil, die Falle öffnete sich. Der Fluglehrer machte mit der Grunau Baby einen Satz und landete krachend auf dem Hang, wobei die Kufe zerbrach. Am Nachmittag landeten wir wieder auf dem Exerzierplatz.

Unsere Tage mit Harald waren gezählt, denn wir mussten zu einem anderen Segelflugplatz, um Windenschlepp zu lernen. Dort wurden wir wieder in die Kriegsnormalität zurückgeworfen. Das Essen machte uns nicht satt. Abends klauten wir halb reife Äpfel, um unser Hungergefühl zu besänftigen.

Ich hing mit meinem Grunau Baby an einem Stahlseil. Um ein Gefühl für das Starten mit dem Stahlseil zu bekommen, holperte ich mit dem Segelflugzeug über das Gras des Flugplatzes. Bald zog mich das Seil in die Luft. Mit einer roten Fahne bekam ich das Signal zum Ausklinken. Meine größte Sorge war, ob das Ausklinken auch funktioniert. Das Stahlseil konnte bei Not an der Winde gekappt werden. Aber wie gelang das Landen mit einem Seil am Rumpf? Blieb man hängen?

Abwechselnd mussten wir das Seil zum startbereiten Segelflugzeug ziehen. Ich lag mit drei Mann in einer Delle auf dem Platz, um das abgeworfene Seil mit dem kleinen Fallschirm wieder zurück zu ziehen. Neugierig hob ich meinen Kopf, das Seil kam angesaust, wir hatten es wohl in einen Bogen gelegt. Ehe ich meinen Kopf ganz wieder in Deckung hatte, bekam ich einen harten Schlag an die Wange, die rechte Backe war Blut überströmt. Das war das Ende meiner Segelfliegerei.

Mutter und ich waren in der Küche. Es klopfte. Mutter rief: „Herein." Lukas kam mit Horst hereinmarschiert. Ich staunte, Horst hatte eine tolle Fliegeruniform an. Mutter sagte ängstlich: „Du fliegst schon? Was machst du bloß, wenn du abstürzt?" „Ich habe ja einen Fallschirm, und so lande ich." Er machte eine gekonnte Rolle auf dem harten Küchenfußboden. Vater kam herein: „Horst, hat man dich zu einem Akrobaten ausgebildet? Es macht dir wohl Spaß, vorne in der Kanzel zu sitzen. Welches Flugzeug steuerst du denn?" „Ich fliege in einer He111, aber so weit ist es noch nicht, dass ich vorne sitze, ich hocke allein mit einem starren MG 17 hinten im Heck, in der Kotzkanzel. Ich hatte schon 14 Fronteinsätze." Vater traurig: „Hier benehmen sie sich auch wie an der Front. Du kennst doch den Hof von Ehlers, der liegt einsam am Waldrand. Gestern Abend kam die Magd mit dem Fahrrad vom Melken. Die Kühe standen auf der Beken-Weide. Kurz vor dem Haus führt der Weg durch ein Waldstück. Dort ist sie von einem ausgebrochenem Kriegsgefangenen überfallen und vergewaltigt worden. Darauf sind die Bauern mit Hunden, Dreschflegeln und Mistforken losgezogen, um ihn zu fangen. Ferdinand war auch dabei, er konnte nicht verhindern, dass sie den Kriegsgefangenen wie eine Ratte erschlagen haben." Mutter hielt die Hand vor den Mund und war kreidebleich geworden.

Rotkäppchen war gekommen, um mich zum Baden abzuholen. Mutter sagte: „Ich habe Angst, ich möchte nicht, dass ihr alleine weggeht." Ich hörte Vaters Stimme: „Es sind Ferien, wir haben einen wunderschönen Sommertag, und Fliegeralarm ist auch nicht, lass sie doch gehen. Hedwig kann auch mitgehen." Horst und Lukas holten ihr Badezeug. Wir fünf trafen uns in der Badeanstalt. Übermütig sprangen wir alle ins Wasser und tollten wild schreiend herum. Unser Freund, Löwenleo, kam angerannt: „Ihr Schweinebande, könnt ihr euch nicht benehmen?" Horst rief aufgebracht: „An der Front muss ich gehorchen, hier nicht."

Beim Weg zur Liegewiese sah ich unter Hedwigs nassem Badeanzug ihre wohl geformten Brüste mit den vorstehenden Brustwarzen. Horst legte sich zu Hedwig, während Rotkäppchen zwischen Lukas und mir lag. Horst und Hedwig alberten ganz schön rum. Ich fühlte mich durch Lukas gestört und lag steif neben Rotkäppchen. Sie sagte: „Jan, was ist mit dir? Du liegst da wie ein Stockfisch." Ich knurrte: „Rotkäppchen, kommst du mit, ich will schwimmen." Keiner ging mit. Im Becken schwamm Heinzi mit seinen Freunden. Sie schwammen in Reihe hinter einem älteren glatzköpfigen Mann her, der unermüdlich seine Runden drehte. Nach jeder Ecke des Beckens tauchte er seinen Kopf unter und schwamm so vier Züge. Heinzi vorneweg machte ihm alles nach. Genauso Heinzis vier Freunde. Ich sprang ins Wasser und bildete bald das Schlusslicht. Der Alte zog unbekümmert seine Runden. Mir wurde das Spiel zu langweilig, und ich stieg aus dem Wasser. Horst und Hedwig waren inzwischen unter den Handtüchern verschwunden. Lukas kalberte mit meinem Rotkäppchen herum. Ich nahm mein Handtuch und saß einsam im Schatten eines Baumes. Bald kam Heinzi angeschlendert und sang: „Das kann doch einen Seemann nicht erschüttern.... ." Wütend sprang ich auf, Heinzi lief hakenschlagend weg und sprang ins Wasser. Traurig setzte ich mich wieder unter den Baum.

Der Bademeister hatte sein Radio überlaut gestellt, aus den Lautsprechern quoll Trauermusik. Dann Stille, eine Stimme fing an, in Schauspielermanier zu reden: „Auf unseren geliebten Führer Adolf Hitler hat eine Verbrecherbande ein Attentat unternommen. Doch die Vorsehung hat ihre schützende Hand über den Führer gehalten, sodass er gesund und mit weiterem Eifer sein Ziel, ein Großdeutsches Reich aufzubauen, vollenden kann." Dann dröhnte aus den Lautsprechern: „> Wir werden weiter marschieren, wenn alles in Scherben fällt, denn heute hört uns Deutschland und morgen die ganze Welt<."

Am nächsten Sonntag musste die ganze Hitlerjugend auf dem Markplatz vor mit Tannengirlanden geschmückter Tribüne und vielen im Wind flatternden Hakenkreuzfahnen aufmarschieren. Der Bannführer hob den Arm und rief: „Heil Hitler:" Wie ein Echo schallte es von uns zurück: „Heil Hitler." „Hitlerjungen, wie ihr sicher wisst, ist auf unsern Mächtigen, alles verstehenden Führer ein Attentat verübt worden. Ihr alle tragt seinen Namen. Hitlerjungen, damit hat das Attentat auch euch gegolten. Nach dieser unmenschlichen Tat, die unser Führer Adolf Hitler gesund überstanden hat, wurde Reichspropagandaminister Joseph Goebbels zum >Reichsbevollmächtigten für den totalen Kriegseinsatz< ernannt. Hitlerjungen, wir stehen im Kampf um Sein oder Nichtsein, darum wurde Folgendes angeordnet, >Erstens, alle kriegsunwichtigen Betriebe werden geschlossen<. >Zweitens, weite Teile der Bevölkerung werden zur Arbeit in der Rüstungsindustrie verpflichtet bei einer wöchentlichen Arbeitszeit von über 70 Stunden, dazu gibt es eine Urlaubssperre<. >Drittens, Einschränkung der Strom- und Gasversorgung<. >Viertens, Verbot von Sport- und Kulturveranstaltungen<." Danach wurde das Deutschlandlied angestimmt, im Anschluss sangen wir die Nazi-Hymne, das Horst-Wessel-Lied. „Die Fahne hoch! Die Reihen dicht geschlossen! SA marschiert mit ruhig festem Schritt. Kameraden...... ."

Zu Hause musste ich Mutter alles erzählen: „Jan, wo führt das nur alles hin? Sag mal, hat er auch von Kinoverbot geredet?" „Nein, davon hat er nichts gesagt." „Na, wenigstens das gönnen sie uns noch. Gesine und ich wollen heute mal wieder ins Kino, es gibt >Karneval der Liebe< mit Johannes Heesters."

Immer wieder wurde der Militärflugplatz in Nähe der katholischen Stadt bombardiert, wir sahen Rauchwolken aufsteigen. Dadurch gab es wiederholt Fliegeralarm, die Schule sah uns nur noch selten. In der Dämmerung starteten unsere He 111-Flugzeuge zum Feindflug. Als Vater abends vom Feld kam, sagte er: „Gerken hat mir erzählt, in der Nähe von Moordorf ist eine He 111 abgestürzt. Der Krater ist so groß, dass die Dorfkirche darin Platz hat. Was die bloß über die Nordsee schleppen?" Ich sagte: „V 1." „Woher weißt du das denn?" „Heinzi hat mir das vertraulich erzählt. Sein Vater ist doch Jagdaufseher. Im Wald am Flugplatz hat er gesehen, dass riesige Bomben unter den Flugzeugen hängen, die aussehen wie die V 1 in der Wochenschau. Er meint, die V 1 hat keine große Reichweite und muss über der Nordsee abgeschossen werden."

Der Flugplatz mit den He 111 wurde fast jeden Tag bombardiert. Alle Männer über sechzehn Jahre wurden unter Androhung von Strafe aufgefordert, sich um 7 Uhr auf dem Marktplatz einzufinden. Selbst Lehrer Stockbrink, der mit einem Kopfschuss nach Hause gekommen war, hatte eine Aufforderung erhalten. Die Namen wurden aufgerufen und die Männer von den Braunen auf Lkws verteilt. Mein Vater ging zu den SA-Männern und sagte: „Herr Stockbrink ist mit einem schweren Kopfschuss aus dem Lazarett entlassen worden, er kann keine Belastung aushalten." Der SA Mann fing an zu schreien: „Hellmer, früher konnten Sie den Mund aufmachen, jetzt haben Sie die Klappe zu halten, der Mann fährt mit." Auf dem Flugplatz erhielten wir alle Schaufeln und mussten die Bombentrichter zuwerfen, um den Platz wieder startklar zu machen. Wir alle schwebten in großer Gefahr, denn im Trichterfeld lagen auch noch Zeitzünderbomben, die nach und nach explodierten. Ein Offizier kam zu uns und begutachtete unsere Arbeit. Vater ging zu ihm und sprach mit ihm über Stockbrink. Ich stand bei den Beiden, hörte, wie der Soldat knirschend sagte: „Mit den Braunen rechnen wir noch mal ab." Dann rief er einen Feldwebel. Stockbrink wurde wieder nach Hause gefahren. Wir schaufelten unentwegt weiter, eine Stimme rief: „Zur Seite treten." Da kam doch tatsächlich eine Raupe und schob die Bombentrichter zu, selbst unsere rausgewühlten mühsam aufgeschichteten Rasenplaggen. Da platzte Onkel Ferdinand der Kragen. Er ging zum Offizier: „Was soll die Schildbürgerarbeit, dafür sollen wir unser Leben riskieren!" Der Offizier richtete sich auf: „Mann, sie bringen sich um Kopf und Kragen, seien sie gelassen, ich werde keine Männer mehr anfordern."

Vater bekam im Herbst eine Aufforderung zugeschickt: Carl Hellmer, Sie haben sich am 3. 10. 1944, 19 Uhr, in der Aula des Gymnasiums einzufinden. Bei Nichterscheinen erhalten Sie eine Strafe von 50 Reichsmark.

Vater sagte zu mir: „Jan, was hast du denn nur verbrochen?" Ich dachte blitzschnell nach, hatten wir Maiing zu tüchtig geärgert? Ich bekam einen roten Kopf und sagte: „Vadder, ich weiß nicht, ich habe nichts getan."

Unruhig warteten Mutter und ich an dem fraglichen Tag auf Vaters Rückkunft. Als er in die Küche kam, sagte er: „Jetzt haben sie mich auch beim Wickel." Mutter entsetzt: „Was hast du verbrochen? Den Feindsender hören?" „Das hast du mir doch verboten. Da ich im ersten Weltkrieg das EK 2 bekommen habe und es auch bis zum Gefreiten brachte, bin ich Zugführer beim Volkssturm geworden." Dann mit feierlicher Stimme: „Männer, Drückeberger in der Heimat gibt es nicht, unser Führer und unser Volk brauchen alle waffenfähigen Männer zwischen 16 und 65 Jahren für den Volkssturm, damit wir den Endsieg erringen. Führer befiehlt, wir folgen."

Nun musste Vater auch Geländespiele machen, auf dem selben Gelände, wo ich schon als

Hitlerjunge rumgekrochen war. Doch jetzt standen überall Schilder, >Betreten strengstens verboten, Schießgelände<. Trotzdem schlichen Albert und ich uns auf einen Hügel hinter einen Busch. Vaters Volkssturmmänner exerzierten auf dem heidebewachsenen Sandplatz. Wir mussten lachen, als sie über den Platz stolperten. Albert prustete: „Damit wollen die Braunen den Krieg gewinnen."

Vater kam immer schlecht gelaunt nach Hause: „Das wird morgen ja was geben, wenn wir Schießübungen mit einer Panzerfaust machen."

Albert und ich waren wieder in unserem Versteck. Ein Soldat führte die Waffe vor. Jeder der Männer musste die Panzerfaust in die Hände nehmen und damit zielen. Einige, ob gewollt oder ungewollt, ließen die Waffe fallen. Der Soldat schrie: „Ihr Hornochsen, ihr seid zu blöd zum Kämpfen." Wir warteten ungeduldig, doch es dauerte und dauerte, endlich waren sie so weit, dass sie schlecht und recht die Panzerfaust halten konnten. Der Soldat rief: „Alles absuchen, ob sich Menschen im Schussbereich befinden." Da lagen wir nun wie Mäuse in der Falle. Zwei Männer kamen direkt auf uns zu, umgingen den Busch. Wir drückten uns auf den Boden und hörten wie einer rief: „Hinter dem Busch liegen zwei Jungen." Wir beide sprangen auf und rannten wie die Hasen. Die Männer hinter uns her. Wir waren schneller, kümmerten uns nicht um Brombeersträucher und entkamen.

Zu Hause versuchte ich mich in mein Zimmer zu schleichen. Doch Mutter kam hinterher, sah mich an: „Junge, wie siehst du denn aus? Arme, Beine und Gesicht zerkratzt." Dann wusch sie mich erst mal ab.

Mit Herzklopfen hörte ich, dass Vater ins Haus gekommen war. Er redete laut mit Mutter: „Den Probeschuss haben wir heut nicht machen können, da sich Jungens auf dem Gelände rumtrieben, wo ist Jan?" „Oben in seinem Zimmer." Ich wurde blass, als Vater die Tür öffnete, müde setzte er sich: „Jan, du bist schon sechzehn Jahre alt. Warum nur, warum suchst du immer die Gefahr? Du betrachtest wohl immer noch diesen furchtbaren Krieg als Abenteuer. Tu mir und Mutter doch den Gefallen, misch dich nicht unter die Besessenen."

Bald war es so weit, dass auch die Heimatfront nach den Hitlerjungen rief. Alle Jungen über vierzehn, die nicht Flakhelfer waren, mussten zum Schanzlager nahe der holländischen Grenze. Mutter war ganz aufgeregt, als sie mir half, meine Sachen zu packen: „Jan, du musst noch mehr warme Sachen mitnehmen. Hier sind noch ein warmer Pullover, selbst gestrickte Schafwollstrümpfe und wollene Unterhemden." „Mutti, mein Affe ist doch schon voll, da geht nichts mehr rein."

Mutter und Beta gingen mit mir zum Bahnhof, auf dem Bahnsteig wimmelte es von Hitlerjungen. Ich ging zu Albert, Lukas, Bernd, Wilhelm, Georg, Jürn, Dietrich und Hinrich. Albert sagte: „Wir müssen sehen, dass wir zusammen bleiben." Laute Pfiffe aus einer Trillerpfeife, dann eine befehlende Stimme: „Die Eltern verlassen den Bahnsteig, Hitlerjungen stellen sich in Zweierreihe auf." Als Mutter wegging, sah ich, dass sie Tränen in den Augen hatte.

In Lingen angekommen, wurden wir in einer Schule auf Klassen verteilt, in denen Strohsäcke lagen. In einem totalen Krieg war der Unterricht Nebensache. In der Aula hockten Männer vom Volkssturm. Der Volkssturmführer hatte das Kommando. Die ganze Nacht habe ich kaum eine Auge zugemacht, immer wieder fing einer an zu reden oder sang: „Schlaf Kindlein, schlaf... ." Witze wurden erzählt, einer krähte wie ein Hahn: „Kikeriki, kikeriki!!" War ich endlich eingeschlafen, wurde ich wieder wachgekitzelt. Das Lärmen nahm kein Ende.

Am Morgen wurde in der Turnhalle Muckefuck und Brot von Frauen verteilt. Schon rief der Volkssturmführer: „Um acht Uhr ist Abmarsch zum Bahnhof." Eine lange Kolonne marschierte singend durch die Stadt: „Und die Morgenfrühe, das ist unsere Zeit, wenn...... ."

Auf dem Bahnhof stand ein langer Zug mit Personen- und Viehwagen mit Stroh. Hinter der Lokomotive ein Plattformwagen mit Vierlingsflak. Wir hörten die Trillerpfeife, eine Kommandostimme: „Alle auf den Zug verteilen." Viele drängelten sich vor den Personenwagen. Albert rief: „Ab in die Viehwagen." Wir machten es uns auf dem Stroh gemütlich. Bernd maulte: „Ich wollte aber in einen Personenwagen, nach Möglichkeit erster Klasse." Albert: „Du hast wohl noch nichts von Jabos (Jagdbomber) gehört." Aus den Schiebetüren kann man viel schneller flüchten." Einige Volkssturmmänner waren mit in unseren Wagen gesprungen. Der Zug dampfte gen Süden. Ich hörte zu, wie die Männer sich Witze erzählten. Einer fing an zu flüstern, ich spitzte die Ohren: „Hein sitzt in einem Lokal und wartet auf Fietje. Er sitzt und sitzt, starrt auf die Drehtür. Fietje sieht Hein, der hebt den rechten Arm, lässt sich aber von der Drehtür weiterziehen. Das passiert fünf Mal, beim sechsten Mal tritt Fietje mit einem lauten "Heil Hitler" in die Gasstätte. Hein sagt: „Bist du durchgedreht, warum bist du nicht gleich reingekommen?" „Ich konnte doch auf den verdammten Namen nicht kommen."

Etwa nach einer halben Stunde blieb der Zug auf offener Strecke stehen. Wieder die Trillerpfeife, wieder die kommandierende Stimme: „Aussteigen! Am hinteren Waggon Arbeitsgerät in Empfang nehmen." Wir stolperten über den Schotter zum Ende des Zuges. Aus der aufgeschobenen Waggontür flogen Spaten, Schaufeln und Spitzhacken und zum Schluss Schubkarren.

Die Trasse des Panzergrabens war mit Pflöcken abgesteckt. Wir wurden in Zehnergruppen aufgeteilt, jede Gruppe bekam zwölf Meter zum Ausschachten. Auf der Trasse wimmelte es wie in einem Ameisenhaufen, die Aufseher, teilweise frühere Schachtmeister, versuchten, Ordnung in das Durcheinander zu bringen. Terrassenförmig sollten wir nach unten graben. Je tiefer wir kamen, sollten wir den Boden von Terrasse zu Terrasse nach oben werfen und auf dem Gelände verteilen. Unsere Männer vom Volkssturm hatten es ruhig angehen lassen, standen wie Unschuldslämmer ohne Arbeitsgerät da. Der Volkssturmführer kam angerannt: „Immer das Gleiche, was ist mit euch, macht ihr Sabotage?" Ihr Wortführer nahm die Pfeife aus dem Mund: „Es sind keine Schippen und Spaten mehr da." „Kommt mit zum Waggon." Der Wütende warf Spaten und Schaufeln raus: „Ihr Drückeberger, was ist das?" Der Volksturmmann antwortete: „Spielzeug, es gibt doch Bagger!" „Ihr wollt nicht für Führer und Vaterland eure Hände dreckig machen, kommt mit." Dann schritt er fünfzehn Meter ab: „So, hier ist euer Arbeitsabschnitt, ihr müsst mit den Hitlerjungen gleichziehen."

Im Anfang schachteten wir wie Wühlmäuse, doch dann spürten wir immer mehr unseren Rücken, und der Elan ließ nach. Lukas sagte: „Schaut mal da, die Volkssturmmänner graben im Zeitlupentempo. Ist ja auch wahr, was soll der ganze Scheiß noch." Albert auch schon sauer: „Was soll`s, wir müssen mit den Wölfen heulen."

Abends holte uns der Zug wieder ab. Diese Nacht haben wir geschlafen wie die Ratten. Jeden Tag hieß es, graben, graben, graben. Eines Tages verteilte Albert den Boden auf dem Gelände, ganz aufgeregt rief er: „Was ist das für ein Geschoss da am Himmel?" Wir blickten hoch und sahen, wie ein großes flammendes Geschoss nach oben raste und verschwand. Der Volkssturmführer hatte es auch gesehen und kommandierte: „Durchgeben, alle Männer dort am Eichbaum im Karree aufstellen." Er stand mit funkelnden Augen vor uns: „Arbeitsmänner des Führers, jetzt kommt die große Wende. Unsere neue Wunderwaffe, die Vergeltungswaffe V 2 ist das erste ferngesteuerte Geschoss mit Raketenantrieb, sie wird den Feind das Fürchten lehren. Jetzt nehmt die Spaten wieder in die Hände, das ist eure Hilfe für den Endsieg."

Wir saßen in der offenen Waggontür, als mit einem Höllenlärm drei Jabos im Tiefflug über uns wegrasten. Der Zug bremste so hart, dass wir übereinander purzelten. Albert schrie: „Raus, unter dem Waggon verstecken."

Da lagen wir nun zwischen den Gleisen, den Kopf im Schotter. Wir hörten Schüsse, die nicht in unserer Nähe waren. Der Flugzeuglärm wurde lauter, unsere Vierlingsflak fing an zu bellen. Jetzt hörten wir das Geknatter der Bordwaffen, es ging wie eine Welle von der Lokomotive bis zum Zugende, der Schotter spritzte hoch. Dreimal flogen sie ballernd über uns weg. Als Krönung zum Schluss ein gewaltiges Krachen. Bernd rief triumphierend: „Ein Jabo ist abgeschossen worden."

Wir rannten los in Richtung Rauchwolke, der Absturzstelle. Der Volkssturmführer rief: „Hier geblieben, seid ihr verrückt? Die Munition und die Bomben können noch explodieren." Schon hörten wir es knallen. Ich rief: „Da, was ist das, ein Mann am Fallschirm?" Unter den Arbeitsleuten gab es nur drei Leichtverletzte, während ein Soldat an der Vierlingsflak schwer verwundet wurde. Aus dem Kessel der Lok lief dampfendes Wasser. Die Männer aus unserem Waggon sagten: „Das wird dauern, bis die Ersatzlok kommt, für heute ist Feierabend. Machen wir es uns gemütlich."

Den Feldweg entlang kam ein Radfahrer angefahren, lief dann schreiend über die Wiese auf uns zu: „Wo ist der Befehlshaber?" „Hier, was haben Sie?" Er stieß immer wieder hervor: „Die Bauern, die Bauern, die Bauern," dann ruhiger, „die wütenden Bauern wollen den Piloten mit Knüppeln erschlagen, weil sie von den Jabos auf dem Feld beschossen worden sind." Der Volkssturmführer: „Geben Sie mir Ihr Fahrrad, wo ist der Pilot gelandet?" „An dem Feldweg, etwa ein Kilometer von hier." Als er zurückkam, hörten wir ihn sagen: „Ich bin zu spät gekommen."

Am nächsten Tag ging das Buddeln weiter. Am Abend kam ein Hitlerjunge in meine Schlafklasse und rief: „Jan Hellmer, du sollst zum Befehlshaber kommen, er sitzt im Lehrerzimmer." Auf dem Weg grübelte ich, was ich verbrochen hatte. Ich klopfte an, eine herrische Stimme rief: „Herein." Ich dachte, besser ist besser und grüßte zackig: „Heil Hitler." Er hielt ein Blatt in der Hand: „Jan Hellmer, du hast die Einberufung zum Wehrertüchtigungslager der Flieger-HJ. In drei Tagen musst du dich in Leck-Schmörhohn oben in Schleswig-Holstein melden. Pack deine Sachen und fahr morgen früh mit dem Zug nach Hause."

Mutter staunte, als ich in den Stall kam. Sie melkte die Kühe: „Jan, was ist, warum kommst du zurück, sind alle zurück gekommen?" „Nein, nur ich alleine, ich habe die Einberufung zum Wehrertüchtigungslager." Sie erhob sich von ihrem Melkschemel: „Warum gerade du?" „Ich habe mich doch freiwillig zur Luftwaffe gemeldet!" Sie entsetzt: „Du Dummback, du weißt doch, wir haben den totalen Krieg, da werden die Hitlerjungen aus Wehrertüchtigungslagern sofort zur Wehrmacht eingezogen."

Trauermarsch

Der harte Ton der Stahlsaiten liegt in meinen Ohren, ich schaue auf und sehe das verklebte Auge des Kalahari-Buschmanns. Der Klang der Trommeln ähnelt jetzt einer Marschmusik mit gleichmäßigen metrischen Akzenten und geht über in einen Trauermarsch. Mit gesenkten Häuptern und langsam in ihren Schritten umrunden sie den Platz, begleitet von meinen Empfindungen.

Auf dem Bahnhof Hamburg-Altona wartete ich auf den Zug nach Husum. Dort standen noch mehr Jungen mit einem dicken Affen auf dem Rücken. Im Zug freundeten wir uns an. Bald wusste ich ihre Namen: Arthur, Hermann, Alfred und Carsten. Ich sagte zu ihnen: „Wollen wir ab Husum nicht einen Zug später fahren und uns die Stadt angucken? Nach Leck kommen wir noch früh genug." Fünf Jungen der Flieger HJ gingen mit schwerem Gepäck forsch aus dem Bahnhof. Hinter uns hergerannt kamen zwei Kettenhunde: „Zeigt mal eure Fahrscheine." Sie wurden laut: „Ihr seid wohl wahnsinnig, wir sind im Krieg! Ihr meint, ihr könnt durch die Gegend gondeln! Ab zum Bahnsteig, in 10 Minuten fährt euer Zug! Im Wehrertüchtigungslager werden sie euch schon die Beine lang ziehen."

Vor dem Bahnhof in Leck stand wartend ein Pritschenwagen. Wieder überfiel uns ein lautes Kommando: „Marsch, marsch aufsteigen!"

Verschüchtert saßen wir auf Schemeln in unserer Stube Nr. 3. Stube war nicht das richtige Wort, der ganze Raum ein Grau der Ungemütlichkeit. In der Mitte ein Kanonenofen und ein langer Holztisch mit 18 Hockern. Die rohen, vergilbten Bretterwände waren teilweise verdeckt von Spinden und doppelstöckigen Betten. Kein Bild, nur ein großes Plakat mit der Stubenordnung. Wir redeten bald nur noch von unserer Bude. Die Tür flog auf, ein Soldat stand vor uns: „Ich bin Unteroffizier Greimann, auf, auf, ihr

lahmen Säcke, Abmarsch zur Kleiderkammer."
Wir erhielten unser Bettzeug. Der Kammerbulle schnauzte: „Morgen nach dem Frühstück erhaltet ihr eure Klamotten. Freut euch, statt Strümpfe gibt es Fußlappen."

Zu unserer Überraschung machten wir unseren Dienst in grüner Uniform, keiner wusste, wo sie herkam. Kindergesichter unterm Stahlhelm marschierten und robbten durch das Gelände, man erzog uns zu Kriechtieren. Es war November und schon kalt. Mangel an Heizmaterial. Den Kanonenofen konnten wir kaum anheizen. Wir marschierten stampfend um den Ofen herum, um uns warm zu machen. Schon kam der Unteroffizier reingestürmt: „Wohl verrückt geworden, wollt ihr die Baracke abbrechen?" Hermann hatte eine gute Idee: „Zwei Betten sind doch nicht belegt. Wir verheizen die Bretter, die unter den Strohsäcken liegen." Drei Bretter ließen wir liegen und legten vorsichtig die Strohsäcke wieder darauf. Zum ersten Mal hatten wir eine warme Bude.

Müde kamen wir vom Gepäckmarsch zurück und stürmten in unsere Stube. Zwei Nachzügler saßen auf ihren Schemeln. Grinsend zeigten wir auf die Strohmatten ohne Bettzeug: „Das sind eure Betten." Sie warfen sich darauf und landeten auf dem Boden. Als Greimann in die Stube kam, sah er die Bescherung und schrie: „Das ist Wehrzersetzung, in 10 Minuten auf dem Exerzierplatz feldmarschmäßig antreten." Die Schinderei ging wieder los.

Wir schoben viel Kohldampf. Mutter hatte mir Brot und Buttermarken geschickt. Nach einem Ausgang brachte ich mir Futteralien mit und verstaute sie froh in meinem Spind. Nachts wurden wir von Ratten gestört, sie zogen Stroh aus den Strohsäcken. Ich lag im Bett und freute mich darauf, am nächsten Morgen Brot mit dick belegter Butter zu essen, wir bekamen hier nur Margarine und Kunsthonig. Eine laute Trillerpfeife weckte uns, ich sprang vom Strohsack, öffnete die Spindtür, ein Heer von Mäusen kam herausgesprungen. Die Spindtür war nicht richtig zu gewesen, ein Ärmel hatte sich eingeklemmt. Mein Magen knurrte, ich fand nur noch ein ausgehöhltes Brot.

Bei dem kargen Frühstück hielt der Offizier eine Ansprache: „Kameraden, ihr werdet hier zu wehrfähigen Männern ausgebildet, merkt euch, Befehle sind heilig. Wir müssen den Endsieg erringen. Wenn das Volk es fordert, werden wir auch auf die 16- 15-, und 14 jährigen zurückgreifen. Der ganze Jahrgang 1928 ist dafür auserkoren, vom Sudetenland aus die angreifenden Russen vom Heimatland zu trennen. Das kann ich euch jetzt schon sagen, nach dem Endsieg erhält jeder von euch ein Haus und ein Auto, Heil Hitler." Nach dem Frühstück hieß das Kommando: „Abmarsch zum Schießstand." Ein Ausflug, der mir Spaß machte. Wir schossen stehend freihändig, kniend aufgelegt und liegend. Da ich kniend aufgelegt am besten schoss, nannten sie mich nur noch Wilddieb. Weil nur drei Jungen gleichzeitig schießen konnten, hatten wir zwischen unseren Schüssen Freizeit. Unser Leutnant kam vorbei, sah uns frierend herumstehen und rief: „Unteroffizier Greimann, so geht das nicht, die nicht beschäftigten Leute gammeln rum, lassen Sie die Hitlerjungen in der Zwischenzeit marschieren."

Mir war die Unfreiheit des Lagerlebens auf die Mandeln geschlagen. Ich bekam eine starke Halsentzündung mit Fieber und durfte in der Eintönigkeit der grauen Stube liegen bleiben. Arthur, Hermann, Alfred und Carsten kamen in ihrer Freizeit an mein Bett, wobei mich Alfred nervte: „Na du Wilddieb, hast du es dir überlegt, willst du mir dein Abzeichen verkaufen?" Ich hatte durch Zufall in einem Laden das B-Abzeichen mit den zwei Schwingen entdeckt und gekauft. Mir war hundeelend, er löcherte mich immer wieder, bis es mir zu viel wurde: „Nimm den Scheißorden und verschwinde." Er ließ sich nicht wieder blicken. Nach fünf Tagen war mein Fieber verschwunden. Mit fünf Kranken fuhr ich auf dem offenen Pritschenwagen durch die Novemberkälte zu einem Arzt in Leck. Begleitet wurden wir von unserem Unteroffizier. Zwei Jungen und ich verließen die Praxis mit einem: „Gesund". Der Unteroffizier launig: „Na Wilddieb, bist wohl nicht klein zu kriegen." Er wurde von einem Bekannten begrüßt: „Du stehst dich aber mit deinen Russen gut." Daraufhin mussten wir alle über unserem grünen Uniformärmel eine Hakenkreuzbinde tragen.

In zwei Tagen war unser Lehrgang zu Ende. Beim Frühstück erhielten wir den Befehl, auf unseren Stuben zu bleiben. Hastig öffnete sich unsere Stubentür. Herein kam unser Greimann mit dem Offizier. Der Stubenälteste rief: „Achtung". Wir sprangen von unseren Schemeln. „Stube 3 vollzählig." Der Offizier leutselig: „Hinsetzen;" dann mit energischer Stimme: „Hitlerjungen der Flieger-HJ, unser Führer und auch das Deutsche Volk brauchen jetzt in der Zeit der großen Bedrohungen tapfere Männer. Männer, die bereit sind, sich freiwillig für einen Totaleinsatz >SO< zu melden, von dem es möglicherweise kein Zurück gibt. Wer dazu bereit ist, komme morgen nach dem Frühstück in mein Büro - Heil Hitler."

Von unserer Stube wollte sich nur Carsten melden. Ich bestürmte ihn: „Was soll das, so weit geht meine Liebe für den Führer nicht." Carsten sagte: „Ich weiß, dass ich den Krieg sowieso nicht überlebe, mein älterer Bruder hat sich auch gemeldet." Ich neugierig: „Wie läuft das denn ab?" „Mein Bruder hat gesagt, ich darf das keinem erzählen." Als ich abends im Bett lag, kam Carsten zu mir: „Ich kann nicht schlafen, ich muss dir alles erzählen, versprich mir aber, dass du es für dich behältst." „Ich halt die Klappe." „Also, zunächst musst du dein Testament machen. Nach der Ausbildung mit einer doppelsitzigen V 1 setzen sie dich in ein mit Sprengstoff beladenes altes Flugzeug oder in eine V 1. Damit stürzt du dich auf feindliche Ziele und gehst mit in die Luft". Ich entgeistert: „Das willst du machen, so was Verrücktes, melde dich nicht." Die ganze Nacht wälzte ich mich im Bett herum. Carsten ging am nächsten Morgen ins Büro des Offiziers.

Meinen Affen hatte ich im Gepäcknetz verstaut, erleichtert setzte ich mich auf die Holzbank. Der Zug ratterte heimwärts. Im Dunkeln kam ich zu Hause an. Durch einen schmalen Spalt sah ich Licht. Meine Eltern saßen noch in der Küche. Glücklich klopfte ich gegen die Haustür. Mein Vater kam heraus, es verschlug ihm die Sprache, er stotterte: „Jan, Jan du bist wieder da." Dann laut: „Mutter, wir haben Jan wieder." Mutter kam, schaute mich an, nahm meine beiden Hände: „Haben sie dich doch nicht zur Wehrmacht geschickt." Im Licht der Küche sagte sie: „Jan, was haben die mit dir gemacht, du siehst ja ganz elend aus. Ich mach dir erst mal eine Pfanne mit Bratkartoffeln, Spiegeleiern und Speck." Hedwig kam mit Beta in die Küche. Beide umarmten mich, ich war wieder zu Hause. Gemeinsam saßen wir um den Tisch. So stark hatte ich noch nie die Gemütlichkeit unserer Küche gespürt. Mutter seufzte: „Horst Schiffer ist bei den Engländern." „Was?" „Sein Vater hat uns eine Postkarte aus England gezeigt, Horst ist in englischer Gefangenschaft." Vater: „Der ist wenigstens in Sicherheit." Mutter wehmütig: „Schrecklich, dieser Krieg! Oh Jan, wie wird es weiter gehen? Es gibt bald keine Familie mehr, in der nicht ein Vater oder Sohn gefallen ist. Brüggemanns und Meiners Hof sind schon verwaist."

Das Elend in Deutschland wurde immer größer. Das Land wurde aus der Luft und fast von allen Seiten bekämpft. Die Flüchtlingsströme nahmen kein Ende. Die Landkarten mit den Frontlinien waren aus den Klassenzimmern verschwunden, sie redeten nur noch von Frontbegradigung. Großdeutschland schrumpfte. Mutter klagte: „1944, was wird das für eine traurige Kriegsweihnacht. Nur gut, dass Jan bei uns ist."

Am vierten Advent besuchten uns Tante Gesine und Onkel Ferdinand, er sagte: „Gesine ließ mir keine Ruhe, so musste ich mich mit auf die Beine machen." „Ferdinand tünt mal wieder, wir haben uns doch immer in der Adventszeit besucht, warum gerade jetzt nicht, wo alles so traurig ist." Sie packte eine Dose mit selbst gebackenen Keksen aus. Ferdinand öffnete sein Paket: „Was bringt schon ein Imker mit?" Ich vorlaut: „Honig und Bienenwachs." „Ja, hier habe ich noch eine Kiste voll selbst gezogener Wachskerzen, und hier ist was für dich, auf dem Dachboden habe ich ein altes Holzschuhschiff gefunden. Tante Gesine und ich haben es wieder aufgetakelt, Gesine hat ein neues Segel genäht, ich habe es bemalt und neue Kajütentüren eingesetzt." Ich freute mich, so ein Schiff hatte keiner meiner Freunde. An beiden Seiten hatte es rote Schwerter, auf dem Mast wehte eine rote Fahne, in schwarzer Schrift stand auf dem gelben Holzschuh, >*Klabaster*<. Beta hatte von Gesine eine selbstgemachte Puppe bekommen. Freudig legte sie sie in ihren Puppenwagen. Sie streichelte die Puppe und sagte: „Du heißt Gesine." Alle lachten.Mutter sagte: „Danke Gesine und Ferdinand, damit haben wir in dieser grausamen Welt ohne Frieden und ohne Glockengeläut Weihnachten wenigstens Lichter am Tannenbaum. Man hat ja jede Hoffnung verloren, hoffentlich können wir die Weihnachtstage ohne Fliegeralarm verbringen." Ferdinand sarkastisch: „Hitler, der große Hoffnungsträger, hat zu Weihnachten seinem Volk ein Geschenk gemacht, einen Ballon, der bald platzen wird. Im Rundfunk haben sie verkündet, >die Wende im Kriegsgeschehen steht bevor, denn unsere Ardennen-Offensive ist erfolgreich angelaufen<. Ich habe Hitlers Lieblingswort in den Ohren >Pflichterfüllung, sie sind gefallen in treuer Pflichterfüllung<. Glaubt mir, das Tausendjährige Reich wird bald sterben." Mutter, Gesine und Hedwig wollten etwas Weihnachtstimmung in unsere Küche bringen, sie stimmten an: „Stille Nacht, Heilige Nacht......", sie konnten nicht weitersingen, sie hatten beide einen Kloß im Hals. Ferdinand verächtlich: „Singt doch das Weihnachtslied der Braunen, >Nacht der hohen Sterne<."

Im Januar saßen wir fünf, Albert, Bernd, Jürn, Wilhelm und ich auf meinem Zimmer. Albert sagte: „Hoffentlich geht das Abenteuer Krieg nicht ohne uns vorbei." Wir stimmten alle zu, das richtige Grauen hatten wir noch nicht erlebt.

Die anderen vier wurden bald zur Infanterie eingezogen, Von den Vieren sah ich später nur Albert wieder. Die anderen waren gefallen. Auch ich hatte einen Marschbefehl zur Flieger-Tauglichkeitsprüfung nach Hamburg.

Wieder stand ich in Hamburg-Altona auf dem Bahnhof. Mit der Straßenbahn fuhr ich zu einer Kaserne. Mir gegenüber saß eine alte Frau: „Junge, du bist noch ein Kind, wo willst du bloß hin?" Ich stolz: „Zur Luftwaffenkaserne, Fliegertauglichkeitsprüfung." „Du kannst Deutschland auch nicht mehr retten."

Am ersten Tag wurden wir auf Herz und Nieren geprüft. Durch meinen Unfall in der Kindheit konnte ich mit dem rechten Auge nur schwach sehen. Da stand ich nun beim Augenarzt, vor mir noch fünf Prüflinge, nutzte die Zeit, starrte auf die Buchstabentafel und lernte die Buchstaben bis auf die drei unteren Reihen, Reihe für Reihe auswendig. Dann kam ich dran, konnte nur schwach erkennen, wo der Arzt mit dem Stock hinzeigte, las Buchstabe für Buchstabe. Fast unten angekommen, rief er: „Der Nächste."

Ich hatte vor einem Kino das Plakat gesehen >Feuerzangenbowle<. Mit drei Mann gingen wir abends ins Kino.

Der Film ließ uns den ganzen Krieg vergessen. Die Liebeleien und die Streiche von Pfeiffer trafen genau unseren Nerv. Als Professor Böller mit kleinem, schelmisch wirkenden Spitzbart und prüfendem Blick über die Ränder seiner Brille die Pennäler fixierte und sagte: „Was is en Dampfmaschin?" brach der Film ab, Fliegeralarm. Alle flüchteten in den Bunker neben dem Kino. Bald kam Entwarnung, die feindlichen Flugzeugpulks hatten abgedreht.

Am nächsten Tag mussten wir eine Stunde im Dunkeln sitzen und Leuchtstäbchen sortieren. Damit wollten sie unser dreidimensionales Sehen testen. Wir saßen um einen Tisch, immer wenn die vorgegebene Zeit um war, wurde der Kasten zum Nächsten weitergereicht. Ich merkte, dass sie nur die Namen der Prüflinge aufschrieben, die es falsch machten. Ich dachte an mein fast blindes Auge. Als die Leuchtstäbe zu mir kamen, habe ich den Kasten unbemerkt gleich weitergereicht. Die Heimfahrt mit dem Zug war problemlos.

Glücklich war ich zu Hause angekommen. Ich hörte Vater im Stall rumoren: „Jan, da bist du wieder, pack man deine Sachen, du hast die Einberufung zum Arbeitsdienst, in drei Tagen musst du da sein."

Ganz deutlich steht wieder das grässliche Lager vor meinen Augen. Die mit Tarnfarbe gestrichenen vier großen Baracken waren im Karree aufgestellt. Ich rannte um das Quadrat des Innenhofs, aufgepeitscht vom Johlen aus zweihundert Kehlen. Jetzt zählte ich die zweite Runde, achtzehn lagen noch vor mir. Beim Laufen dachte ich immer wieder, nur nicht weich werden. Mit einer roten Schleife hatten sie meine langen Haare zu einem Zopf gebunden. Es waren die Jahre des kurzen Haarschnitts, alles musste gestählt und uniformiert sein. - Dritte Runde -. Das Gegröle wurde immer lauter, ich versuchte meine Ohren zu schließen und dachte an Daheim. Vorgestern war ich erst von zu Hause weggefahren. Ich sah Mutter und Vater winken, sie standen vor der Tür unseres Bauernhauses. Zum ersten Mal hatte ich das rote Ziegelmauerwerk, die weißen Fensterrahmen und das bemooste Pfannendach bewusst wahrgenommen. Davor standen zwei mächtige Eichen mit letzten braunen Winterblättern, die Stare waren noch nicht zurückgekehrt, und Vaters Nistkästen, alte Metalltöpfe, baumelten lustlos an der größten Eiche . Das war also mein Zuhause. - Vierte Runde -. Das Geschrei der braun Uniformierten drang ohne Erbarmen weiter in meine Ohren. In der Aufregung der Trennung hatte meine Mutter vergessen, mir die Haare zu schneiden. Sie hatte ihr Patent, einen Topf auf dem Kopf, einen schönen Rundschnitt, und schon war die Frisur fertig.

Meine langen Haare waren keine Opposition, an so was dachte man damals gar nicht. - Fünfte Runde -. Das Gebrüll war abgeebbt, schon hörte ich wieder die anfeuernden Kommandos der Vormänner, und eine neue Lärmwoge schwappte über mich weg. Jetzt dachte ich an meine Tiere, ich sah noch die dunkel glänzenden Augen der sechs Kühe und meinen Hund Treff, wie hatte er beim Abschied gejault. Von den Kühen, Schweinen, Schafen, Katzen, Hühnern und Gänsen, von allen hatte ich mich verabschiedet. - Sechste Runde -. Die Geräuschkulisse blieb, meine Gedanken liefen weiter. Sogar freiwillig hatte ich mich gemeldet, mit sechzehn Jahren war für mich der Krieg ein Abenteuer. Ich geriet ins Stolpern, erschreckt hörte ich einen Vormann schnauzen: „Schon müde, du Flasche." Mein Ehrgeiz wurde geweckt, und ich konzentrierte mich nur noch auf meine Beine. Einsam zog ich meine Bahn. - Siebte Runde -. - Achte Runde -. - Neunte Runde -. Jetzt wurde ein Fenster aufgerissen, und ein Feldmeister befahl: „Aufhören". Erleichtert blieb ich stehen, auch verstummte das Geschrei aus zweihundert Kehlen. Die Aufgestachelten zogen sich in die Düsternis ihrer Baracken zurück. Ich erhielt von meinem Vormann den Befehl: „Abtreten zum Haare schneiden." War das der Weg zum Heldentum?
Kahl geschoren wie meine Schafe nach der Schur erreichte ich die Baracke. Ängstlich betrat ich meine Stube Nr. 1, da ging das Gefoppe schon

wieder los: „Seht euch den gerupften Hahn an. - Der Igel lässt grüßen." Verzweifelt legte ich mich auf das Bett in diesem fürchterlichen über hundert Quadratmeter großen Raum. Die Holzwände waren grau gestrichen, doch der Anstrich hatte schon Generationen von Eingezogenen überlebt. An den Wänden standen zwölf Doppel- und Dreifachbetten. Dazwischen die obligaten Spinde. In der Mitte des Raums stand ein lang gezogener Tisch mit achtundzwanzig Hockern. Ja, achtundzwanzig Mann stark war die Gruppe des Vormanns. Ich hatte mich zurückgezogen, lag auf meinem Bett, dritte Etage. Einen hörte ich rufen: „Ach, der Kleine schmollt." Der Vormann kam herein, irgendeiner schrie: „Achtung." Alle standen stramm, ich sprang von meinem Bett herunter. Er empört: „Jan Hellmer, wohl verrückt geworden, jetzt schon im Bett zu liegen." Traurig verbrachte ich den Tag. Als Letzter musste ich beim Gepäckmarsch unserer Gruppe den sturen Gleichschritt halten. Der Vormann kommandierte: „Links, rechts; links rechts." Ich trottete hinter meiner Gruppe her und marschierte meinen eigenen Schritt. Schon war der Vormann hinter mir und trat mit seinen schweren Stiefeln auf meine Hacken: „Links, rechts; links, rechts." Mir kam die Erinnerung. In der Schule, als Hitlerjunge, wurde ich auch so getreten. Endlich am Abend konnte ich mich auf meine Bettinsel zurückziehen und meine blutenden Hacken verbinden.

Meine Mitschläfer unterhielten sich über Thema eins, die Frauen. Sie sprachen ungeniert über Frauenerlebnisse, dabei steigerten sie ihre Erzählungen auftrumpfend bis ins Gemeine. Worte wie Titten, Wollust, Pflaume und Kitzler waren für mich erschreckend. Was wusste ich schon von Frauen. Gut, das Werden mit allem drum und dran war mir als Bauernsohn bekannt. Ja, meine Mutter war eine Frau, und die fühlte ich in den Dreck gezogen. Ich hielt meine Ohren zu und versank immer mehr in mein Alleinsein. Rundherum schnarchten inzwischen siebenundzwanzig Schläfer in Gemeinsamkeit. Schweißgeruch und der Mief von schweren Lederstiefeln vermischten sich. Ich dachte an meine Eltern, die mich mit traurigen Augen hatten gehen lassen. Sie sollten mich in meiner Verlassenheit sehen. Die Zeit tropfte durch die Nacht, ich fürchtete den morgigen Tag. Beim Dienst war mir der Gedanke, abends zu meinen Träumen zurückzukehren, immer wieder ein Trost. Selbstvergessen summte ich eine Operettenmelodie: „Ich träume mit offenen Augen."

Dass ich mein Bett nicht vergaß, dafür sorgte schon der Vormann. Denn jeden Morgen nach dem Frühstück war mein Bett eingerissen, und ich musste es wieder liebevoll bauen, wie man sagte. Nach drei, vier Tagen hatte sich unser Vormann eine neue Schweinerei ausgedacht. Unsere ausgezogenen Klamotten mussten wir auf unserem Hocker zu einem Päckchen bauen.

Gegen zweiundzwanzig Uhr machte unser großer Freund Stubenkontrolle. Wie ein Wilder riss er alle achtundzwanzig Päckchen von den Hockern, alle Klamotten flogen durch die Bude. „So", schrie er, „ihr sollt mal sehen, wie ich, der Wiener Danzing, euch zur Räson bringe. In einer halben Stunde bin ich wieder da, und alle Päckchen liegen ordentlich auf dem Hocker." So ging das Spiel weiter bis ein Uhr, jetzt Nacht um Nacht, als wären unsere Ruheinseln vom Sturm umbraust. Ich sann auf Abhilfe. Das Einfachste ist immer das Beste. Ich steckte jetzt jeden Abend meine Klamotten in den Spind. In seiner Raserei merkte der Wiener nicht, dass ein Päckchen fehlte. Meine Stubenkameraden haben mich nicht verpfiffen. So war für mich auf meiner einsamen Insel wieder Ruhe eingekehrt, und ich konnte von oben die Brandung beobachten.

Von Zuhause hatte ich Schinken, Wurst und Speck mitgebracht. Beim Abendessen stellte ich die Fressalien mit auf den Tisch. Ich tat es sicher auch, um in die Gruppengemeinschaft aufgenommen zu werden. Mit an unserem Tisch saß der Vormann und neben mir ein Bauernsohn aus Südoldenburg, der jedes Mal vor und nach dem Essen betete. Er wurde nicht nur von dem Wiener, sondern auch von anderen mit dummen Bemerkungen aufgezogen: „Hast wohl Angst, dass dir das Essen im Halse stecken bleibt." Oder: „Glaubst du, dass du den Fraß zum Schmecken bringen kannst." Der Vormann drohte:

„Hier wird nicht gebetet, hier sagt man, Heil Hitler." Doch der Südoldenburger hat, so lange er mit mir zusammen war, zu den Mahlzeiten unbeirrt gebetet. Ich habe ihn wegen seiner Glaubensstärke bewundert. Nach dem Essen laut der Vormann: „ Schinken, Wurst und Speck bleiben hier." Der Wiener nahm alles unter seinen Arm und verschwand. Als wir alle wieder auf der Stube waren, sagte ich ärgerlich zu den anderen: „Wie lange wollen wir uns denn das Schikanieren von dem Vormann noch gefallen lassen?" Alle wandten sich ab, ich stand alleine da. Doch der Südoldenburger kam zu mir. Wir haben uns angefreundet und hockten in der Freizeit immer zusammen. Abends war großes Gedränge bei der Latrine. Wie die Raben auf der Stange saßen die Arbeitsdienstler auf dem Holz des Achtzylinders und tauschten neueste Nachrichten aus. Kamen sie zurück in die Bude, gaben sie mit ihren Scheißhausparolen an.

Für den Vormann war ich das schwarze Schaf, er hat mich schikaniert, wo er nur konnte. Alle Dreckarbeiten musste ich machen. Zunächst, weil ich Schüler am Gymnasium war, daher angeblich eine gute Handschrift hatte, musste ich den Achtzylinder (Latrine) reinigen. Dann wurde ich abkommandiert, um die Führungsspitze, Feldmeister und Oberfeldmeister, beim Essen zu bedienen. Es waren meistens Familienväter, die bereits im Krieg Gliedmaßen verloren hatten und nicht mehr voll kriegstauglich waren. Sie trugen teilweise Verdienstkreuze und das Eiserne Kreuz auf ihren braunen Jacken. Sie saßen erhöht wie auf einer Bühne, führten Gespräche über Filme, >Die Frau meiner Träume, - Die große Liebe, - Karneval der Liebe<. Sie summten daraus die Schlager, >Ich warte auf dich, - Durch dich wird diese Welt erst schön, - Davon geht die Welt nicht unter, - In der Nacht ist der Mensch nicht gern alleine<. Sie verballhornten das Lied und sangen: „In der Nacht isst der Mensch nicht gern Kohlrabi, wer nicht aufpasst, bekommt ein Baby."

>In der Nacht ist der Mensch nicht gern alleine<. Was man mit uns machte, interessierte diese Herren wenig. Ich musste sie also bedienen, sie bekamen als Erste das Essen, aßen sich satt und verschwanden. Die Vormänner stürzten sich auf die zurückgebliebenen Reste. Danach aßen sie auch noch mit uns. Wir jungen Burschen wurden nur halb satt und hatten einen Mordshunger. Schließlich mussten wir tagtäglich außerhalb der Wehrertüchtigungszeit Panzergräben mit genau vorgeschriebener Leistung ausschachten. Ein paar Tage hatte ich keine Probleme mit meiner Kellnertätigkeit, doch eines Tages beim Abendessen prangte in dem Zucker auf dem Teller mein großer Daumenabdruck. Der Oberfeldmeister bellte: „Große Schweinerei, Jan Hellmer, herkommen!" Dann rief er: „Vormann Danzing, nehmen Sie den Mann mit zum Strafexerzieren, und ab morgen, in seiner Freizeit, Dienst in der

Küche." Das war natürlich Wasser auf die Mühlen des Wieners, der mich auf dem Exerzierplatz schleifte mit drohenden Worten: „Robben; hinlegen, auf, zwanzig Runden im Dauerlauf." Es nahm kein Ende. Als er wieder bölkte „Hinlegen", blieb ich bei „Auf" einfach liegen. Er schrie mich an: „Du Schwein, das ist Befehlsverweigerung, auf." Er stieß mit seinen schweren Stiefeln gegen meine Beine und tobte weiter. Ein Feldmeister, der wohl durch das Fenster alles belustigt beobachtet hatte, rief: „Es ist genug, lassen Sie den Mann laufen."

Mein Küchendienst brachte mir Vorteile, denn ich kannte bald die Örtlichkeit der Küche mit ihren Vorratsräumen. Manche Nacht, auf dem Weg zum Achtzylinder, schlich ich mich zu dem Paradies der Vorräte. Dabei meinte ich mein Herz klopfen zu hören. Ein Erwischen hätte mir mehrere Tage Bau eingebracht. Immer wieder machte ich den Weg, für mich war es auch eine Rache. Heimlich teilte ich das Brot mit dem Südoldenburger, neugierig flüsterte er: „Wo hast du das nur her?" Ich wollte ihn nicht mit in den Kameradendiebstahl hineinziehen und sagte: „Mein Geheimnis." So wurden wir immer dickere Freunde. Das war unserm Vormann ein Dorn im Auge. Der Südoldenburger und ich saßen abends friedlich zusammen, als der Wiener mit einem teuflischen Lächeln in die Stube kam und triumphierend sagte: „Südoldenburger abkommandiert auf Stube acht."

Einmal in der Woche mussten wir im Barackeninnenhof zum Appell antreten. Wie üblich erhob der Oberfeldmeister seine Stimme zu einer Gardinenpredigt: „Heil Hitler, Arbeitsmänner." Wir mussten im Chor zurückrufen: „Heil Hitler, Herr Oberfeldmeister." Kleckerten welche nach, wurde das Spiel wiederholt, manchmal mehrmals, unterbrochen von Strafexerzieren. Dann endlich: „Arbeitsmänner, ich weise euch darauf hin, dass ihr verantwortlich seid für alle Sachen, die ihr aus der Bekleidungskammer erhalten habt. Sollte beim Entlassungsappell nur ein Stück fehlen, werdet ihr bis zur Einberufung zur Wehrmacht nicht nach Hause entlassen. Ihr werdet dann von hier direkt zur Wehrmacht überstellt." Das war für mich ein Schlag, denn seit längerer Zeit vermisste ich meine Feldflasche.

Jedes Wochenende bekamen wir Sahnebonbons oder Zigaretten. Ich rauchte nicht, trotzdem wählte ich Zigaretten, die wollte ich meinem Freund, Onkel Ferdinand, mitbringen. Ein Stubenkamerad, der mich beobachtet hatte, kam zu mir: „Na, hast du deine Feldflasche verloren? Wenn du mir deine Zigaretten gibst, besorge ich dir eine neue." Wir wurden uns handelseinig. Am nächsten Tag lag eine Feldflasche unter meinem Kopfkissen.

Als am übernächsten Tag unser Vormann in die Stube kam, beachtete er gar nicht unsere stramme Haltung, sondern rief: „Jan Hellmer, du sollst sofort zum Feldmeister Hartmann kommen." Dann grinsend: „Na, was hast du denn verbrochen?" Ich rannte los und dachte, sie haben doch nicht meine Küchendiebstähle entdeckt? In dem Büro wurde ich mit den Worten empfangen: „Der Hehler ist genauso schlimm wie der Stehler, keine Ausflüchte, dein Stubenkamerad hat schon alles zugegeben, Kameradendiebstahl, Diebstahl einer Feldflasche, das gibt drei Tage Bau." Ich war zerknirscht. Nach langem Verhör wurde ich zu drei Tagen Strafexerzieren verdonnert. Doch damit hatte ich meine Feldflasche nicht wieder. Ich schrieb einen Brandbrief nach Hause und ließ mir meine Hitlerjugend-Feldflasche schicken. Mein Vormann spielte mit mir alle Spielarten seiner so genannten Wehrertüchtigung durch. Eigenartigerweise brauchte mein Stubenkamerad nicht zu exerzieren. Am dritten Tag grinste mich der Wiener an und sagte spöttisch: „Deine Zigaretten habe ich, stell dir vor, dein lieber Freund hat sich freigekauft."

Jeden Sonntag hockte ich alleine in der Bude. Ich hatte die Hoffnung aufgegeben, für ein paar Stunden in die Freiheit zu kommen. Denn bei der Klamottenkontrolle vor dem Öffnen des Tores in die Außenwelt, wurde ich jedes Mal von meinem Vormann zurückgeschickt. Immer war irgendwas nicht in Ordnung; an allem, ob Uniform, Fußlappen, Knobelbecher oder Taschentuch, hatte er was zu mäkeln. Allein saß ich in der Stube 1 des Barackenlagers auf meinem Hocker, mein ganzer Trost war ein Buch aus der Bücherei, >Ambra der Herr<. Ich hatte alles um mich herum vergessen, sah nicht die öden Barackenwände, die mich leer anstarrenden Etagenbetten. Ganz vertieft in mein Buch las ich folgende Zeilen.

> Die verehrungswürdigen Männer lauschten. Der rasselnde Laut veränderte sich. Der Wind vor der ersten Dämmerung fing an zu wehen und ruft aus der Windharfe auf dem Tempeldach einen neuen Ton hervor, ein kurzer gedämpfter Wutschrei „Wa!" ist es zuerst; doch bald wiederholt er sich häufiger, wächst und wächst und dehnt sich zu einem „Wa-ub, Wa-ub!" Der Priester erhebt sich: „Die Stunde des Tigers naht."

In dem Moment wurde die Tür aufgerissen, vor mir stand der Vormann mit grinsender Visage. Scheinheilig fragte er: „Was liest du denn da?" Dann sein Befehl: „Gib sofort das Buch her." Widerwillig gab ich ihm meinen vierhundertfünfzig Seiten dicken Wälzer. Er nahm das Buch, knallte die Tür zu und verschwand. Ich warf mich verzweifelt auf das Bett, der letzte Trost meiner Einsamkeit war mir genommen. Nachdem ich mich beruhigt hatte, fing ich an, von zu Hause zu träumen. Ich blätterte und blätterte in meinen Erinnerungen. Schon immer waren Bücher für mich ein Blick in eine andere Welt gewesen. Jetzt sah ich mich als kleinen Jungen.

Die Eltern lasen mir aus einem dicken Märchenbuch mit seitengroßen bunten Bildern vor. Immer wieder hatten Mutter oder Vater daraus vorlesen müssen. Ich war jedes Mal wieder erstaunt gewesen, welche wunderbare Welt in diesen schwarzen Zeichen enthalten war. Vater hatte in seinem Schaukelstuhl gesessen und mir Bücher von Entdeckern vorgelesen. Entdecker zu sein, war sein Traum gewesen. Nun sah ich mich in meinem Zimmer, eine kleine Dachkammer mit einfachem Bett, Stuhl und Schrank. An die Wände hatte ich die aufregenden Deckblätter der Abenteuerhefte geklebt. Aus meinem kleinen Fenster hatte ich einen weiten Blick ins blühende Land. Ich konnte schon lesen und hatte die Hefte von Kriegsabenteuern mit Helden aus dem ersten Weltkrieg verschlungen. Hefte, die mich auch zum Helden werden ließen. Mitunter hatte die Mutter von unten gerufen: „Denk an Rosi." Ich war in den Stall gegangen, hatte unsere Kuh Rosi losgebunden und war mit der friedfertigen Kuh zur Straße marschiert. Ich hatte das fressende Tier im Schlendergang entlang der begrünten Straßenränder geführt. Dabei hatte ich eins von den billigen Heften gelesen. Jetzt waren meine Schulkameraden gekommen und hatten gerufen, „Hast du aber eine schöne Freundin, und was hat die für Titten." Vertieft hatte ich unbekümmert weitergelesen und an mein späteres Heldenleben gedacht. Als ich größer geworden war, hatte ich neue Vorbilder, >Winnetou, - Old Shatterhand, - Old Firehand und Old Surehand<. Doch wie sollte ich meinen Karl May halten. Ich hatte mir einen Vorrat von Leseseiten aus meinem Buch gerissen und mich mit Rosi auf den Weg gemacht. An dem Weiderand angekommen, war ich, von der Schwarzbunten gezogen, Schritt für Schritt weitergestolpert. Rosi hatte unbekümmert mit dem Schwanz die Fliegen abgewehrt, während ich Blatt für Blatt aus meiner Jacke gezogen hatte und mich in die amerikanische Prärie hineinlas:

Als ich, Old Shatterhand, näher geführt wurde, sah ich Pfähle in die Erde gerammt. An drei waren Hawkens, Stone und Parker angebunden. Ein vierter war leer, daran wurde ich befestigt. Das also waren die Marterpfähle, woran wir unser Leben in elender, schmerzhafter, qualvoller Weise beschließen sollten.

Ein Laster raste laut hupend an uns vorbei und bedrängte uns, wohl ein Witzbold. Rosi war erschreckt in den Graben gesprungen, ich war mitgerissen worden, und meine Helden waren mit dem Fahrtwind davongeflogen.

Ich wurde aus meinen Träumen gerissen und sprang aus meinem Bett, als meine Stubengenossen mit ihren schweren Knobelbechern hereingestürmt kamen. Sie hatten bei ihrem Kinobesuch ein gemeinsames Erlebnis gehabt.

Bei der Wehrertüchtigung war unser Vormann, der Wiener Danzing, in seinem Element. Bei den Kriegsspielen konnte er so richtig seinen Sadismus austoben. Wir, achtundzwanzig Mann, standen feldmarschmäßig in Reih und Glied, und der Vormann prüfte den Sitz der Stahlhelme. Er kannte alle militärischen Mittel, uns mürbe zu machen, er war wie im Rausch. Dazu die Erniedrigung durch körperliche Züchtigung. Er ging von Mann zu Mann und schlug vorne auf die Stahlhelmschirme, dabei wurden die Nasenrücken bei vielen blutig geschlagen. Wir waren bald die Gruppe der Nasengeschädigten. „Gasalarm", schrie er mit krächzender Stimme. Wer nicht schnell genug seine Gasmaske auf hatte, musste zwanzig Kniebeugen machen. Da standen sie nun alle mit ihren Elefantenrüsseln. Mit grinsender Visage schritt der Vormann die Truppe ab und schlug vor die Filter. Mit Blut im Mund mussten wir durch den Sumpf robben. Als wir endlich dreckig und verschwitzt auf der Stube waren, meckerte ich meine Leidensgenossen an: „Was der Wiener mit uns macht, das ist nicht normal, das ist Schikane. Wann wollen wir uns endlich beschweren?" Sie wandten sich ab und gingen in die Waschbaracke. Ich rief hinter ihnen her: „Ihr feigen Brüder, ich bin froh, wenn ich eure doofen Gesichter nicht mehr sehen muss." In der Nacht, ich hatte endlich Schlaf gefunden, wurde ich aus meinen Albträumen unsanft geweckt. Von kräftigen Händen wurde ich fest gehalten, und mit Gewalt wurde mir ein Kopfkissen über den Kopf gezogen. Dazu heulten und brüllten sie schrecklich: „Der heilige Geist, der heilige Geist wird dir jetzt erst mal den Arsch mit wunderschöner glänzender brauner und schwarzer Schuhkrem einschmieren und ihn auf Hochglanz bringen." So wurde ich gequält, und sie schmissen mich auf mein Betttuch, das auch schwarz und braun eingefärbt worden war.

Ich lag da in meiner grenzenlosen Einsamkeit, erniedrigt und allein. Ich, ein Bursche mit sechzehn Jahren, von Gleichaltrigen zur Verzweiflung gebracht. Durch diese Bedrohung wurde ich heiser und konnte nicht mehr laut sprechen. Am nächsten Tag, es war im März, marschierte unsere Gruppe durch ein Sumpfgebiet. Überall regte sich Leben, um den Frühling zu begrüßen. Nur wir rannten stumpfsinnig durch die Landschaft. Der Vormann Danzing hielt einen Frosch in der Hand und bölkte: „Alle mal herkommen." Wir bildeten einen Kreis. Inzwischen hatte er einen Strohhalm in der anderen Hand und sagte diabolisch: „So werde ich euch auch noch aufblasen." Er steckte den Halm hinten in den Frosch und pumpte ihn zu einer Kugel. Ich konnte mich nicht zurück halten, mein tierliebes Bauernblut wallte hoch, ich schrie: „Du Sadist". Er guckte hoch: „Unser Kleiner kann wieder reden, mitkommen." Dann marschierte er mit mir los. Bald blieb er stehen und befahl: „Zweihundert Meter weiter gehen und dann umdrehen!" Jetzt standen wir uns entfernt gegenüber, er lärmte: „Wie heißt der Führer?" Ich schwieg, konnte in meiner Heiserkeit auch gar nicht antworten, wurde zum Held. Der Wiener immer wütender: „Antworte." Dann hämmerte es auf mich ein: „Wie heißt unser Reichsmarschall, unser Reichsführer der SS, unser Reichspropagandaleiter?" Ich blieb stumm und dachte: „Du kannst mich mal am Arsch lecken." Er schrie: „Fünfzig Schritte näher kommen," und fing wieder an, die Nazigrößen aufzuzählen. Ich blieb beharrlich stumm. Das Spiel ging weiter: „Fünfzig Schritte näher, „wie heißen......... ." Ich stumm, der Wiener zornig: „Das ist Befehlsverweigerung, dreißig Schritte näher!" So ging es weiter: „Zwanzig Schritte!" Doch ich blieb stumm, stumm. Bald stand ich fast auf Tuchfühlung, wie fühlte ich mich allein, vor ihm Auge in Auge. Er geiferte: „Diese Männer liegen dir wohl nicht, du willst sie verleugnen!" Dann stieß er mir sein Knie in den Bauch, dass ich hinfiel. Er krächzte: „Liegen bleiben und auf mein Kommando achten. Dreißig Liegestütz für den Führer 1, 2, 3, ..." So ging es weiter: „Fünfundzwanzig für den Reichsführer der SS, zwanzig für den Reichsmarschall und fünfzehn für den Reichspropagandaminister." Das war also seine Wertschätzung. Erschöpft quälte ich mich hoch. Mit den Worten: „Das ist noch nicht alles", trabte er mit mir zurück zu unserer Gruppe.

Am nächsten Morgen stand das ganze Lager angetreten zum Appell, alle in Braun. Diese Uniform wie alle Uniformen waren mir zum Gräuel geworden. Mein Enthusiasmus war auf den Nullpunkt gesunken. Der Oberfeldmann trat in die Mitte und schnarrte: „Kameraden, Ich muss euch alle aus der Kameradschaft entlassen, in drei Tagen fahrt ihr nach Hause, dort erhaltet ihr die Einberufung zu euren Waffengattungen, Heil Hitler." Dann verschwand er. Kaum war er gegangen, als wir am Himmel zwei feindliche Jabos kreisen sahen. Sie kippten über ihre Flügel ab und stürzten bedrohlich zielgerade in unsere Richtung. Ohne Kommando rannten wir in alle Himmelsrichtungen davon und warfen uns auf den Boden, den Kopf steckten wir in den Sand. Da lagen wir nun, alleine mit uns, in beklemmender Not. Nicht weit von mir lag Danzing. Wir hörten nur den Lärm der heulenden Flugzeugmotoren. Sie schossen nicht, nein, sie schossen nicht, warum auch immer, sie schossen nicht. Nachdem sie abdrehten, sammelten wir uns wieder. Unser Vormann, der Wiener Danzing, wollte Befehle geben, doch man hörte kein Wort, unser sadistischer Held zeigte Schwäche, er hatte die Stimme verloren.

Endlich weg von dem Trauma, deprimiert saß ich auf einer Holzbank im übervollen Zug nach Bremen. Im Bahnhof riefen die Kettenhunde: „Weiterfahrt nicht möglich, die Brücke über die Weser ist zerstört. Ein Zug wartet in Huchting. Abmarschieren über die Landstraße." Ich trottete hinter einer Gruppe her. In Huchting stand der Zug unter Dampf. Bald fuhr er in Zockelfahrt los. Nach etwa einer Stunde kam er mit einem fürchterlichen Ruck zum stehen, dass im Zug alles durcheinander flog. Schon hörten wir den Schreckensruf: „Jabos". Die Menschen gerieten in Panik, alle wollten raus. Ich war unter die Bank gekrochen. Das Rattern der Bordkanonen nahm kein Ende. Es dauerte eine Ewigkeit, bis die Bordkanonen schwiegen. Ich kletterte aus dem Waggon, draußen Tote und Verwundete. Erst am Abend konnten wir weiterfahren.

Mutters und Vaters Glück war nicht zu beschreiben, sie hatten ihren Jan wieder. Sie sagte mehrmals: „Du kommst mir nicht wieder weg in den verrückten Krieg." Hedwig und Beta schauten mich an, als sei ich ein Fremder. Abends hörte ich, wie Mutter zu Vater sprach: „Was haben sie mit dem Jungen gemacht, er ist so verändert."

Morgens beim reichlichen Frühstück erzählten mir Mutter und Vater von Gunter, der woanders im Arbeitsdienst gewesen war. Er und seine Kameraden konnten nicht erst nach Hause, sondern mussten gleich zur Wehrmacht. Sie marschierten zum Bahnhof. Da sah Gunter seinen Vater mit dem Fahrrad am Straßenrand stehen. Paul Bunning war mit dem Rad 120 Kilometer in die Nähe vom Arbeitsdienstlager gefahren und hatte auf die Kolonne gewartet. Bunning sprach mit dem Feldmeister, ob er mit seinem Sohn sprechen könne. Der Feldmeister rief Gunter. Der Trupp marschierte weiter. Herr Bunning nahm seinen Sohn zur Seite und flüsterte: „Los Gunter, steig schnell mit aufs Fahrrad, wir hauen ab." .Gunter wollte nicht: „Vater, das können wir nicht machen." Bunning erregt: „Ich hau dir eine runter, steig auf." Auf Umwegen kamen sie tatsächlich zusammen nach Hause. Frau Bunning erleichtert: „Da seid ihr ja endlich, sie waren schon zweimal hier und wollten Gunter abholen. Ich habe schon alles vorbereitet." Sie arbeitete in der Stadt in einer Apotheke, hatte Gift besorgt, gab es Gunter, er kam ins Krankenhaus. Ihr befreundeter Arzt hat ihn lange dabehalten.

Sinneslust

Lockende Rufe der Instrumente. Im stampfenden Hin und Her nähert sich eine Riege Frauen, deren nackte Brüste sich in den Intervallen ihrer Füße bewegen. In unbekümmerter Natürlichkeit umkreisen sie die tanzenden Männer und bestimmen die aufkeimende Sinneslust. Mein erregt klopfendes Herz erweckt in mir Erinnerungen.

Auch Hedwig freute sich, dass ich wieder da war. Traf sie mich allein, sang sie: „Tant Hedwig, Tant Hedwig, die Nähmaschine geht nicht, wir müssen sie wohl schmieren..... Der Frühling 1945 wollte sich wohl dem Grauen widersetzen. Überall nur Missmut. Doch der Lenz leuchtete in allen Farben. Die Vögel sangen unbekümmert.

Ich saß mit Hedwig auf einer Bank im Garten. Mutter und Vater besuchten Onkel Ferdinand, er hatte seinen fünfzigsten Geburtstag. Beta lag im Bett. Hedwig schaute mich an: „Jan, ich habe ganz vergessen, mein Bett zu machen, geh du doch hoch in meine Dachkammer und bring es in Ordnung. Ich guck noch mal nach Beta." Ich machte ihr Bett und saß mit klopfendem Herzen auf einem Stuhl. Hedwig kam herein, zog sich bis aufs Unterhemd aus und kroch unter die Bettdecke. Jetzt befreite sie sich auch noch von dem Unterhemd und warf es auf den Boden: „Was sitzt du da wie ein Stock, mache es mir nach." Zögernd zog ich mich aus und legte mich zu ihr, steif wie ein Brett. Sie fing an und streichelte meine Brust, ihre Hände glitten auch über meinen Bauch. Zögernd fasste ich ihre Brüste und suchte ihre Brustwarzen. Ihre Hände waren weiter gewandert. Ich wagte sie nur bis zum Bauchnabel zu streicheln. Dann streichelten meine Hände ihre Schenkel. Beta fing an zu schreien. Hedwig sprang aus dem Bett, zog ihr Nachthemd über und eilte zu meiner schreienden Schwester.

Bald schlich ich wieder zu ihr. Sie schlief, ich kroch unter ihre Decke. Sie sagte gähnend: „Lass mich, ich habe meine Tage." „Was ist das denn?" „Jan, was bist du dumm, alle 28 Tage habe ich meine Menstruation. Das ist eine Blutung, eine Reinigung. Wenn ich >Tant Hedwig< singe, kannst du wieder zu mir kommen." Ich ging immer öfter zu ihr, doch zu einer Vereinigung kam es nicht, auch durfte ich sie nicht küssen. Einmal, als ich sie verließ, sagte sie zu mir: „In der Nachttischschublade von deinem Vater liegen Pariser, bring morgen einen mit." Mit klopfenden Herzen hatte ich einen Pariser stibitzt und schlich abends zu ihr. Sie schlug die Bettdecke zurück. Sie lag da splitternackt. Hastig zog ich mich aus und legte mich auf ihren Bauch, weich spürte ich ihre Brüste. Sie streichelte sanft meinen Rücken und den Po, sie sagte: „Zieh den Pariser über." Doch bei allem stellte ich mich so ungeschickt an, dass ich mich schämte, mich anzog und weglief. Als ich sie am nächsten Tag alleine traf, sagte ich bestimmt: „Ich will das nicht mehr."

Mutter redete mit mir: „Jan, ich versteh dich nicht, warum gehst du nicht mal zu Grete. Zur Schule braucht ihr ja nicht mehr, es wird nur noch gekämpft. Wenn ihr beide auch auf den Höfen mithelfen müsst, wird Vater dir wohl frei geben, um mit ihr ins Kino zu gehen. Kino, das erlauben uns die Braunen ja noch." Da saßen wir beide nebeneinander im Dunklen und wagten uns nicht zu berühren. Auf der Leinwand lief der Musikfilm, >Wir machen Musik.< mit Ilse Werner, Victor de Kowa, Georg Thomalla und Grete Weiser. Endlich fanden sich unsere Hände.

Langsam wuchs unsere Liebe, mein Rotkäppchen konnte zart und feurig küssen.

Wir merkten, dass die Front näher und näher kam und meinten schon die Artillerie zu hören. Die feindlichen Jabos hatten im ganzen Land das Sagen. Aus dem Dachbodenfenster sah ich, wie die Flugzeuge knapp über die Bebauung anflogen und die Geschosse der Bordkanonen in Flugrichtung ihr Ziel trafen, eine Eisenbahnbrücke am Horizont. Ich spürte die gleichen Schauer, die über meinen Rücken liefen, als ich das Kaninchen tötete. Vater schrie nach oben: „Ich denk, im Arbeitsdienst haben sie dich geheilt, hast du von dem Kriegsschauspiel immer noch nicht die Schnauze voll?"

Heinzis Vater war Jagdaufseher. Heinzi kam mit dem Fahrrad zu uns und fragte meinen Vater: „Ich soll im Varrelerbusch nach unserer Jagdhütte gucken, darf Jan nicht mitfahren?"

Wir fuhren mit unseren Rädern auf der Straße mit dem Kopfsteinpflaster. Etwa 100 m vor der Kneipe >Zur alten Eiche< sahen wir, wie Flakgeschütze von Soldaten zur Panzerabwehr eingegraben wurden. In der Jagdhütte war alles in

Ordnung. Heinzi sagte: „Unsere Familie will sich hier verkriechen, wir wollen hier die Front über uns wegrollen lassen." Beim Rückweg kamen wir wieder an der >Zur alten Eiche< vorbei. Ein Unteroffizier kam aus der Kneipe gerannt und befahl: „Sofort stehen bleiben, eure Fahrräder sind requiriert." Befehlende in Uniform waren für mich zum roten Tuch geworden. Ich schrie ihn an: „Dazu haben Sie kein Recht." Er gelassen: „Ich hole euch eine Quittung". Er drehte sich um und ging ins Lokal. Ich zu Heinzi: „Schnell auf das Fahrrad, wir hauen ab." Wir traten in die Pedalen, was die Beine hergaben, die Räder ratterten über das Kopfsteinpflaster. Schon hörten wir den Unteroffizier hinter uns herschreien: „Anhalten, anhalten!" Die Soldaten stellten sich auf die Straße mit quer gehaltenen Spaten. Ohne uns abzusprechen rasten wir genau auf die Soldaten zu. Sie sprangen zur Seite. Wir trieben unsere Räder weiter wie die Cowboys ihre Pferde. Hinter einer Kurve lief mir die Kette ab. Heinzi: „Zicke Zacke, Zicke Zacke Hühnerkacke, was nun?" Wir versteckten uns im Wald. Es blieb still, die Soldaten hatten wohl ihre Verfolgung aufgegeben.

Als ich vom Feld zurückkam, saß Mutter mit verweinten Augen in der Küche: „Was ist los, ist was mit Beta?" Sie zeigte auf den Küchentisch: „Deine Einberufung." Da stand es Schwarz auf Weiß, in drei Tagen musste ich mich in Berlin beim Regiment ›Herman Göring‹ melden. Vater kam zur Tür herein: „Ich war im Wehrmeldeamt, habe mit dem Leiter unter vier Augen gesprochen, er hat mir gesagt, ich solle folgenden Brief schreiben. – Bei der Bahn habe ich mich erkundigt, ob noch die Möglichkeit besteht, mit dem Zug nach Berlin zu kommen. Ich erhielt einen verneinenden Bescheid. Sobald es wieder möglich ist, per Bahn nach Berlin zu fahren, werde ich meinen Sohn in Marsch setzen -. Haltet aber Beide den Mund, das kann den Wehramtsleiter Kopf und Kragen kosten."

Onkel Ferdinand und Tante Gesine kamen zu uns. Gesine wollte Mutter abholen zu einem Kinobesuch. Ferdinand sagte spöttisch: „Dann zieht man los, ihr beiden Glucken." Sie liebten das Kino, es brachte sie in eine heile Welt. Hatten sie die Wochenschau überstanden mit dem Endsieggeschrei und den geschönten Rückzugserfolgen, lehnten sie sich zurück und freuten sich auf die Traumwelt, auf den Film mit Zarah Leander ›Damals‹.

Ferdinand und Vater saßen am Küchentisch und klönten, ich hörte zu. Beide wurden nicht damit fertig, was uns bevorstand. Ferdinand sarkastisch: „Ich staune immer noch über unseren – geliebten – Führer, der einmal sagte, - Leben, das können wir Deutschen nicht, aber sterben, das können wir fabelhaft -." Sie schwiegen, dann Vater: „Du kennst doch sicher Paul Bunning, der hat mir einen Brief geschrieben, Jan hör mal gut zu, ich les ihn euch vor."

Was für sonnige Märztage, können wir alle Trübsal und allen Kummer darüber vergessen? Wenn nicht immer wieder die bange Frage dahinter stände, was wird aus den Kindern? Welches Los blüht ihnen? Manchmal kriecht mich ein Grauen an. Dieses Grauen zog in den letzten Tagen gleich einer schemenhaften Vision durch unsere Stadt. Züge von Strafgefangenen wankten hier durch die Straßen von Westen nach Osten. Abgezerrte, magere Gestalten, zerlumpt und verkommen, hohlwangig, mit tiefliegenden Augen, die stumpfen Blicks grade-aus starrten, schwankten sie in dichten Blocks vorbei. Der in den Knie`en weiche, schleppende Gang brachte den ganzen Block in eine unheimliche schaukelnde, schwankende Bewegung, sodaß der ganze Zug einen unheimlich gespenstischen Eindruck machte. Ich weiß nicht, was die Leute verbrochen hatten. Es schienen viele Ausländer dabei zu sein, auch wohl vorwiegend asoziale Elemente. Das waren keine Menschen mehr, das waren nur noch Kreaturen! Grauenhaft der Gedanke, daß diese Wesen einmal im Falle eines Niederbruchs auf die deutsche Menschheit losgelassen würden, unvorstellbar der Gedanke, daß, wenn einmal das in den Zeitungen über den Bolschewismus immer wieder geschilderte in Deutschland wahr würde, das ganze deutsche Volk durch die Einöden Rußlands, angetrieben von diesen Elementen, in unendlichem Elendszuge nach Sibirien ziehen müßte. - Oder sollte das in den Zeitungen geschriebene nur Schreckgespinste sein? - Es ist schon soviel Elend über Deutschland und das geplagte, so unendlich geduldige Volk hereingebrochen, daß man auch das letzte Grauen für möglich halten könnte. - Und dann denke ich immer wieder, der Herrgott läßt die

Bäume nicht in den Himmel wachsen, aber auch nicht in die Hölle. Im Gegenteil nach unten wachsen sie meist nicht so tief als nach oben.

Vater sagte: „Was für eine Angst spricht aus dem Brief." Ferdinands Gesicht war rot angelaufen: „Wie naiv ist Bunning eigentlich, wer hat diese Menschen denn zu Kreaturen und so genannten Elementen gemacht? Die Nazis und damit das deutsche Volk." Vater blieb still, sagte nichts und nickte nur.

Ganz aufgelöst kamen die beiden Frauen in die Küche, Gesine schnatterte los: „Der Film war noch nicht ganz zu Ende und der Kinosaal noch dunkel, da wurde die Seitentür aufgerissen und eine Stimme rief, >Morgen soll der katholische Ort bombardiert werden, wir sollen auch was abbekommen<. Dann wurde die Tür wieder zugeknallt." Vater schaute Ferdinand an: „Du kannst es ja nicht gewesen sein, du warst ja hier. Es gibt noch immer Menschen, die Feindsender hören."

Flammen

Über die Gesichter der Männer hüpfen Flammen des Lagerfeuers. In kriegerischer Lust drohen sie mit ihren Speeren. Musiker spielen sich in Ekstase. Der Kreis zerbricht. Sie ziehen Grimassen, fallen in Trance. Schließlich brechen sie durch die Kraft ihrer mechanischen Bewegungen ohnmächtig zusammen. Ich richte mich auf und sehe, dass sie wie hingestreut auf dem Kampfplatz liegen. Meine Herzschläge erschüttern den ganzen Köper, meine Brust schmerzt.

Am nächsten Tag, wir aßen Rotkohl mit Kartoffeln, hörten wir das dumpfe Brummen eines Flugzeugverbands. Vater rief: "Ab in den Keller." Wir ließen alles stehen und liegen, rannten überstürzt in den Keller. Ängstlich hörten wir das Rauschen der Bomben, duckten uns und pressten die Arme um den Körper. Dann die Explosionen, unser Haus zitterte. Erleichtert sagte Vater: "Das ging daneben." Jetzt hörten wir das Bellen der beiden Flakgeschütze vom Bahnhof. Vater ging vorsichtig nach draußen, schnell kam er zurück: "Hinter dem Wald steht eine große Rauchwolke, sie bombardieren den katholischen Ort."

In unserem Ort waren rund um den Bahnhof Bomben gefallen. Bald hörten wir, dass sieben Häuser und der Bahnhof von Bomben zerstört und die Familie Jansen mit fünf Mann im Keller umgekommen war.

Bei Westwind konnten wir die Kanonen von der Front hören. Auf etwa 80 Kilometer war unser Bereich von der Front umzingelt, und wir befanden uns in einem Sack.

Ich saß in der Küche, da hörte ich auf dem Hof Pferdehufe. Ich rannte nach draußen. Auf einem Rappen saß ein Soldat in grauer Uniform. Eh ich was sagen konnte, rief er: "Habt ihr eine Karte von der Gegend hier?" Vater sagte: "Die werdet ihr hier wohl nirgends bekommen, höchstens in einer Buchhandlung im katholischen Ort." Der Soldat wandte sich an mich: "Ist das dein Fahrrad, was da an der Scheune lehnt?" „Ja". „Dann steig auf und bring mich zu dem Ort." Mutter war rausgekommen: „Der Junge bleibt hier." Es nutzte alles nichts, ich musste mit. Bevor wir den Ort erreichten, sah ich im Straßengraben zwei Tote liegen.

Wie sah es in dem katholischen Ort aus! Die Hauptgeschäftsstraße voller Trümmer, mit Müh und Not fand ich die halbzerstörte Buchhandlung. Der Soldat sprang vom Pferd: „Halt die Zügel!" Dann verschwand er in der Buchhandlung. Krampfhaft hielt ich den temperamentvollen Rappen fest. Das Pferd wurde unruhig, weiter weg hörte man die Explosionen einschlagender Granaten. Ich erschrak, vor mir schlug eine Granate in ein Haus. Der Rappe stieg vorne hoch, ich hielt ihn eisern fest und wurde auf dem Boden mitgeschleift. Die Einschläge kamen jetzt Schlag auf Schlag. Der Soldat kam rausgerannt: „Nur abhauen." Er beruhigte sein Pferd und ritt weg. Da stand ich nun einsam und verlassen, umgeben von Trümmern. Das Schießen der Artillerie hatte nachgelassen. Mit meinem Fahrrad quälte ich mich durch das Trümmerfeld. Endlich kam ich zu einer freien Straße. Die Einschläge verstärkten sich wieder. Kein Mensch zu sehen. Wie ein Hahn ohne Kopf, die Angst im Nacken, raste ich über das Pflaster. Endlich war ich auf freiem Feld. Schaute nicht links, nicht rechts, nur auf mein Ziel, den Wald am Horizont. Schweißgebadet fuhr ich auf unseren Hof. Mutter saß neben der Haustür auf einer Bank und weinte. Ich sprang vom Fahrrad: „Wo ist Vadder?" Mutter nahm mich in ihre Arme: „Vadder ist mit seinem Volkssturm in der Nähe vom Galgenmoor. An der Panzersperre vor dem Seehotel erwarten sie den Feind."

Die Volkssturmmänner saßen in der Schankstube des Hotels, zwei Mann standen Wache an der Sperre. Die Panzerfäuste, Gewehre und ein Maschinengewehr hatten sie im Flur an die Wand gestellt. Wartend saßen sie um den langen Holztisch. Stimmen wurden laut: „Lass uns abhauen, wir können den Krieg auch nicht mehr gewinnen." Schweigend hörte Vater zu, dann ging er nach draußen. Als er zurückkam, sagte er: „Alle mal herhören, ich schicke euch nach Hause, unsere Waffen sind verschwunden." Einer leise: „Damit spielen sicher die Fische im Galgenmoor."

Die Artillerie und Panzer beschossen auch unseren Ort. Dazu Beschuss aus der Luft von Jabos mit ihren Bordkanonen. Wir saßen nur noch im Keller. Wurde es stiller, gingen Mutter, Vater und Hedwig in den Stall, um schnell das Vieh zu versorgen. Beta und ich waren allein im Keller, vor uns eine Kerze. Strom war schon lange weg. Es kamen zwei bewaffnete Soldaten in Feldgrau die Treppe herunter: „Keine Angst, wir suchen nur Schutz." Die Drei kamen aus dem Stall zurück: „Was macht ihr hier?" sagte Vater. „Wir haben die Schnauze voll, wir warten auf die Engländer." „Ihr bringt uns alle in Gefahr, kommt mit, wir werfen eure Waffen in die Jauchekuhle." Angespannt lauschend saßen wir alle da. Bald hörten wir Schießen von Gewehren und ein tackerndes MG. Dann wurde alles übertönt von ratternden Panzerketten. Nach einer Weile hörten wir oben im Haus das Geräusch von schweren Stiefeln. Die Kellertür wurde aufgerissen. Ein Scheinwerferkegel. Eine barsche Stimme: „Are soldiers here?" Mein Vater konnte etwas englisch: „Yes." Die deutschen Soldaten stießen ihn ärgerlich an. „First come outside the woman and the children!" Langsam gingen wir mit erhobenen Armen die Kellertreppe hoch. Beiderseits der Tür standen je zwei Soldaten, die Gewehre im Anschlag. Zum ersten Mal in meinem Leben sah ich Engländer, ich war erstaunt, sie sahen nicht nach Untermenschen aus, sie hatten die gleichen Gesichter wie wir. Nur trugen sie Khakiuniformen, und ihre Stahlhelme sahen aus wie Schüsseln. Die deutschen Soldaten und Vater wurden mitgenommen. Am nächsten Tag kehrte Vater zurück.

Vater sagte zu mir: „Jan, ich habe keine Ruhe. Lauf doch mal zu Ferdinand, wie es bei denen aussieht. Überall wird geplündert, ich muss hier alles im Auge behalten." Mutter rief hinter mir her: „Komm aber sofort zurück." An der Straße stand ein zerschossener Panzer. Etwas weiter lag ein toter deutscher Soldat im Straßengraben. Ich sah nur zu, dass ich zu Wittes Hof kam.

Onkel Ferdinand war nicht in der Küche zu sehen, nur Tante Gesine. Ich ängstlich: „Ist was mit Onkel Ferdinand passiert?" „Nein, der ist im Stall, aber wie ist es euch ergangen?" „Wir haben nichts abbekommen." „Gott sei Dank. Wie mich das freut." Ferdinand, der inzwischen hereingekommen war: „Alle gesund, und wir haben den Teufelsspuk hinter uns." Tante Gesine traurig: „Alle haben es nicht überlebt, denn bei Meiners!" Ich hellhörig: „Was ist mit Rotkäppchen?" Ferdinand: „Ich will es dir der Reihe nach erzählen. Opa Meiners ist vorgestern Nachmittag noch zu seinem Freund Opa Gerken gegangen." Ich atmete auf, Opa Meiners? „Es wurde dämmerig, fast dunkel, da hat Frau Meiners Rotkäppchen losgeschickt, den Opa zu holen, dann ist es passiert. Als Rotkäppchen an dem Waldstück vorbei lief, lagen dort wohl schon Engländer, haben gerufen, ich weiß es nicht. Rotkäppchen ist tot, erschossen. Mir blieb das Herz stehen, ich rannte nach Hause, stürzte in die Küche und schrie weinend immer wieder: „Rotkäppchen ist tot, Rotkäppchen ist tot, Scheißkrieg, Scheißnazi, Scheiß...... ."

muschelkette

schale für schale
zeugnis
der vergangenheit
versunken
verwoben auf
muschelbänken
zwischen
tangwäldern
aufgeschichtet
in die
gegenwart
fest verklebt
ein gespinst
das sich nicht
abschütteln
lässt.

Dirk Bunje befasste sich zunächst mit dem Schreiben von Haiku, eine japanische Gedichtsform 5-7-5 Silben. Bald erweiterte er seine schriftstellerische Arbeit.
Jetzt schreibt er Gedichte, Geschichten und Märchen. Die Vielfalt seiner Geschichten entspringt seinen Beobachtungen und seiner Phantasie.
Der Autor hat Veröffentlichungen in Anthologien, mit dem Gedichtband „Lichtblicke".und dem Buch „Der Schachspieler".
Er ist Mitarbeiter bei den Jahrbüchern Kreis Wesel und Kreis Kleve, ist Mitglied von zwei Literaturkreisen, beteiligt sich an öffentlichen Lesungen, die auch eine Kontaktaufnahme zu Süchtigen beinhaltet.
- Mit Behinderten wurde das Theaterstück „Stüüle der Gefüüle" erarbeitet und mehrmals aufgeführt.
- Lyrik als Beitrag zur Kunstausstellung „Streit, unbestritten strittig".
- Im Regionalfernsehen zu dem Thema „Natur und Technik" einen Auszug aus „Septimus" gelesen.
- Seine monatliche Zusammenarbeit mit Strafgefangenen schlägt sich in dem Buch „Schachspieler" nieder.
Im Internet-Biographie-Projekt: "www. das-ist-mein-leben.de" ist ein Auszug aus dem vorliegenden Buch "Herzschläge".